④ 极夜无光
Darkest Night

［英］艾琳·亨特 著
玄柳 译

特别感谢基立·鲍德卓

著作权合同登记：图字 01-2018-5076

Darkest Night
Copyright © 2017 by Working Partners Limited
Series created by Working Partners Limited
Simplified Chinese edition Copyright © 2019 by
China Children's Press & Publication Group
All rights reserved.

图书在版编目（CIP）数据

猫武士六部曲.4,极夜无光/(英)艾琳·亨特著；玄柳译.-- 北京：中国少年儿童出版社，2019.7（2024.4重印）

ISBN 978-7-5148-5428-2

Ⅰ.①猫… Ⅱ.①艾…②玄… Ⅲ.①儿童小说－长篇小说－英国－现代 Ⅳ.①I561.84

中国版本图书馆 CIP 数据核字（2019）第 086627 号

JIYE WU GUANG
（猫武士六部曲）

出版发行：	中国少年儿童新闻出版总社 中国少年儿童出版社

执行出版人：马兴民

主持编辑：	何强伟		责任校对：	樊瑞瑞
责任编辑：	何强伟		美术编辑：	缪 惟
执行编辑：	赵 勇		责任印务：	厉 静
社　　址：	北京市朝阳区建国门外大街丙 12 号		邮政编码：	100022
总 编 室：	010-57526070		发 行 部：	010-57526568
官方网址：	www.ccppg.cn		编 辑 部：	010-57526271

印　　刷：北京华宇信诺印刷有限公司

开本：880mm×1230mm　1/32		印张：10.5	
版次：2019 年 7 月第 1 版		印次：2024 年 4 月第 19 次印刷	
字数：220 千字			

ISBN 978-7-5148-5428-2	定价：32.00 元

图书出版质量投诉电话：010-57526069　电子邮箱：cbzlts@ccppg.com.cn

目　录

猫族成员……………………9
引子…………………………1
第一章………………………4
第二章………………………20
第三章………………………43
第四章………………………59
第五章………………………71
第六章………………………89
第七章………………………105
第八章………………………117
第九章………………………130
第十章………………………141
第十一章……………………156
第十二章……………………173
第十三章……………………185
第十四章……………………199
第十五章……………………216
第十六章……………………226
第十七章……………………236
第十八章……………………245
第十九章……………………263
第二十章……………………273
第二十一章…………………285
第二十二章…………………297
第二十三章…………………308

猫视界

- 绿叶季两脚兽地盘
- 两脚兽巢穴
- 两脚兽小道
- 两脚兽小道
- 宝地
- 影族营地
- 小雷鬼路
- 绿叶季两脚兽地盘
- 半桥
- 半桥
- 湖岛
- 河族营地
- 小溪
- 马场

月亮池

废弃的两脚兽巢穴

旧雷鬼路

雷族营地

老橡树

小溪

风族营地

坏掉的半桥

两脚兽地盘

雷鬼路

族群标志

雷族

河族

影族

风族

星族

北

观兔露营地

圣城农场

赛德勒森林

小松帆船中心

小松路

两脚兽视界

小松岛

阿尔巴河

白教堂路

废弃的工人房

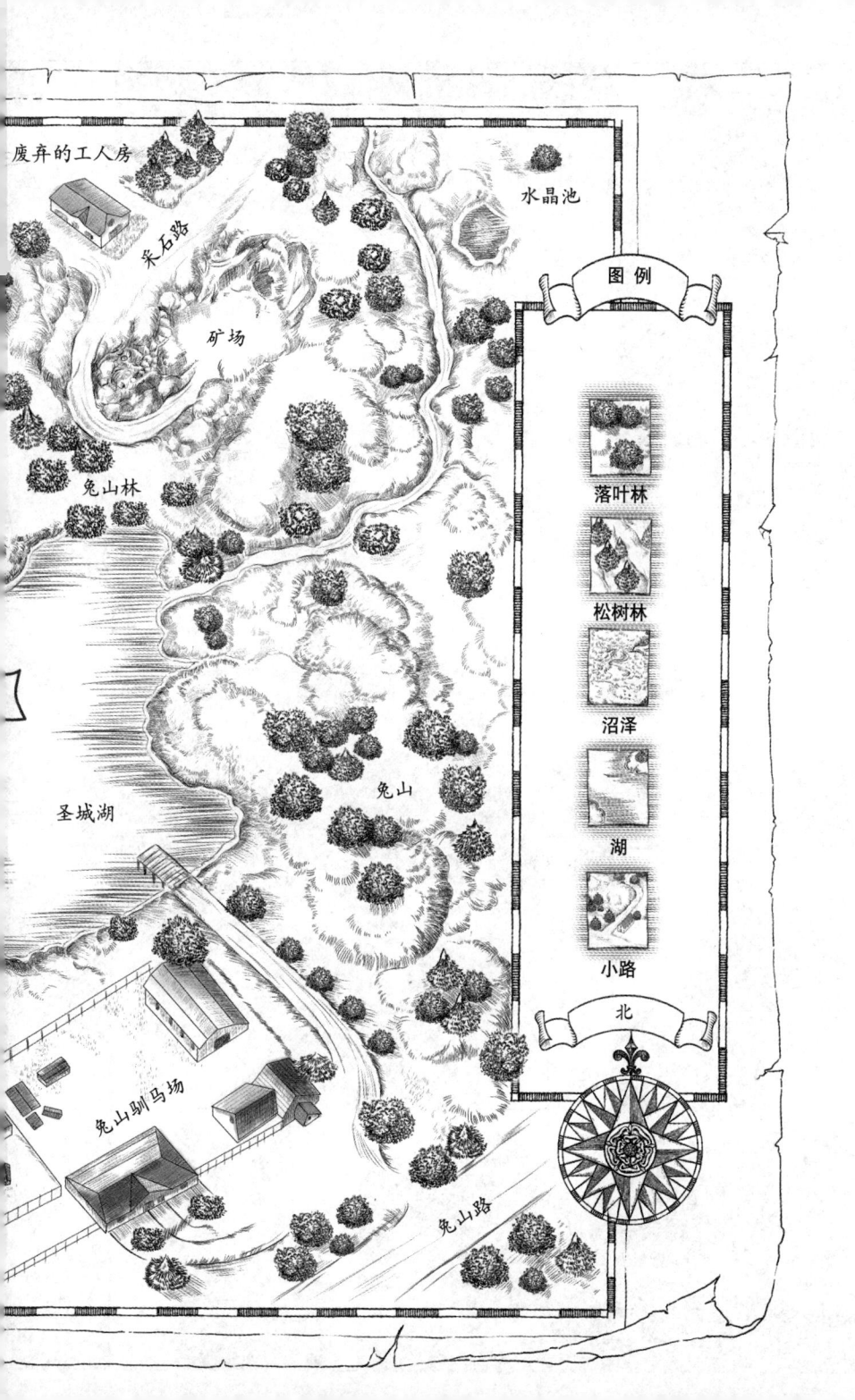

朵石路

水晶池

矿场

兔山林

圣城湖

兔山

兔山驯马场

兔山路

图例

落叶林

松树林

沼泽

湖

小路

北

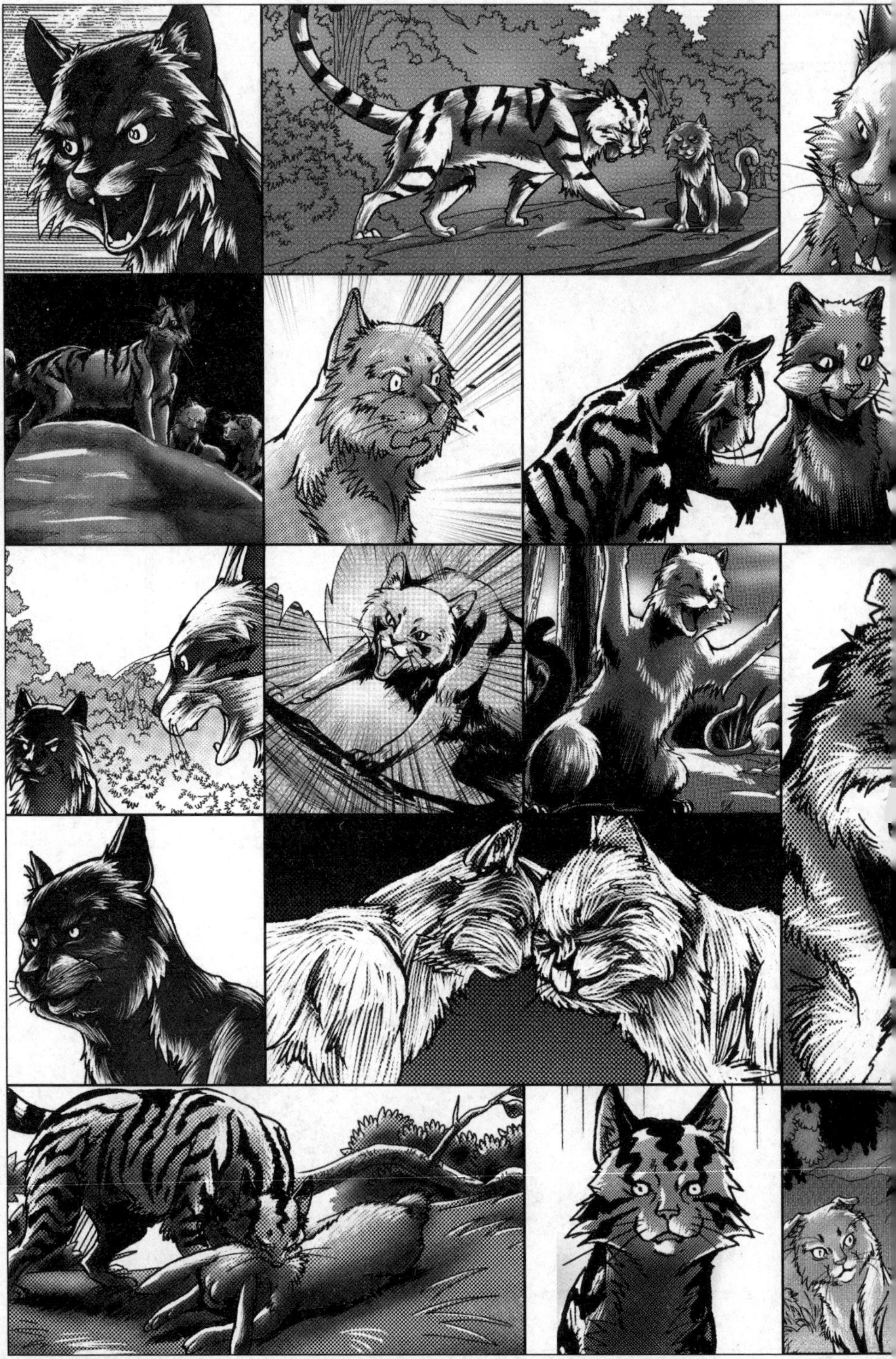

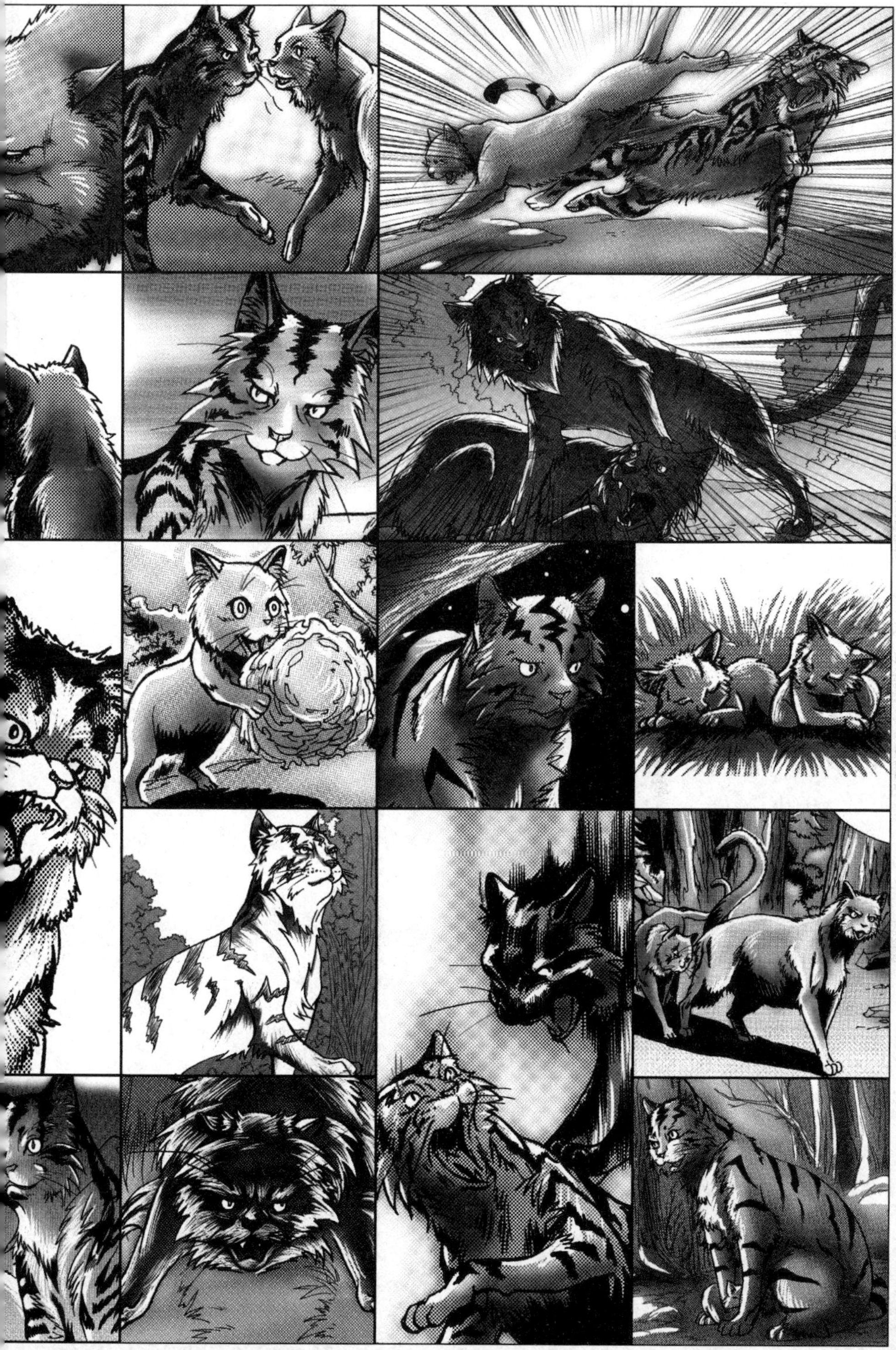

猫族成员

雷 族

族长
黑莓星——暗棕色虎斑公猫,琥珀色眼睛

副族长
松鼠飞——暗姜黄色母猫,绿色眼睛,一只脚掌为白色

巫医
叶池——浅棕色虎斑母猫,琥珀色眼睛,脚掌和胸脯为白色
松鸦羽——浅灰色虎斑公猫,蓝色眼睛,眼睛是瞎的
赤杨心——暗姜色公猫,琥珀色眼睛

武士(公猫及不在育婴期的母猫)
蕨毛——金棕色虎斑公猫,琥珀色眼睛
云尾——白色长毛公猫,蓝色眼睛
亮心——带姜黄色斑点的白色母猫
刺掌——金棕色虎斑公猫
白翅——白色母猫,绿色眼睛
桦落——浅棕色虎斑公猫
莓鼻——奶油色公猫,尾巴只剩一截
鼠须——灰白相间的公猫
罂粟霜——浅玳瑁色与白色相间的母猫
狮焰——金色虎斑公猫,琥珀色眼睛
玫瑰瓣——暗奶油色母猫
荆棘光——深棕色母猫,后腿瘫痪
百合心——小个头深灰色虎斑母猫,皮毛上有白色斑块,蓝色眼睛
黄蜂条——带黑色条纹的淡灰色公猫
藤池——银白相间的虎斑母猫,深蓝色眼睛
    (所指导的学徒是枝爪。枝爪是一只灰色母猫,绿色眼睛)

猫武士

鸽翅——浅烟灰色母猫,蓝色眼睛
樱桃落——姜黄色母猫
鼹鼠须——棕色和奶油色相间的公猫
雪丛——皮毛蓬松的白色公猫
琥珀月——浅姜黄色母猫
露珠鼻——灰白相间的公猫
暴云——灰色虎斑公猫
  (曾用名弗兰基)
冬青簇——黑色母猫
香薇歌——淡黄色虎斑公猫
栗条——暗棕色母猫
叶荫——玳瑁色母猫
云雀鸣——黑色公猫
蜜毛——带有黄色斑点的白色母猫
烁皮——橙色虎斑母猫,绿色眼睛

猫后(正在怀孕或照顾幼崽的母猫)
黛西——奶油色长毛母猫,来自马场
炭心——烟灰色虎斑母猫
梅花落——玳瑁色和白色相间的母猫,皮毛上有白色花瓣形斑点。是橙白相间的公猫小茎、姜黄色母猫小雕、黑姜相间的母猫小李树和公猫小贝壳的母亲

长老(从武士岗位上退休的老年猫)
灰条——暗灰色长毛公猫
米莉——带有条纹的浅灰色虎斑母猫,蓝色眼睛

影 族

族长

花楸星——姜黄色公猫,琥珀色眼睛

副族长

虎心——深棕色虎斑公猫

巫医

洼光——棕色公猫,身上有白色的花斑,浅蓝色眼睛

武士

褐皮——浅玳瑁色母猫,绿色眼睛
　　(所指导的学徒是蛇爪。蛇爪是一只蜂蜜色虎斑母猫)
杜松掌——黑色公猫
　　(所指导的学徒是涡爪。涡爪是一只灰白相间的公猫)
击石——棕色虎斑公猫,琥珀色眼睛
石翅——白色公猫
草心——浅棕色虎斑母猫
焦毛——深灰色公猫,耳朵上有划痕,耳朵已破裂
　　(所指导的学徒是花爪)

猫后

雪鸟——纯白色母猫,绿色眼睛。是白色母猫小鸥、灰白相间的公猫小松果
　　和灰色虎斑母猫小蕨叶的母亲

长老

橡毛——小个头浅棕色公猫
鼠痕——深棕色公猫,背上有一道很长的疤痕

风 族

族长

兔星——棕白相间的公猫

副族长

鸦羽——烟灰色公猫

（所指导的学徒是香薇爪。香薇爪是一只灰色的虎斑母猫）

巫医

隼飞——棕灰色公猫,毛色斑驳,有像隼的羽毛一样的白色斑点

武士

夜云——黑色母猫

（所指导的学徒是纹爪。纹爪是一只身上长满斑点的棕色母猫）

金雀花尾——灰白相间的母猫,毛色很浅,蓝色眼睛

叶尾——暗姜黄色虎斑公猫,琥珀色眼睛

烬足——灰色公猫,有两只脚掌是深灰色的

（所指导的学徒是烟爪。烟爪是一只灰色母猫）

风皮——黑色公猫,琥珀色眼睛

云雀翅——浅棕色虎斑母猫

莎草须——浅棕色虎斑母猫

轻足——黑色公猫,胸口有一抹白毛

燕麦掌——淡棕色虎斑公猫

羽皮——灰色虎斑母猫

鸣须——深灰色公猫

石楠尾——浅棕色虎斑母猫,蓝色眼睛

长老

白尾——小个头白色母猫

河　族

族长

雾星——蓝灰色母猫，蓝色眼睛

副族长

芦苇须——黑色公猫，蓝色眼睛

巫医

蛾翅——金色虎斑母猫，琥珀色眼睛
柳光——灰色虎斑母猫

武士

薄荷毛——浅灰色虎斑公猫
　　（所指导的学徒是柔爪。柔爪是一只灰色母猫）
暮毛——棕色虎斑母猫
　　（所指导的学徒是斑点爪。斑点爪是一只灰白相间的公猫）
鱼尾——深灰色与白色相间的母猫
　　（所指导的学徒是微风爪。微风爪是一只棕白相间的母猫）
锦葵鼻——浅棕色虎斑公猫
甲虫须——棕白相间的虎斑公猫
　　（所指导的学徒是兔爪。兔爪是一只白色公猫）

猫武士

卷羽——淡棕色母猫
豆荚光——灰白相间的公猫
鹭翅——深灰色和黑色相间的公猫
微光皮——银色母猫
（所指导的学徒是夜爪。夜爪是一只深灰色母猫，蓝色眼睛）
蜥尾——浅棕色公猫
湾皮——黑白相间的母猫
喷嚏云——灰白相间的公猫
蕨皮——玳瑁色母猫
（所指导的学徒是金雀花爪。金雀花爪是一只白色公猫）
松鸦掌——灰色公猫
枭鼻——棕色虎斑公猫
湖心——灰色虎斑母猫
冰翅——白色母猫，蓝色眼睛

长老
藓毛——玳瑁色和白色相间的母猫

天 族

族长
叶星——浅棕色与奶油色相间的虎斑母猫，琥珀色眼睛

副族长
鹰翅——灰色虎斑公猫，琥珀色眼睛
（枝爪和紫罗兰爪的父亲）

武士

雀毛——暗棕色虎斑公猫

麦吉弗——黑白相间的公猫

（所指导的学徒是露爪。露爪是一只健壮的灰色公猫）

梅柳——深灰色母猫

鼠尾草鼻——淡灰色公猫，身上有几乎看不到的浅色条纹

哈利溪——灰色公猫

梅花心——姜黄色与白色相间的母猫，是鹰翅的妹妹

（所指导的学徒是鳍爪。鳍爪是一只棕色公猫）

砂鼻——浅棕色公猫，四肢是姜黄色的，尾尖和耳朵是深色的

兔跃——棕色公猫

（所指导的学徒是紫罗兰爪。紫罗兰爪是一只黑白相间的母猫，琥珀色眼睛）

贝拉叶——浅橙色母猫，绿色眼睛

（所指导的学徒是芦苇爪）

猫后

微云——白色母猫，深蓝色眼睛

长老

闲蕨——淡棕色母猫，双耳失聪

极夜无光
JIYEWUGUANG

引　子

迟暮的落日将公猫脚下的岩石染成古铜色。他黄色的皮毛仿佛燃烧的火焰，身后拖着长长的黑影。今天是个好日子。他已经捉到了足以饱腹的猎物，还在溪水边玩了追逐蝴蝶的游戏。溪水清澈，带来群山的气息。他脚下的岩石上有一道深隙，开口够高，不至于被窥伺的狐狸发现，而且处在背风的位置。这将是个过夜的好地方。

他坐下来，享受着清凉的微风拂动皮毛的感觉。清凉预示着落叶季的临近，这使他感到兴奋。为了度过接下来的漫漫严寒，猎物会竭力进食把自己养得更加肥美。他舔舔嘴唇，想象着那更软嫩的肉质与更丰盛的滋味。他早已不再惧怕寒冷。一个个季节过去，他的捕猎技巧磨炼得越发娴熟，只有非常严酷的秃叶季才可能让他饿肚子。

他向下看去，发觉阴影中有些动静，是银色的皮毛。旧相识吗？"谁在那里？"一双明亮的绿色眼睛向上望来，他一下子就认出了它们。"松针尾！"他发出咕噜咕噜的声音，等待松针尾站上岩石，"我已经好久没见到你了！你还好吗？"

猫武士

那只母猫绕着他踱步,皮毛一起一伏。

公猫从松针尾散乱的目光中看出她心绪低落。他站起身,亲切地望着她,希望能抚慰她的伤痕:"出了什么事吗?坐下来吧,给我讲讲事情的经过。"

母猫停下脚步,凝视着他,满眼都是悲伤。

公猫立起了毛发,等待她开口。

"太可怕了。"她低声咆哮,微风吹乱了她的皮毛。

公猫轻轻地绕着她走了一圈,用自己的皮毛去抚平松针尾的。他感觉松针尾僵硬的动作放松了一些。"没那么糟吧,你确定?"

松针尾的焦虑化作了倦怠。她重重地跌坐下来,蜷起了身子。

公猫紧挨着她趴下,随着松针尾的目光一起遥望远方的地平线。他能感觉到松针尾的一根根骨头——她瘦了。"出什么事了?"他温柔地问道。

"我真傻。"她说道,"我信了不该信的猫。很多猫为此受苦。我必须把一切扳回正轨。"她转过头,迎上了公猫的目光,"你会帮助我吗?"

"我会尽我所能。"他热切地冲松针尾眨眨眼,然后又止住了话头。他突然从松针尾木然的眼睛中看出了隐藏其下的东西:她的眼底深埋着暗影。他身子一僵,坐起身审视她银色的皮毛。一道微弱的荧光从她体内透出,他曾见过这种光芒,虽然那并非来自松针尾的身上。刚才那炽热的夕照掩盖了它,但现在,随着暗影弥漫成

极夜无光

黑夜,那光芒也变得清晰可见了。它将她照得通亮,仿佛她吞下了月光。他的心忽然一痛。

"松针尾,"他深吸了一口气,"你是怎么死的?"

第一章

"枝爪,快点儿!"藤池的喊声从树林中传来。

嘘!枝爪恼怒地抽了抽尾尖。一只老鼠正在刚落下的橡树叶底下嗤嗤地抽动鼻子,她能看到它藏在树根的阴影里。藤池的话音打破了沉寂,老鼠也停住了,但枝爪没有动。直到老鼠重新开始在落叶间翻找食物,她才放松了一些。

她一跃而起,将爪子狠狠向下一扣,感到自己抓中了老鼠柔软的身体。她利索地将它杀死,叼起瘫软的老鼠转身回到其他猫身边。

藤池正把一只画眉——那是她们早些时候捉的——从香薇丛中拖出来。烁皮跟在香薇歌身后走来,而樱桃落正侧卧在一小片黄昏的日光中。枝爪走向他们,将老鼠抛到他们的猎物堆上。

狮焰端正地坐着,他审视着森林,仿佛在戒备可能存在的威胁。

"真不知道你在看什么。"烁皮冲他抽了抽鼻尖,"泼皮猫已经走了,其他族的猫也都挤在我们的营地里。"

"不是所有其他族的猫。"藤池纠正道。

"影族猫已经回去好几天了。"香薇歌补充了一句。

"但半个河族和一整个新来的族群还是把我们的巢穴挤得一塌糊涂。"烁皮抖松了皮毛,"为了让河族武士能住进我的窝,我一直睡在香薇丛底下,我真是受够了。不出一个月,香薇叶就会全都枯掉,然后我就得睡在露天挨冻了。"

"芦苇须需要你的窝。"香薇歌提醒她,"他被泼皮猫关押了那么久,需要时间去恢复。"

"他也不会在你那里住太久了。"藤池说道,"雾星说河族已经基本完成了营地的重建工作,他们很快就可以搬回去了。"

"那天族呢?"烁皮故意问道。

狮焰没有从那些树上移开他的目光:"天族也很快就会离开的。"

"离开后去哪里?他们现在没地方可去了。"樱桃落爬了起来。

"在下次森林大会上,族长们会做出决定的。"狮焰对她说道。

烁皮脊背上的毛发开始竖起:"他们能做什么决定呢?给天族新开辟出一片领地来生活吗?"

"湖边已经容不下一个新的族群了。"樱桃落瞥了枝爪一眼。

枝爪感觉自己一下子矮了半头。姜黄色母猫是在怪她吗?是我找到了天族,又把他们领回来的。这壮举曾令她无比骄傲,可如今却像是老鸹般啄着她的身躯。营地已经被挤满了,而天族又能到哪

里生活呢?可是我的父亲就在天族,我现在有了一个家。虽然这令她感到开心,但忧虑依然在她的腹中蠕动。也许把他们带回湖区只是我的一己私欲,也许我们真的容不下另一个新的族群。

"谁会为了他们去让出自己的领地呢?"烁皮紧盯着狮焰,仿佛确信金色的公猫会给出回答。

但狮焰只是耸了耸肩:"让星族来决断吧。"

"星族想要他们回来,"樱桃落伸出爪子翻动着狩猎队这一天的收获,"那就让星族去给他们找地方吧。"

香薇歌挪了挪爪子。"至少现在猎物还在到处奔跑。"他说道,"我只希望今晚每只猫都能吃饱肚子。"

"黑莓星今天已经派出了五支狩猎队。"藤池提醒他,"河族猫整修营地回来时也会带上他们抓的猎物。"

"前提是他们还回得来。"烁皮抽了抽鼻子,"昨晚雾星和她的队伍压根就没回营地。"

枝爪感到一阵愤怒涌遍全身:"我以为你正盼着他们赶紧走呢!"烁皮最近为什么总这么暴躁?她本来是一只对万事都乐观积极的猫。"他们不回来住,你不是应该感到高兴吗?"

烁皮不屑地弹动了一下尾巴:"我们带猎物回营地去吧!"她叼起一只鼩鼱和一只田鼠的尾巴。

"好。"藤池也叼起了画眉。

枝爪叼着她的老鼠。至少现在烁皮的嘴被塞满了,她不会再不停地抱怨了。狮焰、樱桃落和香薇歌带上了其余的猎物,他们一起

极夜无光
JIYEWUGUANG

向山谷走去。

枝爪在营地入口边等待其余的巡逻队成员们低头穿过荆棘通道，她跟上队尾时，刺棘的枝条撕扯着她的毛发。通道的另一端正对着被猫挤满的空地，他们的说话声简直像一群八哥。各种气味萦绕在她的周围，河族、天族的气息与她的族猫的气息混在一起。影族的臭味仍然残留在营地边缘的那些灌木丛上。

和往常一样，天族的武士都躺在学徒巢穴附近，在绿叶季的太阳沉下崖顶前抓紧沐浴最后的光芒。他们的两位学徒露爪和鳍爪正在空地上练习格斗，而芦苇爪不带敌意地嘲笑着兄弟们做出的笨拙的跳跃与翻滚动作。落叶季来得很急，树叶从山谷外的树木上飘落，轻柔地落在他们四周。

枝爪扫视着天族的猫，寻找鹰翅、梅花心和紫罗兰爪的身影。这些都是她的至亲。几天前影族返回自己的领地时，花楸星允许紫罗兰爪再逗留一段时间，这样她就能多和父亲与姑姑生活几天。枝爪很乐于和她的至亲们共享营地，每当她找不到他们时，她就开始为他们去了哪里感到焦虑。再次失去他们的恐惧令她难以释怀。

叶星就站在她的族猫旁边，枝爪对上了她的目光。这只浅棕色与奶油色相间的杂色母猫——天族族长——一定读懂了她目光里的忧虑，于是冲着巫医巢穴的方向点了点头。"赤杨心正在给鹰翅做检查。"她在众猫的一片咕哝声中提高了音量，"紫罗兰爪也跟他一起去了。"

关切之情令枝爪皮毛发痒。"他没事吧？"枝爪忍不住问道。

"别担心。"叶星咕噜了一声,"今天赤杨心给我们都做了检查,我猜你们的巫医喜欢喂我们吃草药。"

天族母猫梅花心抬起了头,枝爪最近才知道她是她父亲的同窝手足。"他说草药能让我们恢复体力,但我看他估计就是喜欢观赏我们吞草药时的表情吧。"梅花心说道。

育婴室外的微云身子颤抖了一下。"在把幼崽们生出来前我可不想再吃药了。"她气恼地说道,并瞥了自己隆起的肚皮一眼,"就算草药不占地方,我的肚子也快要装不下这群孩子了。"

梅花落躺在她身旁。"你的孩子们很快就会出生。"正当她说话的时候,小茎和小雕蹒跚着从他们母亲的身上翻过,奔向了在其他猫之间左冲右突的小李树和小贝壳。他们在玩武士狩猎的游戏,不时发出一声声兴奋的尖叫。梅花落响亮地咕噜了一声:"你要知道,等他们一生出来,你就再也别想清净了。"

枝爪感到肚子里有些疼,于是赶忙前往猎物堆。一小群河族猫正挤在高石台下。曾被暗尾及其泼皮猫关押折磨的芦苇须、薄荷毛、蕨皮还有冰翅现在看起来依然瘦骨嶙峋、眼窝深陷。在那段时光里,他们不但忍饥挨饿,而且溃烂的伤口也始终没能得到治疗。当柳光把药糊舔进薄荷毛的伤口时,湖心和锦葵鼻戒备地在一旁守着他们。

雷族的巡逻队也都回到了营地。莓鼻和罂粟霜在武士巢穴外享受猎物,亮心和云尾在一旁互相舌抚。松鸦羽在巫医巢穴入口帮助荆棘光做着锻炼。桦落正愣在空地中央,仿佛刚丢了什么东西。他

极夜无光
JIYEWUGUANG

伸长脖子仔仔细细地分辨营地中数不清的毛团,仿佛在搜寻着谁。当终于看到了白翅,他兴奋地咕噜了一声跑到伴侣的身边。

枝爪在挤满空地的猫群中艰难地走着,这时灰条也走出了长老巢穴。在他身后,金银花围墙被里面活动的猫挤得鼓了出来。河族长老藓毛和另外两只天族的猫现在也住在那里。灰条抖松了他的皮毛。"新鲜空气可真好啊!"他用低沉的声音感叹道,语气欣慰,"里面真是太闷了,闷得连跳蚤都要逃出来透透气了。"

他的声音淹没在了其他猫的交谈声中,高石台上的黑莓星还是注意到了长老的目光,并同情地点了点头。

枝爪终于来到猎物堆前放下了她的猎物。

"看见这个了吗?"鼹鼠须已经等在那里了,"河族猫带回了青蛙。"他嫌恶地盯着毛茸茸的猎物中间那个臃肿而光滑的东西。

枝爪的鼻子皱了起来:"大概他们比较习惯这种味道吧。"

"只要他们不试图让我们也吃这个就行。"鼹鼠须抽了抽鼻尖。

樱桃落将她的兔子抛到猎物堆上。"至少他们还带了点儿东西回来。"她若有所指地瞥向天族的猫,"我们的某些访客到现在还虚弱得不能狩猎呢。"

枝爪的毛发一下子竖了起来:"这不是他们的错!他们经历的磨难太多了!"

藤池擦着她走过,把猎物放在地上:"松鸦羽说他们应当休息到体力恢复为止。"

樱桃落不满地嘟囔道："那谁在我们喂养半个森林的猫的同时来帮我们恢复体力啊？"

狮焰和香薇歌也在旁边丢下了他们的猎物。狮焰严肃地冲樱桃落说道："光是抱怨可帮不上任何忙。"

"但她有权发表自己的看法。"鼹鼠须往姜黄色母猫身边挪了挪，生气地瞪着狮焰，"再说，我们真的能把天族称为一个真正的族群吗？"

樱桃落弹了弹尾巴表示赞成："他们也许就是下一群泼皮猫。"

枝爪对她怒目而视。她怎么能说出这种话！

她刚张开嘴想为父亲的族群辩护，香薇歌就开了口："黑莓星说了，他们是最初的五大族群之一。你这是要质疑族长的话吗？"淡黄色虎斑公猫朝鼹鼠须眨了眨眼。

"那我们为什么之前没听说过天族？为什么只有黑莓星知道他们的存在？"

藤池气恼地挥舞着她的尾巴："星族也知道他们的存在。"她说道，"难道你连我们祖灵的话也想否认吗？"

枝爪心中涌起对老师的感激之情。

藤池继续说道："在这么不恰当的时间回归并不是天族猫的错。"

"他们必须要回归，"狮焰补充道，"这是预言的一部分。"

"但他们可不是依靠星族的指引回来的，"樱桃落的目光落

极夜无光

到了枝爪身上,"是某只猫把他们领了回来,因为她想要找到爸爸。"

"这也是预言的一部分。"狮焰反驳,"我们从暗影中发现了枝爪,而她将驱散天空的……"

枝爪再也忍不下去了。樱桃落的话像荨麻般刺痛着她。她转过身,羞愤得浑身发烫。樱桃落说得没错。她能找到天族确实是因为她想要找到父亲。指引着她的脚爪的并非星族的旨意,而是她的私心。

"等等!"藤池追上了她。

枝爪停下脚步,忧虑使她的皮毛刺痛:"我不是故意把这一切搞砸的。"

"你把天族带回了我们身边,这可是大功劳。"藤池对她说道,"这里就是他们的归属之地。星族希望他们回来,而你就是找到他们的功臣。"她用鼻子触了触枝爪的脑门,"我真为你感到骄傲。还有……"她后退一步直视着枝爪的眼睛,"我很抱歉,在你想要寻找至亲的时候没有提供任何支持。"

枝爪感激地看着藤池,老师的致歉让她好受了一些。要是当初雷族派出了搜索队,那她就不必违抗黑莓星的命令独自出发。但最令枝爪伤心的还是她的老师没有在这件事上给予她分毫支持,因为这件事对她非常重要。"谢谢你。"她闭上了眼睛,"但我担心我把天族带回来的行为给我的族群带来了更多的麻烦。"

"就算你真的带回了麻烦,也一定是星族想要让我们经受

的。"枝爪睁开了眼睛,藤池迎上她的目光继续说道,"而这麻烦和我们前几个月的经历相比小得不值一提。暗尾已经死了,他手下的泼皮猫也都早已溃逃。族群的生活必将回归正轨,我们也必将为天族找到归宿。这也许会很艰难,但一旦成功,所有的族群都将变得更加强大。"藤池低下了头,"我很抱歉,当时我最在意的并不是你或天族。"

"那你在意的到底是什么?"

藤池警惕地向四周望了望:"虎心和鸽翅自告奋勇参与搜寻时,实在太过积极了。"她放低了音量,"我认为让他俩一起去寻找不是什么好主意。"

枝爪明白了过来。当虎心暂住在雷族营地时,他和鸽翅为了能一起狩猎巡逻找了各种各样的借口。他俩还分享过猎物。每当鸽翅与虎心皮毛相擦地走向猎物堆时,枝爪总能看到族猫们暗暗交换责难的目光。现在虎心和其他影族猫都离开了,藤池一定松了一大口气。她的姐妹与另一族群的副族长之间的这种关系,除了带来更多麻烦,还能带来什么呢?

于是枝爪点了点头:"所以你的本意并不是阻止我寻找我的父亲?"

藤池注视着她,缓缓地眨了眨眼:"当然不是。让你心生误会,我真的感到很抱歉,是我的反应让你陷入了危险。"

"你也没有因为我溜走而感到非常生气?"枝爪追问道。

"换了我也会那样做。"藤池的目光中充满了温暖,"你安全

极夜无光

地归来了，这真的令我非常高兴。能够拥有你是雷族的幸运。"

枝爪的喉咙里涌出一阵呼噜声。她们终于解开了误会，这让她感到愉悦。突然之间，樱桃落的抱怨变得无足轻重。她重拾了信心，感到自己带天族回家的举动是完全正确的。"谢谢你，藤池。"

藤池朝着巫医巢穴点了点头："我想紫罗兰爪现在需要你。"

枝爪顺着她的目光看去，紫罗兰爪正在巢穴入口附近焦急地盯着她。鹰翅出什么事了吗？枝爪赶忙向她跑去，心一下子提到了嗓子眼："出什么事了？"

松鸦羽在她经过时抬起了头。"什么事也没有。"他抬起荆棘光的一条后腿，开始缓缓地为她按摩，"赤杨心刚刚下定决心要让天族猫接受比营地里的其他猫多两倍的关照。他大概正盼着叶星把他任命为天族巫医吧。"

"你这么说太不公平了！"枝爪停了下来，怒视着松鸦羽，"他只是在做优秀的巫医该做的事，就像你教他的一样。"

松鸦羽的蓝色盲眼盯着枝爪，但什么也没说。相反，他的眼睛瞪得更大了一些，仿佛枝爪的反抗令他佩服。

"快进来。"紫罗兰爪催促道，她的目光飞快地在繁忙的营地中扫视了一圈。枝爪知道她的妹妹并不适应在雷族里生活。但她当初在影族过得也不好，更别提跟着泼皮猫的时候了。只有在鹰翅身边的时候，她才会表现出快乐。

枝爪跟随着妹妹走进了巫医巢穴。傍晚的斜阳照耀着洞顶，潮

猫武士

湿的岩壁上金光闪烁，细流蜿蜒而下，汇成一汪小池。池水边，赤杨心正检查着鹰翅的皮毛。"这些抓伤已经愈合了，现在你看上去好多了。"巫医对他说道。

"所以现在我可以狩猎了？"鹰翅看起来十分期待。

"你应当再休息一两天。"赤杨心将一小撮草药推向天族副族长。

"你确定？"鹰翅有些焦躁地问道，"我可不想成为雷族的负担。我也想为猎物堆做出贡献。"

"我确定。"赤杨心一屁股坐了下来，"我也很确定那几只老鼠或是田鼠很愿意再多活几天。"

鹰翅瞥见了枝爪，他咕噜了一声："狩猎成果怎么样啊？"

"好极了。"她穿过巫医巢穴蹭蹭父亲的脸颊，"我抓了一只老鼠和一只鼩鼱。"

"我简直等不及想要和你一起出营地去了。"说完，他转向紫罗兰爪，"我一直梦想着有一天能和我的女儿们一起狩猎。"

紫罗兰爪坐下来，卷过尾巴盖住了爪子，开心地迎着父亲的目光。

内疚使枝爪感到痛苦。鹰翅早已经说过，如果她们加入天族，他会感到非常高兴。她应该去天族吗？至亲间的血缘纽带真的比抚养她长大的族群更重要吗？

"你们都成为优秀的猫。"鹰翅转向了赤杨心，"谢谢你发现了她们，又照顾了她们，我简直无以为报。"

极夜无光
JIYEWUGUANG

赤杨心不好意思地挪开了目光。"这是我的荣幸。"他咕哝道,"能够见证天族回到它的归属之地,我感到非常欣慰。自从看到第一个幻象起,我就一直在寻找你们的踪迹。"

"回到其他族群之间是件好事,"鹰翅说道,"我们现在只差找到属于自己的领地了,这样就不必再仰仗其他族群的善行为生了。"

湖边已经容不下一个新的族群了。樱桃落的话在枝爪的脑海中回响着。但其实湖区的面积真的很大。标记完雷族的所有边界要花上整整一天,其他族群的领地应该也大抵相似。他们肯定并不是真的必须要占领那么大的领地吧?樱桃落只是在找碴儿罢了。她不再去想族猫的话。"外面有新鲜猎物。"她说道,"我们去拿点儿吃吧。"

"先把你的药吃完。"赤杨心提醒鹰翅。

鹰翅舔服下了那些草药的碎叶,枝爪走向巢穴入口。她刚钻出来,就听见一声愤怒的吼叫破空传来。

"那你让藓毛吃什么?"河族的棕色虎斑公猫枭鼻正愤怒地瞪着云尾。猎物堆已经小了一圈,但里面还是有不少老鼠和田鼠,樱桃落的兔子也在其中。

"剩下的猎物喂饱藓毛绰绰有余。"云尾尖刻地回答,"我不知道你在生哪门子气。"

枭鼻对他怒目而视。"你忘记了武士守则吗?最虚弱的猫优先进食。"他瞥向在空地边缘吞吃猎物的雷族武士,又看向正分享画

眉的灰条和米莉。他暴怒的目光让整个营地都陷入了沉默，一阵寂静降临在山谷上空。"凭什么你们的长老在吃东西，而我们的就只能挨饿？"

藓毛坐在长老巢穴的门口，睡眼蒙眬。

灰条停止了进食，抬起了头，他的耳朵竖立了起来："有谁还饿着肚子吗？"

"藓毛！"枭鼻义愤填膺地回答道。

"她刚才在睡觉。"灰条对他说道，"即使是河族猫也没法在睡梦中吃东西，而我也不想吵醒她。没什么比打盹被打断更糟糕了。"

枭鼻眉头紧锁："饿肚子就更糟。"

米莉坐起了身："藓毛可以和我们一起吃。"她弹动尾巴示意河族长老一起来吃画眉。

藓毛向米莉走了过去，毛不自然地竖着。

枭鼻的毛也奓开了："所以我们就只配吃雷族猫的残羹了吗？"

"要是你能少抱怨多狩猎，猎物就够所有的猫吃了。"鼹鼠须挑衅地抬起了下巴。

但猎物已经够所有的猫吃了。枝爪看着猎物堆上剩下的猎物。为什么公猫们都这么爱小题大做？

鹰翅和紫罗兰爪从巫医巢穴的方向走了过来。

"他们在吵什么？"看到湖心和蕨皮走到枭鼻身边陪他一起瞪

着鼹鼠须,紫罗兰爪低声问道。

枝爪不安地挪了挪脚爪:"我想是因为营地里的猫实在太多了吧。"

荆棘屏障一阵晃动,雾星走了进来,鱼尾、微风爪、锦葵鼻和豆荚光跟在她身后。他们停下了脚步,惊讶地看着这剑拔弩张的场面。营地突然陷入了沉寂。"这是怎么回事?"河族族长询问道。

黑莓星从高石台上一跃而下。"只是一点儿分歧而已。"他解释道,"不必为此担心,等所有猫都吃过东西之后,大家就会舒服多了。"

雾星看了看枭鼻、湖心和蕨皮:"我希望你们心怀敬意,雷族待我们不薄。"

几位武士避开了族长的目光。

雾星猛地一挥尾巴,转向黑莓星低头行礼:"感谢你们的慷慨,不过我想河族是时候回家去了。"

黑莓星用鼻尖指了指芦苇须和薄荷毛,他们是河族武士中受伤最重的猫:"你觉得这个决定明智吗?"

雾星瞥了他们一眼:"不必担心,我们会照顾好伤员。我们的巫医和你们的一样经验丰富。现在营地的修复进度也已接近尾声,我们该回家去完成最后的工作了。"

黑莓星点了点头:"很好。需要我派一支雷族巡逻队陪你们同去吗?他们可以留在那边帮忙。"

"谢谢你,但不必了。"雾星语气坚决。

"那至少留下来吃过晚餐再走吧。"黑莓星又瞥向刚吃下一口画眉的藓毛。

所有的目光都聚焦在了雾星的身上,枝爪感到胸口发紧,意识到自己不自觉地屏住了呼吸。她不希望河族在这气氛紧张的节骨眼上离开。

过了一会儿,雾星才缓缓地眨了眨眼:"谢谢你,黑莓星。我们会的。"

枝爪松了一口气,和身边的紫罗兰爪还有鹰翅一起等待黑莓星领着河族族长走向猎物堆,并把樱桃落的兔子拱向她。

雾星把兔子推开了,捡起了一只鼩鼱说:"我吃这个就够了。"

她离开后,枝爪才走到猎物堆旁。她给鹰翅递了一只老鼠,又给了紫罗兰爪一只鼩鼱,最后给自己挑了一只田鼠。

"我们到哪里去吃?"紫罗兰爪紧张地环顾着拥挤的营地。

"去那边。"枝爪朝天族众猫附近的一小块空地点了点头。

鹰翅和紫罗兰爪动身时,藤池叫住了枝爪。

"枝爪!"她的老师兴奋地朝她跑来,"我已经和黑莓星谈过了,我们都认为是时候为你举行测评了。"

我的测评!激动之情在枝爪的皮毛间摩擦出火花。她终于要获得自己的武士名号了!但这念头却像是冻结在了她的脑海中。她望向空地的另一端。在那里,鹰翅和紫罗兰爪正在天族猫身旁进食。这真的是我所渴望的吗?成为一名雷族的武士?也许她更该做好在

天族生活的准备，就像显然已经下定决心的紫罗兰爪一样。毕竟，这是她们父亲的愿望。

　　雷族现在还是我真正的家吗？

第二章

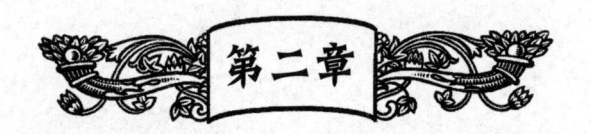

赤杨心用爪子拂过微云的腹部，欣慰地看到她的皮毛已经重新变得丰满光滑，幼崽们正在她的肚子里翻腾着。"他们都很强壮，和你一样健康。"他后退一步坐下，对躺在雷族育婴室外的天族猫后满怀敬意。微云和她的族猫在雷族落脚后体重都增加了不少，看上去也健康多了，至少她的肩胛不再像麻雀翅膀一样形销骨立地显露。"你的孩子们不久就会降生。"

他身旁的叶池上前为猫后检查身体："看来他们能等到你恢复生产的体能后再出来，这真是太好了。"

"我希望他们能继续等到我们建成自己的营地。"微云的眼睛里闪烁着激动的光芒。

赤杨心发出一阵呼噜声。几个月以来，事态头一次回归了正轨。河族在三天前就离开了，现在他们营地的重建工作已经进入尾声。影族也肯定返回了他们曾经的家园。风族不再封锁边界，天族的武士们也恢复了强壮，能够外出狩猎补充猎物堆。

一些雷族猫仍在抱怨营地拥挤，但天族很快就会拥有属于他们自己的领地。星族的预言终于得以应验：天族将重归族群之中。赤

极夜无光
JIYEWUGUANG

杨心冲微云温暖地眨了眨眼:"你的孩子将会成为第一批降生在湖边的天族猫。"

叶池对上了他的目光,她的眼中有警告之意。"过来一下。"她快速说道,"松鸦羽要我们去帮他整理草药库。"

他又说错什么话了吗?"我们不是该先决定由谁来给微云接生吗?"他小跑着追上穿过空地的浅棕色虎斑巫医,"别忘了,天族现在还没有巫医,我们中肯定要有一个去陪她。"

"我们可以等时候到了再做决定。"叶池没有停步。

"可如果她搬进她的新营地呢?"赤杨心争辩道,"也许我应该跟他们一起搬过去,直到他们找到自己的巫医。"

叶池在巫医巢穴外停下脚步,转向了他:"你不该和她说她的孩子将会降生在湖边。"

赤杨心惊讶地眨了眨眼。"但他们一定会,不是吗?他们现在随时都可能出生的。"

"我们都不知道天族是否会留下。"

叶池的话语像一阵烈风般冲击着赤杨心。"你这是什么意思?"赤杨心问道。

"你也听见族猫的怨言了,对吧?"叶池压低了声音,她的目光扫过在空地中闲逛的雷族猫。鼹鼠须和刺掌在比试格斗动作,桦落和藤池在与香薇歌一起分享老鼠,而烁皮坐在高石台上松鼠飞的身边。"我和你一样希望天族能留下来在这里安家,但并不是所有猫都这样想。"

赤杨心有些迷惑："他们只是在抱怨我们不得不分享巢穴与猎物罢了。一旦天族搬到他们自己的营地里，大家就不会再多说什么。"

叶池向他靠了靠："是什么让你以为，这些连巢穴都不愿分享的猫会甘心让出他们的领地呢？如果天族想要留在湖区，他们能去哪里生活？他们需要领地，而他们的领地只能由其他族群来提供。"

"那又怎样？"赤杨心拒绝去思考这个问题，他不想让其他猫的自私影响他的决心，"是星族想要让天族回归，他们降下了预言，把他们领到这里来。为什么会有猫认为占有一小块领地比遵从星族的意愿还重要？"

"有些猫很难接受星族竟会要求他们拱手让出当初付出了那么多代价才争得的领地。"叶池提醒他。

"没有猫会把领地看得比星族更重！"

"你真这么以为？"叶池的目光斜向了高石台。

赤杨心疑惑地抬头望向正在聊天的烁皮和松鼠飞："松鼠飞支持我去寻找天族。"

"那烁皮呢？"叶池问道。

"她最开始就是和我一起去找他们的！"

"但寻找可不等于接受。"

"你到底想说什么？"赤杨心不敢相信自己的耳朵，"你觉得烁皮会反对天族留下？"

"你还是自己去问问她吧。"叶池耸了耸肩。

话音未落,松鸦羽就出现在了巫医巢穴的门口:"你们两个,快点儿!我希望在太阳高升之前把草药都收拾好,秃叶季可不会等着我们。要是什么草药库存不够了,我们还得赶在气温下降毁掉叶片之前收集它们。"

叶池偷偷瞟了赤杨心一眼:"我的儿子好像已经忘记,在他出生前我就开始独自掌管巫医巢穴了。"

赤杨心几乎没听见叶池说了什么,他只是焦虑地望着烁皮。要是连她也不认为天族属于湖区,那还有谁会这样认为?

赤杨心匆匆地跑到了同窝妹妹的身边:"真希望枝爪明天的测评一切顺利。"他放慢脚步与烁皮并肩而行,跟着其他族猫沿湖岸前进,"我觉得她很紧张。"这是事实——自从几天前藤池告诉她将要举行测评起,枝爪就一直心神不宁。但赤杨心提起枝爪的真正用意是,正是她带领天族返回湖区的,这也许能让烁皮说出一些她对这一新族群的真实看法。

"她不会有问题的。"烁皮咕噜了一声,"明天的这个时候,她就该拥有自己的武士名号了。"

又大又圆的黄色月亮高悬在漆黑的天空中,从湖面吹来一阵冷风,荡起了赤杨心的皮毛。森林大会马上就会开始。黑莓星和松鼠飞带队向小岛前进,叶池和藤池紧随其后,樱桃落和鼹鼠须也跟着他们。刺掌和桦落离湖岸稍远,他俩和百合心、蜜毛、枝爪一起走

在队尾。天族远远地跟在他们后方,像是岸边的阴影。

赤杨心一直想问问烁皮她是怎么看待天族的,但整个下午松鸦羽都让他片刻不停地采集草药,这是他头一次找到与她单独交谈的机会。他谨慎地斟酌着字句。要是直接问她是不是觉得天族不属于这里会不会太过冒犯了?要是她表示肯定,他又该怎么说?

"你觉得族群会怎么决定?"他脚下的鹅卵石嘎吱嘎吱地响。

"决定什么?"烁皮瞥了他一眼。

"天族。"

烁皮望向了黑莓星:"让我们祈祷他们能做出正确的选择吧!"

"正确的选择?"赤杨心装作漫不经心地接话。

"正确的选择就是让真正的族群继续生活在他们一直以来生活的地方。"

"真正的族群?"

"你应该明白的。我们、影族、河族还有风族,所有这些一直以来就生活在湖边的族群。"

"不包括天族吗?"赤杨心警觉地竖起了毛发。

"这里不会是他们的家。从来都不是。"烁皮理所当然地回答道。

赤杨心吞了一口唾沫:"那你觉得他们该怎么办?"他突然害怕听到烁皮的回答。

烁皮瞟了他一眼,目光锐利了起来:"哪儿来的回哪儿去呗。"

赤杨心不敢相信自己的耳朵。

"暗尾已经离开河谷了。"她继续说道,"他们可以回他们真正的家里去。"

"那星族呢?"赤杨心气急败坏地追问道,"那我的幻象又怎么算?它们对你而言就真的什么都不是吗?"

"星族要我们寻找天族,而我们已经找到了。"小岛上的树木在视野中变大,在前方的湖岸边投下月光的阴影,"他们说过允许天族搬进我们的领地吗?"

赤杨心回想着星族传递的信息,真心希望他的武士祖灵没有把话说得那么含糊。它们一直催他寻找天族,但正如烁皮问的那样,它们从没明确地说过找到天族之后下一步怎么办。"它们没有直接这么说,但我相信星族希望我们与天族保持紧密的联系。"

烁皮怀疑地看着他:"那有什么用?你也看到放任那些乱七八糟的猫搬进我们的领地会带来什么恶果了。"

"天族不是那些乱七八糟的猫!"她是真的在把天族猫看成和暗尾的泼皮猫一样的猫吗?"他们是武士,和我们一样。他们遵循的武士守则与我们无二,而且他们也与他们的武士祖灵一同分享梦境。"

"所以要由谁来分领地给他们住呢?"烁皮反问,"你真的盼望看到湖区的边界再多一条吗?你真的觉得那能带来和平吗?"

她没有给他任何回答的机会,就加快脚步追上了樱桃落与鼹鼠须。赤杨心看着她的背影,感觉嘴巴发干。他一直以来的努力都是

毫无意义的吗？湖区的四族会强迫天族离开吗？

湖水轻轻地拍打着湖岸，他已经能够听到风吹入岛上树林的声音。求求你们，星族，请别让其他猫都和烁皮一个想法。

赤杨心停在横跨于岛屿与湖岸之间的树桥旁，等待他的族猫先通过。只有叶池在路过时放缓了脚步："你还好吗？"

他失落地冲她眨眨眼："你说得对，烁皮想让天族离开。"

叶池用鼻子碰了碰他的耳朵。接着她开口了，温暖的呼吸笼罩着他。"烁皮没法代表所有的猫，"她轻声说道，"但如果族群下定决心不许天族留下，那你也必须得接受这个结果。"

赤杨心猛地竖起毛发："绝不！"

"我们别无选择。"叶池跳上树桥向对岸小岛走去，"无论发生了什么，我们都必须相信星族会指引族长们的路。"

天族的猫也接近了树桥。赤杨心在他们追上来前跃上了倒下的大树，这样他就不必面对他们满怀希冀的目光了。他跟随族猫穿过对岸丛生的长草，进入了长草后方的空地中。风族、影族和河族已经到了，但空地中只回荡着一丝微弱的窃窃私语声。每只猫都在用最低的声音交谈，他们交换着谨慎的目光，族群间的界限也泾渭分明。

赤杨心的皮毛焦虑得刺痛起来。他本以为他们会表现得更为欢欣一些，不管怎么说，他们都已经协力杀死了暗尾，并将泼皮猫统统逐出了领地。而且天族也回来了。天空的阴霾已经被驱散，赤杨心想起了星族的预言，难道我是唯一对此感到高兴的猫吗？

极夜无光

叶池弹了弹尾巴示意他过去。叶池已经坐在了大橡树之下,和柳光、蛾翅、洼光还有隼飞一起。隼飞身体显得有些僵硬,拘谨地坐着,不安地扫视群猫。

赤杨心匆匆地从影族与河族猫之间宽敞的空隙中穿过,看到前来参加大会的影族猫竟如此之少,心中不由有些吃惊。风族孤零零地待在空地的另一端,而他自己的族猫则聚集在离巫医们不远的地方。他心中一痛,回想起当初他第一次参加森林大会时,各族的学徒们还能一起交换听来的故事,或者炫耀他们新学会的狩猎动作。

可现在所有的学徒都安静地坐着。涡爪和蛇爪像石头一样端坐在他们的影族老师身旁,而纹爪、香薇爪和烟爪这几只年轻的风族猫悄悄地眨着眼睛,似乎对他们的冷漠感到疑惑。深灰色的河族学徒夜爪,紧张地瞥着微风爪,可她的同巢猫却扭开了头,任由夜风吹乱她的棕白色皮毛。

赤杨心的爪垫微微刺痛起来。他们这是怎么了?他把目光投向整个空地。长老们呢?他们可一直喜欢到森林大会上聊些家长里短,但今晚只有灰条和米莉到场了。

他走到叶池身边时,天族的猫也从长草丛中走了出来,空地突然安静了下来。梅柳和梅花心跟随着叶星和鹰翅走来,他们的族猫跟在后面。除了微云因为临盆无法长途跋涉留在营地外,所有的天族猫都来了。

叶星停了下来,抬起了下巴,让她的族猫列队走过。鹰翅眯着眼睛扫了一圈,才走向了雷族猫旁边的一块空地,并甩甩尾巴示意

梅柳跟上他。

梅花心也跟了上去。露爪、芦苇爪和鳍爪紧紧地黏在他们的老师身旁，瞪大眼睛盯着其他的族群。他们此前见过如此之多的猫挤在一个地方吗？紫罗兰爪走出草丛，看上去十分紧张。她停在了鹰翅身边，目光在父亲与影族间游移不定。赤杨心猜想她一定在纠结该坐在哪边——影族，还是天族？也许她会选影族吧。现在影族的猫看上去也太少了。

紫罗兰爪对着鹰翅的耳朵悄声说了几句，鹰翅也小声地回答了她。然后她垂下目光，飞快地跑到了狮焰身旁的枝爪身边。天族猫纷纷在鹰翅身边坐定。花楸星的确允许紫罗兰爪再和雷族猫待一阵子，可她真的想清楚自己究竟属于哪里了吗？

黑莓星走上前，向兔星、花楸星和雾星低头行礼。他们依次跃上大橡树那又长又结实的低枝。

赤杨心期待地望向了叶星。她会加入他们吗？失望的痛苦向他袭来，叶星只是走到大橡树下坐在了她的族猫身边，并伸过长长的棕色尾巴遮住脚掌。

四族的副族长虎心、松鼠飞、芦苇须——他现在看上去健康多了——和鸦羽坐在大橡树的树根间，鹰翅则留在了叶星身旁。所有的猫又都向大橡树靠拢了一些，但满怀敌意的目光在阴影中闪现，最终聚焦在了花楸星的身上。

"花楸星还有必要站到那上面去吗？"冰翅尖刻的声音划破了冰封般的空气。这名河族的母猫愤怒得奓开了毛。

极夜无光

湖心也狠狠地甩动着尾巴:"是啊,影族还配说自己是个族群吗?"

"他们选择和泼皮猫结为同伙!"豆荚光咆哮着。

"我没有!"花楸星怒视着河族的武士。

豆荚光毫不退缩:"可连你的族猫都觉得你当族长当得还没有暗尾好!"

"什么样的族长才会让族猫这么失望啊?"鸦羽发出一声低吼。

"每个族群失去的每一只族猫所流的血,你爪子下面都要算上一份!"

赤杨心认出那是鼹鼠须的声音,心一下子提到了嗓子眼。

"我们也承受了损失!"花楸星厉声喝道。

赤杨心向影族猫望去,他们的数量是那样的少。但他们的乖戾一如既往,每只猫都竖起了毛发,胸膛也一起一伏。他突然好奇他们是否也将本族族猫的死归咎于花楸星。虎心坐在几名副族长中间,表情不可捉摸。褐皮抬头望着花楸星,眼神中流露出同情。他俩当然不会指责花楸星什么——虎心是他的儿子,而褐皮是他的伴侣,他们自始至终都忠于花楸星。可其他猫到底是怎么想的呢?

影族的猫不安地做着小动作,避免着一切来自同族猫或是异族猫的眼神交流。赤杨心能体会到他们的愧疚。是他们决定追随泼皮猫,也是他们的决定差点儿将影族引向深渊。但如果花楸星能表现得更好一些,他们还会走上这条糟糕透顶的路吗?

猫武士

　　黑莓星用严厉的眼神扫过全场："责骂是没有意义的。现在最重要的是，我们应当铭记之前大家如何齐心协力驱逐了那群泼皮猫。我们没有让他们毁掉族群，现在更不能因为他们而产生分歧。联合起来，我们才能强大。如果说数月来的经历让我们学到了什么，那么这就是答案。"

　　猫群中仍传来愤怒的低语，但不再有猫大声抗议了。

　　黑莓星继续说道："今晚我们齐聚于此，是为了缅怀牺牲的族猫，并做出未来的计划。"他鼓励地看向叶星，并挪了挪爪子，仿佛想在枝条上空出一块地方。但叶星微微摇了摇头，表示现在还不是时候。赤杨心能理解为什么天族族长不愿在此时面对所有族群。众猫身上的毛现在依然夂着。

　　"花楸星，"黑莓星向影族族长点头致意，"我为你们失去的族猫感到悲伤，让我们在此缅怀吧。"

　　花楸星感激地眨了眨眼。"在暗尾统治时期，许多猫都失踪了。"他开口说道，"没有猫知道他们出了什么事情，但恐怕我们必须面对最不幸的答案。我们失去了雾云、桦树皮、狮眼、石板毛、莓心、涟尾、雀尾……"

　　当听到花楸星继续列出那些失踪的猫的名字时，赤杨心惊呆了。这太多了！他从没想到他们的损失会如此严重。也难怪今天森林大会到场的影族猫会这么少。

　　"要是我们能够知道在他们身上发生的悲剧……"花楸星的声音逐渐减弱。

极夜无光
JIYEWUGUANG

"他们八成是跟着泼皮猫跑掉了！"湖心气冲冲地说。

"不是！"花楸星的眼中闪着怒火，他迎着河族武士的目光说道，"泼皮猫的确拐走了我们的一些武士。滑须、蓍叶和尖毛选择了一起逃走，影族永远不会原谅他们。但其余失踪的猫都是在试图逃离暗尾的控制时失踪的。"

"是真的！"雪鸟大喊道，"我曾劝莓心和蜂鼻去雷族过更安全的生活，可她们都没能抵达目的地！"

"桦树皮和狮眼跟我说过他们要离开泼皮猫营地，"洼光也大声地说，"但从那之后我就再也没见过他俩。"

紫罗兰爪悲伤地睁大了眼睛："松针尾是在反抗暗尾时牺牲的，她救了我的命，也救了她的族猫！"

花楸星抬起头面向所有的猫说道："你们想要审判影族，却根本不知道我们已经承受了多少伤痛。就算我们犯下过错误，影族也已经为它付出了血的代价。"

"那我们流的血又该怎么算？"雾星猛地一甩尾巴，"花楸星，你的族猫踏上的路是他们自找的，而我们的苦难却全是影族的举动带来的。我们的族猫是被你害得失去了生命，荫皮、狐鼻、花瓣毛和鹭翅都在抵抗泼皮猫的战争中被杀死了！"

花楸星郑重地看向河族族长。"我知道，"他说道，"我祈愿有一天星族能原谅我们的所作所为，但我已经不指望得到你们的原谅。"

"我们永远也不会原谅！"冰翅咆哮着。

猫武士

愤怒的嘶吼从河族猫群中传出，然后迅速传遍了整个空地。

"影族差点儿就毁了一切！"

"花楸星不配继续当影族的族长！"

怎么回事？恐惧在赤杨心的体内悸动。在这刚刚找回遗失的族群的当下，他们就不得不面临分崩离析吗？

兔星站起身并抬起了尾巴："你们全都光顾着指责花楸星，却忘了一星才是暗尾向族群寻仇的根源。一星是暗尾的生父，是他抛弃了暗尾。但暗尾的路也是他自己选的，他选择了去成为一名残暴的凶手。而最终，一星以死亡为代价终止了他的残暴统治。在此期间，我们全都经历了苦难。但现在我们应当听取黑莓星的意见，他是对的，我们不该互相责骂。让我们缅怀牺牲或失踪的族猫吧，并铭记一星和他的勇气。他直面了过去的错误，并付出生命结果了暗尾，结果了他的亲生儿子。"

他的话语像是一阵清凉的风从所有猫身边掠过，让他们重新坐下，满腔的愤怒也转化成肃穆。宛如有清泉流过空地一般，猫群逐渐冷静下来。赤杨心这才意识到他刚才一直在发抖，不过他心中已经重新燃起希望。理智终将占据上风。他回想起了叶池的话：我们都必须相信星族会指引族长们的路。

雾星转头向新任的风族族长说道："你的话很在理，兔星。风族让你成为族长是个明智的选择，很高兴星族已经用九命为你赐福。你会需要它们的。"她的目光在族群猫中扫了一圈，"我祝你们一切顺利。我祝你们大家全都一切顺利。"赤杨心的脚掌突然刺

极夜无光

痛起来，因为她的语调一下子阴沉了下去："但这是河族在这段时间里出席的最后一次森林大会了。"

兔星震惊地眨了眨眼："你这是什么意思？"

"我们会固守领地，重建被泼皮猫摧毁的一切。"雾星对他解释道。赤杨心紧盯着她，感到嘴巴里干干的。看上去，她在说出每句话前都已经深思熟虑。河族就是为了宣布这个消息才来到这里的吗？那雾星为什么不早点儿说出来？她是想先听听影族有什么话要说吗？"现在，族群已经不需要我们来参与什么决策了。河族眼下最需要的就是时间，我们需要安定，我们内部的诸多伤口都需要时间去愈合。从今晚开始，河族将封锁边界。"

她跃下树枝，微微点头示意她的族猫，于是河族猫们簇拥上前，跟着她走进了长草丛中。

"但我们必须把天族的事情定下来！"黑莓星冲着她的背影喊道。

雾星扭头回望了一眼："你们随便定吧。但我得提醒一句，在把陌生的猫引进来之前请务必三思。我们都已经见识过陌生猫能带来多少麻烦了。"

"你们不能走！"花楸星喊道，"看看当风族自锁边界时都发生了什么吧，我们必须得团结起来！"

"我们和风族不一样。"雾星回答，"如果真遇到什么问题，你们大可以派队伍来向我们求援。但从现在起河族要走自己的路了。"说完，雾星隐入了草丛之中，她的族猫紧随其后。

赤杨心盯着河族猫的背影，草丛在他们身后如流水般合拢。他几乎不敢相信自己的眼睛。"他们不可以走！"

叶池动了动身子，她的毛也竖立着："也许这是最好的结果了。"

赤杨心眨了眨眼："你怎么能这么说！"

叶池没有做出回答，只是看着其余窃窃私语的猫，他们的声音中充满了难以置信。

"这不像是河族的作风！"

"河族一定是疯了！"

焦虑的声音像涟漪般在猫群里扩散。

叶池站起了身。"我们不必太过惊慌，"她的声音在空地中回荡，"河族想要专心重建家园的想法是可以理解的，他们现在就像受重伤的猫一样，在提及他们的伤口时表现得脆弱而敏感。让他们享有和平吧，我了解河族，知道他们有强大的恢复力。给他们自愈的时间吧，他们一定会回来继续做我们更强大的盟友的。"

群猫的声音弱了下去，黑莓星感激地冲叶池眨眨眼，然后对到会的众猫说道："在河族不在场的情况下，团结协作变得尤为重要。幸运的是，现在一位旧日的盟友重新回归到了我们的身边。"他朝天族猫点点头，"叶星，请到这里来和我们几位族长坐在一起吧，这是你应得的位置。"

叶星刚一起身，鸦羽愤怒的咆哮就在空地中炸响。"不行！"叶星踟蹰了起来，"她不属于这里！我们有谁听说过天族吗？"

极夜无光
JIYEWUGUANG

"在雷族说出天族之前,我们对天族一无所知!"焦毛在影族猫群中大声喊道,"为什么火星和黑莓星把这个族群的存在隐瞒了这么久?"

"典型的雷族作风!"击石嘶声吼道。

影族猫的声音一下子自信了起来。

赤杨心瞥向了烁皮,她的目光正灼灼地在风族与影族猫身上游移。她也要和他们一起抗议吗?

黑莓星挥动着尾巴:"你们都知道星族降下的预言说了什么。是星族要求我们找回天族的。"

"星族只是让我们去寻找天族,"焦毛继续争辩,"它们也没说我们必须让他们成为第五个族群。"

"他们本来就是五大族群之一!"黑莓星担忧的语气中充满了失望。

"这都是你的一面之词!"鸦羽怒气冲冲地回应道。

星族也是这样说的!赤杨心真想大声这么说,但还是管住了自己的舌头。他有资格站出来替星族发言吗?

"星族降下过有关天族的预言。"花楸星提高了音量,好让所有族群的猫都能听到他的声音,"如果我们刻意无视它,那就太过愚蠢了。"

兔星也点了点头:"新族群的加入将让我们变得更强大。"

鸦羽贴平了双耳:"我们当初就很强大,这和他们无关。"

"他们的家就是在这里,和我们在一起!"黑莓星狠狠地一甩

尾巴示意叶星,"上来吧!"

叶星略显狼狈地爬上橡树,来到了雷族族长的身旁,看着下方的群猫,眼神中有些忧虑。"我们只想与所有族群和平共处,"她的声音盖过了他们的嘶叫,"暗尾同样也是我们的大敌!他也杀死了我们的族猫!"

"证据呢?"杜松掌叫嚣着,"你们不过是参加了最后一场驱逐泼皮猫的战斗罢了,我可不记得天族有任何伤亡。"

"他入侵了我们在河谷的家园,然后夺取了河谷。"叶星解释道,"最终,他把我们全部逐出了营地。"

"最终?"杜松掌的声音依然充斥着不信任。

"他和我们一起生活了一段时间。和影族一样,等我们意识到他究竟有多么邪恶时,为时已晚。"

不安的寂静笼罩着众猫,赤杨心感到天旋地转。他能感觉到他的族猫心中的怀疑。星族啊!让他们清醒清醒吧!这时,烁皮站起了身,赤杨心顿时屏住了呼吸。她要说什么?他做好了面对最坏结果的心理准备。

"我明白天族经历了许多磨难,也失去了许多族猫。"她开口说道,她的声音微微颤抖,但也流露出一种决心,令其他猫纷纷安静了下来。虎心一直沉默地坐在大橡树的树根上,这会儿也倾身向前专注地听她发言。"但他们为什么不能回老家去呢?暗尾已经死了,他的泼皮猫也解散了。天族的旧营地不会再受他们的威胁。我确信他们曾在那里快乐地生活过,那他们现在同样可以回去重建那

极夜无光
JIYEWUGUANG

份快乐。在没有天族时,我们都能过得很好,凭什么现在我们就非得需要他们的加盟呢?"她顿了顿,明亮的目光吸引着所有猫的注意力,"要是他们非得在湖区留下,天族生存所需的领地又要由哪个族群来提供呢?"

赤杨心吞咽着口水,他清楚烁皮的话说出了许多猫的心声。可为什么所有族群都看不到,我们的生活中除了领地之外还有更重要的东西?

在有猫站出来对烁皮的发言表示支持之前,虎心跳上了大橡树的树根,抬头望向他的族长:"花楸星,我可以说几句吗?"

花楸星点了点头,一脸疑惑地看着他的副族长。

"在暗尾的残暴统治下,我们也经历了许多苦难。"虎心在树根间穿行着,最终走到一片洒落的月光中,"他让我们变得虚弱,一天天地在胆战心惊中度日。河族已经决心关闭边界,重建他们支离破碎的族群,而影族失去的武士实在是太多了,我们甚至需要数月的时间来休养生息、恢复原状。"

花楸星不安地在枝条上挪了挪,但还是让他的副族长说了下去。

"星族希望我们找回天族,这毋庸置疑。我相信星族这样做自有它们的原因,不仅仅是为了驱散天空中折磨了我们许久的阴霾,更是因为星族祖灵清楚五个族群必须团结在一起。要是湖边多了一个族群,在最需要的时候我们就会多一份助力。"

"但谁来给他们出让领地呢?"鸦羽疑惑地抽了抽耳朵。

猫武士

"我们来出。"虎心转头看向了花楸星,"现在影族没有那么多张嘴要喂养,也没有那么多武士去巡逻所有的边界。为我们的新盟友提供部分领地是一个值得考虑的选择。"

花楸星看上去若有所思,仿佛正在考虑虎心的提议。所有猫都静静地看着他。终于,花楸星转向了叶星:"你会成为我们的同盟吗?"

"当然,"叶星回答,"我们同为族群猫,信仰着相同的武士祖灵。能与你们并肩是天族的荣幸,我们必将永远感恩影族的馈赠。"

赤杨心屏住了呼吸,而风族和雷族的猫暗暗交换着眼神。

鼹鼠须的眼中闪过一丝怀疑:"你们会与所有族群建立同盟,对吧?而不是只和影族?"

"当然。"叶星看着群猫说道,"我们想与所有的族群一起生活,和所有那些曾在无数岁月前与我们的祖先并肩狩猎的族群一起生活。"她满怀希望地看着花楸星,"你愿意与我们分享领地吗?"

花楸星紧张地挪动着爪子。"你们可以拿去与雷族接壤的一块土地,以及延伸到湖边的一窄条领地。"

"我们的领地?"焦毛看上去极度愤怒。

花楸星直起了身子,仿佛下定了决心。"对,我们的领地。"他坚定地说道。

虎心眼睛一眨不眨地盯着焦毛:"有什么问题吗?"

焦毛移开了目光,但还是暗自咆哮。

叶星的眼睛亮了起来。"谢谢你们!"她的声音充满了欢欣。

"那就这么定了。"兔星弹了弹尾巴。

黑莓星也点点头:"叶星,今晚你们还是继续住在我们的营地里吧。明天影族将协助你们确立新的边界。"

了却心事令赤杨心感到一身轻松。他们做出了抉择,天族将会在湖区定居。族猫纷纷起身,紧张的气氛开始消散,就像冰封的石块重见天日。影族失去了部分的领土,但他们赢得了友邻的感恩,未尝不能抵得上这次付出。

黑莓星从大橡树上跃下,花楸星、兔星和叶星也跟着跃了下来。森林大会结束了,族群四散开来,追随各自的族长返回营地。

赤杨心看着枝爪和紫罗兰爪激动地奔向鹰翅。她们的父亲现在能够永远地留下来了。

"看到了吗?"叶池看上去也轻松了不少,"我们可以信任星族为我们指引出的前路。"

雾气低垂在山谷之中,即使太阳已经翻过崖顶,它们依旧不肯散去。棕色的树干在晨曦中闪耀着金色的光。赤杨心走出巫医巢穴,在潮湿的空气中努力抖松皮毛。他紧张地偷看着营地入口,渴望知道枝爪的测评进展如何。

高石台下,松鼠飞正在安排一天的狩猎巡逻队。灰条叼着一只僵硬的老鼠踱向长老巢穴。蕨毛坐在炭心和狮焰身旁,冲着光线抬

起头,仿佛在享受暖意。天族的猫在空地边缘不住徘徊,他们的皮毛兴奋得泛起涟漪。

紫罗兰爪绕着鹰翅转了几圈,这两只猫都注视着营地入口。当荆棘通道开始晃动时,她猛地一甩尾巴:"他们回来了!"她冲过空地。鹰翅虽然没有动身,但他的眼神也迫切地跟了过去。

赤杨心的脚掌刺痛起来,因为藤池冲进了营地,她深蓝色的眼睛中闪耀着骄傲的光芒。希冀令他的心跳都轻快了起来。

紫罗兰爪打着滑停在她的面前。

藤池冲着黑白色的学徒发出了咕噜声:"她通过了!"

枝爪走出了荆棘通道,她的毛乱糟糟的,而且气喘吁吁。

"你通过了!"紫罗兰爪蹦蹦跳跳地绕着枝爪转。

赤杨心也冲上前去祝贺她:"你真棒!就知道你会通过的!"

"谢谢你。"枝爪朝他眨了眨眼睛。

她不该表现得更激动一些吗?

"我们去告诉鹰翅。"紫罗兰爪用鼻子拱着枝爪向空地另一边走去,不过鹰翅早已经冲她们跑了过来,他的眼神好奇且满怀希望。

赤杨心转向了藤池,忧虑在他的皮毛下蚁动。"她表现得怎样?"他不确定枝爪的老师是否知道枝爪如此克制自我的原因。

藤池的胡须激动地颤抖着。"她做得非常好,我为她感到自豪。她完全够资格获得武士名号了。"说完,她朝落石堆上的黑莓星走去。

赤杨心的眉头皱了起来。枝爪安静地站在那边，听着鹰翅和紫罗兰爪柔声交谈。赤杨心怀疑自己从鹰翅的眼中读出了遗憾。他还在期待着枝爪加入天族与他一起生活吗？但这无法解释枝爪为什么不那么兴奋。也许她是困了吧，他强行给出了解释，或者她正在为仪式的事紧张。毕竟，这次仪式只有她一名学徒参加。族里的多数学徒都会和兄弟姐妹一起获得武士名号，并在随后的静默守夜中互相陪伴。

　　天族的猫簇拥在营地入口附近，他们正沉浸在即将前往新领地的喜悦之中。闲蕨和梅柳护在微云两侧，哈利溪在嗅闻空气，兔跃从他们的身旁走过。

　　麦吉弗紧张地抖了抖耳朵："我们也许要走很长一段路才能抵达新家。"

　　"我们只是去穿过一条边界而已。"砂鼻提醒他。

　　麦吉弗瞥了一眼微云。猫后已经显露出疲态，仿佛幼崽的重量令她心力交瘁。"我们还是祈祷这些幼崽能等到我们找出适合扎营的地方再出来见我们吧。"

　　"他们都等了这么长时间了，"雀毛骄傲地咕噜了一声，"肯定还能再多等几天的。"

　　赤杨心赶忙跑到虎斑公猫身边。"等她开始生产时，派只猫来叫我或者叶池。"他仍然担心天族要如何在没有巫医的情况下在湖区开始新的生活。

　　"一定。"雀毛保证道。

站在入口边的叶星举起了尾巴:"都准备好了吗?"她看向她的族猫。

天族的猫纷纷点头,黑莓星也从高石台上跃下。"祝你们好运。"他冲叶星点头致意,"影族会派一支巡逻队在边界处等你们。还需要我们同行吗?"

"我们自己就好。"叶星回答。

赤杨心的目光移向了枝爪,她大概会很舍不得和父亲还有妹妹告别。他试图说些什么去安慰她,但枝爪的神情压根没有表现出悲伤,这令赤杨心微微皱眉。事实上,她可以称得上是如释重负,就像之前压在她肩膀上的什么东西终于被卸了下来一样。

当他和她眼神相接时,枝爪走了过来。"我有话要说。"她避开了族猫的目光,直直地注视着黑莓星。

赤杨心感到冰寒的雾气渗入了他的皮毛。他突然明白了她想要做什么。他喉头艰难地吞咽了一下,心里一阵绞痛。

"谢谢你们抚养并训练了我,"枝爪向雷族族长低头行礼,"我将永远珍视在这里学到的一切,但我不会成为雷族的武士。我的归属之地在天族……"她顿了顿,转头看着紫罗兰爪和鹰翅,强烈的情感令她目光闪烁,"和我的至亲在一起。"

第三章

紫罗兰爪做了一个梦,梦中有香薇丛在月下摇动。暗影像柔软的皮毛,笼罩着整个森林。她记得这个地方。在她和枝爪还都是幼崽的时候,赤杨心和松针尾曾把她们带到这里偷偷见面。

她听到模糊的尖细叫声,还有皮毛蹭过叶片的声音。她无声地呼噜了起来。枝爪还没意识到她现在已经成了森林里最吵闹的东西吗?她轻手轻脚地越过森林中的一条浅沟,安静地向香薇丛匍匐而去。

在她接近时,那些香薇叶全都颤抖了起来。她竖起耳朵,听到了姐姐的呼吸声。雷族猫的捉迷藏水平真是太差了!她趴得很低,腹部紧贴着地面。她并不确定自己是否真的能融入影族,但他们至少教会了她如何做到像月光一样悄无声息地行进。

她在香薇丛前停下脚步,心怦怦地跳着。她能够听见枝爪拼命地想要咽下一声叫声,但显然并没成功。她站在那里,享受着胜利的喜悦。下一刻,她就会钻进茂密的香薇丛,好好地给枝爪送上一个能把她吓得尖叫的惊喜。

感激之情溢满了她的胸膛。谢谢你,松针尾,谢谢你把我带到

这里来。想到她的挚友，紫罗兰爪突然愣住了。一条银色的尾巴在树丛中若隐若现。

她把游戏抛到了脑后。"松针尾！"她必须追上去。她已经太久没有见到松针尾了。"等等我！"她冲进黑暗的森林，紧追着那一道银色的光。松针尾没有停下脚步，她的皮毛像是暗影中飞掠的星芒。叶片在紫罗兰爪的掌下碎裂，风在她的耳畔呼啸。"松针尾！等我一下！"为什么松针尾要躲着我？"我必须跟你说几句话！"她加快了速度，但却还是无法追上松针尾。那只母猫轻盈得就像是在飘行，而紫罗兰爪只能在后方拼命追赶。黑莓枝撕扯着她的皮毛，树根绊住了她的脚爪。她怀疑她的肺都快要烧起来了。紫罗兰爪的脚步逐渐沉重起来，她周围的空气仿佛凝结了一般，让她的动作艰难得宛如正在深水中挣扎。松针尾还在飞速前行，就像一条游鱼。"求求你！等等我！"

松针尾终于停下了脚步。紫罗兰爪瞥见了暗影中忽闪的碧绿眼瞳。

"这会儿开始追赶我了？"松针尾冷漠地嘲弄着她，"你不是已经做出选择了吗？"

这时，突然爆发的恐惧淹没了紫罗兰爪，使她从睡梦中惊醒。"不！我没有！"

身旁传来了关切的问候："紫罗兰爪？你还好吗？"

紫罗兰爪还沉浸在她的梦境中，松针尾的气味在空中挥之不去。"我从来都不想失去你。"

极夜无光
JIYEWUGUANG

"紫罗兰爪,快醒醒。你还在做梦呢。"

"我一直都没的选择!"紫罗兰爪被自己的声音吓了一跳。她抬起头睁开双眼,发现自己仍躺在和鹰翅还有枝爪共享的临时小窝里。她能够感觉到他们的体温传来。黑暗包裹着她,现在还是午夜时分。

鹰翅朝她眨眨眼:"刚才你做梦了。"

她将思绪从梦境扯回现实,眨眨眼睛回应了她的父亲。在他们身旁,枝爪还在熟睡中,打着呼噜。

紫罗兰爪想起来了,她现在和她的至亲们在一起。枝爪也跟着一起加入天族了。这仍令她感到惊奇,因为枝爪之前在雷族适应得那么好。

"你还好吗?"鹰翅瞪圆了眼,眼里满是关切,"是噩梦吗?"

"不算是噩梦吧,"紫罗兰爪调整了一下姿势,她不想解释太多,"只是有些诡异而已。"

鹰翅皱了皱眉:"你确定?"

"非常确定。"紫罗兰爪把头枕在爪子上,在父亲追问更多问题前闭上了眼。眼皮刚一落下,松针尾的身影就重新在她脑海中闪现。

痛苦像崩飞的余烬一般刺痛了她的皮毛。松针尾被暗尾按在水中,拼命地在巨大公猫的爪下挣扎。泼皮猫面无表情地注视着紫罗兰爪:"也许你是对的,"他说道,"也许我应该再给松针尾一次

机会。你觉得呢？"

"哦，是的！"紫罗兰爪回忆起当时她曾多么愚蠢地以为一切都会过去，"求你再给她一次机会吧！你让我干什么我都照做！"这根本不够！悲伤令她的心绞痛起来。如果我当初能更拼命一些的话。

恐惧在她的爪垫一下一下地跳动着，令她渴望去凛冽的夜风里奔跑，让风洗刷那些可怕的回忆。但她不能让鹰翅知道她在为何而痛苦。她还没给他完整地讲过发生在松针尾身上的事，也许她永远也不会将它们说出来。要是父亲知道我曾坐视松针尾为我牺牲，他会不会再也不想要我了？

"谢谢你。"紫罗兰爪看到枝爪从猎物堆拿回的老鼠，不禁抽了抽鼻子。它好像不太新鲜。身旁的鹰翅在曙光中伸了个懒腰，打了个大大的哈欠。

紫罗兰爪感到一丝愧疚："抱歉昨晚把你给吵醒了。"

"没关系的，"鹰翅坐起身向枝爪感激地点了点头。她为他带来了一只田鼠。"我很快就又睡着了。"

"怎么了？"枝爪丢下自己的老鼠来到他俩身边，"你昨晚醒过？"

"紫罗兰爪做了个噩梦。"鹰翅对她说道。

"不算是噩梦，"紫罗兰爪又重复了一遍，仿佛想要说服自己，"只是有些诡异而已。"

极夜无光
JIYEWUGUANG

"你看起来心里很乱。"鹰翅说道。

"没事的。"紫罗兰爪渴望他们能换一个话题。

枝爪咬了一大口老鼠："紫罗兰爪总是格外敏感。"她边嚼边说。

在他们周围,天族正在苏醒。闲蕨正在与贝拉叶互相舌抚。梅花心在教鳍爪一个狩猎动作,当看到枝爪和紫罗兰爪时,她向她俩点头致意。紫罗兰爪飞快地点了个头作为回应,重新埋头大口吃她的老鼠。她知道那只母猫也是她的至亲,而且对她非常和善,可她还是不能适应与除了枝爪和鹰翅以外的天族猫相处。

叶星正在猎物堆里挑拣猎物。昨天他们捕回的猎物还很充足。

距离他们离开雷族营地已经过去了三天。在这三天里,他们已经初步建立起了自己的新营地。叶星选中了一块空地,这里松树稀疏,一条窄窄的小溪从中流过。空地周围生长着杉树和杜松,在一排排笔直的松林中圈出一方小天地。紫罗兰爪非常了解这里,松针尾在许多个月前就带她来这里看过。这里的树枝低矮,垂挂着积尘的苔藓地衣,在灌木上方形成了天然的穹顶。柔软的绿色苔藓生长在溪水边光滑的岩石上。香薇丛构成了围墙,叶星打算用黑莓藤加固它们。天族族长已经把一丛低矮的杜松和一丛黑莓设定成了未来的学徒巢穴和武士巢穴,不过他们还需要花上不少精力去把它们收拾得适宜居住。在营地中那段小溪的上游处还有一丛黑莓,它会被建造成新的育婴室。麦吉弗和雀毛正在用蔓生的藤条卷须加固墙壁。微云现在已经在里面搭好了窝。

猫武士

叶星的巢穴建在营地尽头一棵老杉树的树洞里，入口位于一团虬结的树根顶端。在她的巢穴下边，树根隆起形成了天然的穹顶。等族群定下来由谁来当下一任的巫医之后，这里很适合被改造成巫医巢穴。

紫罗兰爪又咬了一口老鼠，枝爪刚才的话戳到了她的痛处。紫罗兰爪总是格外敏感。她的姐姐肯定没有恶意，但这听起来还是像一句批评。你是在喜欢你的猫中间长大的。她又瞥了一眼正兴高采烈地吃东西的枝爪，如果当初是你被送到影族，现在肯定也会格外敏感。

枝爪从她的猎物上抬起头："你梦到了什么？"

紫罗兰爪避开了她的目光："没什么，真的。"

"别问了。"鹰翅轻声说道。

"要是你和鹰翅都惊醒了，那就肯定有什么。"枝爪又吃了一口老鼠，然后好奇地盯着紫罗兰爪追问道，"我真的想知道。"

"和松针尾有关的。"紫罗兰爪凝视着面前的老鼠。

"松针尾是紫罗兰爪的朋友。"枝爪向鹰翅解释道，"暗尾杀了她。"

紫罗兰爪打了个寒战。

鹰翅的尾巴搭了过来。"我们都失去了一些亲友。"他同情地看着她的双眼，"请不要独自承担所有的悲伤。"他冲麦吉弗点了点头，抬高音量好让那只黑白相间的公猫也能听到，"在这几个月里，大家都受了很多苦。"

极夜无光

麦吉弗放下工作回望着他的副族长："是的，的确如此。"他的目光移向了梅花心。这道目光在营地里不断从一只猫传递向下一只，直到所有的猫都停下了动作。心底深藏的悲痛被重新唤醒，一时间气氛变得肃穆起来。

猎物堆旁的叶星直起了身。"我们已经不是当初的那个天族了，"她承认道，"但等我们这里安顿下来后，我会在第一时间派出搜寻队，回到河谷去寻找仍活着的失散族猫。"她鼓舞着她的族群，"我们永远不会对任何一名失落的同伴放弃希望。"

"除了我们，一定还有其他猫活了下来。"梅花心表示赞成。

微云一边走向小溪一边说道："等我的孩子们出生后，这个族群就会更像它原来的样子了。"

鹰翅咕噜了一声："有幼崽到处乱跑真是值得期待的事。"

"你有想象过我们小时候会是什么样吗？"枝爪望着他，两眼放光。

"每天都在想。"鹰翅的目光失去了神采，忧愁从眼底蔓延开来。

"你会想念我们的母亲吗？"枝爪问道。

紫罗兰爪对她怒目而视。雷族猫的情商都是这么低的吗？枝爪像是根本没察觉到她的目光一般，依然一脸期待地向父亲眨着眼，等待他的回答。

"会啊。"鹰翅的声音低沉而沙哑。紫罗兰爪感受到了他的悲伤，不由得瑟缩了一下。"卵石光她很善良，也很温柔。我非常非

常爱她。"

"可以给我们讲讲她是只什么样的猫吗?"枝爪追问道。

"他当然会的,但你应该等他想好怎么开口。"紫罗兰爪飞快地接道。

鹰翅感激地看了紫罗兰爪一眼:"没事的,紫罗兰爪,我随时都愿意和你们聊聊你们的母亲。"

紫罗兰爪垂下了目光。他是认真的吗?她也对她们的母亲充满了好奇。那只猫后生下了她和枝爪,却在她们睁眼之前就失去了生命。她真希望自己对母亲能有些印象,但她记忆中根本没有卵石光的身影。我甚至想不起她身上的气味。

枝爪跳起了身:"一会儿去狩猎的时候就给我们讲讲吧!"她满怀期待地望向营地入口处的香薇通道,"我有好多问题想问呢!"

鹰翅慈爱地呼噜了一声。"让我先吃完这只田鼠吧!"他瞥了一眼紫罗兰爪,这会儿她才刚吃掉半只老鼠,"我们可得抓紧时间,不然枝爪就要丢下咱俩自己跑出去了。"

枝爪迷茫地眨了眨眼。"我永远不会丢下你们自己走的。"她一本正经地说道。

"你当然不会,"鹰翅安慰她,"我开个玩笑而已啦。"

紫罗兰爪三口两口囫囵吞下了剩下的老鼠。真希望狩猎能让枝爪忘掉她的那堆问题。等鹰翅也吃完田鼠后,他们走出了营地。

花楸星划给天族的这块地有半个雷族边界那么长,像一只伸向

极夜无光
JIYEWUGUANG

湖水的爪子一样。天族领地与湖岸接壤不多,但在深入松林的方向会更宽一些。

枝爪高扬着尾巴大步前进。紫罗兰爪回想起自己向花楸星表明想要离开影族成为天族猫时的情景。当天族的猫在水边嗅闻并留下新家的边界气味标记时,花楸星一直站在湖岸上看着。

"我能理解你的想法。"花楸星看着她说道,眼中的神色令她捉摸不透。她不清楚花楸星究竟是在为失去自己感到悲伤,还是压根不为她的选择感到惊讶。

"我想和我的至亲一起生活。"她解释道,"但我永远都会感激你们曾经收留了我。"这话出口时紫罗兰爪心底有一丝愧疚。她并不感激影族。她宁愿他们从未迫使她与枝爪分离。但也许他们的本意是好的,也许她只是未曾获得真正了解影族的机会——在那些泼皮猫进驻之前。

花楸星低下了头:"我尊重你的选择。"

他转身离开了,只留下紫罗兰爪独自站在从湖面吹来的风中。他一定在生她的气,因为她在影族猫的数量如此稀少的时刻抛弃了影族。但她也能感觉到,花楸星没有看上去那么难过,毕竟,当初是她自己选择了离开影族与泼皮猫为伍。或许在这一切发生之后,他已经再也无法信任自己了。

"往沟渠方向是从这边走吗?"枝爪停下脚步回头看紫罗兰爪。沟渠附近是狩猎的最佳地点之一,猎物都喜欢在那附近出没。

"不是,"紫罗兰爪快步赶上她,然后向着坡上歪了歪头,

"它们在那边。"枝爪现在仍没有适应在松树林里辨别方向。

枝爪皱了皱眉。"这些树看上去都一个样！"她抱怨道。

"你会习惯的，"紫罗兰爪向她保证，"等你在这里多生活一段时间，你就会发现每棵松树之间的差别简直和橡树与白蜡树的差别一样大。"

枝爪看上去一脸的怀疑。"是啊，应该吧。"她抽了抽鼻子。

"让紫罗兰爪带路吧。"鹰翅的喊声从身后传来，"你可以先跟她学。"

枝爪的尾巴耷拉了下来，紫罗兰爪从她身边跑过，开始翻过坡顶往另一边坡下走去。紫罗兰爪的心底涌起一股内疚之情。我对这片土地的了解怎么可能不远胜过你呢？她猜她的姐姐还在为停留在爪字辈的身份而感到难为情，毕竟她刚刚通过了雷族给她安排的最终测评。我希望叶星能尽快给她一个武士名号。她那么努力，绝对有资格晋升为武士。"沟渠就在这个坡下，"她解释道，"记住跟着水流走就好了。"

"好的，谢谢。"枝爪慢下脚步来到鹰翅身边，转移开了话题，"你不是说要给我们讲卵石光的事吗？"

紫罗兰爪回头瞥了父亲一眼，想要从他的目光中读出点儿什么。他现在还会因为谈起逝去的伴侣而感到心碎吗？她加快了步伐。只要他们开始狩猎，枝爪的嘴就该忙得张不开了。

鹰翅挥舞了一下他的尾巴。"那就给你们讲讲她一次训练的故事吧。"他说道，"那时候，你们的母亲才刚当了一个月的学徒，

不过在她看来那已经长得不得了了。"

"我能理解她的感受。"枝爪叹了口气。

鹰翅继续说着："她拼命想要给她的老师比利风留下些深刻的印象。她每天不等天亮就起床，在老师睡醒前抓紧时间练习战斗动作。每天比利风一出巢穴，看到的就是她在营地里伏击松果或者追踪蟋蟀。"鹰翅发出一阵深情的呼噜声，仿佛记忆正在眼前重现。"有一天，老师给她安排了一场测试。她的任务是偷偷潜伏到河谷外，捉一只兔子带回营地，而在这过程中，比利风可能会在任何时刻跳出来偷袭，试图抢走她的猎物。她必须避开比利风的伏击，抓住兔子，然后赶在老师之前跑回营地。"鹰翅又甩了一下尾巴，"她激动坏了，那可是一个能真正打动比利风的绝好机会。我还记得当她策划溜出河谷的路线时，脊背上的毛是怎样一抖一抖的。"说到这里，他有些伤感起来，眼神也黯淡了下去，"那时候她还那么小。"

紫罗兰爪能听出他的声音几乎噎在了喉咙里。"你不用现在就讲完这个故事。"她转过头喊道。

"不，你得讲完它！"枝爪急切地说道，"我想知道接下来发生的事！"

"卵石光一点儿错都没犯。她爬出了河谷，抓到了兔子，当比利风跳出来偷袭时，她把所有学过的格斗动作都招呼了上去——然而她却忘记了一件重要的事情。"

鹰翅停下了讲述，故意吊起她们的好奇心。

紫罗兰爪回头瞥了父亲一眼,想要从他的目光中读出点儿什么。

那就给你们讲讲她一次训练的故事吧。

那时候,你们的母亲才刚当了一个月的学徒,不过在她看来那已经长得不得了了。

我能理解她的感受。

每天比利风一出巢穴，看到的就是她在营地里伏击松果或者追踪蟋蟀。

她拼命地想要给她的老师比利风留下些深刻的印象。她每天不等天亮就起床，在老师睡醒前抓紧时间练习战斗动作。

有一天，老师给她安排了一场测试。她的任务是偷偷潜伏到河谷外，捉一只兔子带回营地。

而在这过程中，比利风可能会在任何时刻跳出来偷袭，试图抢走她的猎物。她必须避开比利风的伏击，抓住兔子，然后赶在老师之前跑回营地。

她激动坏了，那可是一个能真正打动比利风的绝好机会。我还记得当她策划溜出河谷的路线时，脊背上的毛是怎样一抖一抖的。

猫武士

"继续呀!"枝爪催促道。

鹰翅咕噜起来:"她把兔子忘在比利风偷袭她的地点了!她太想跑赢他了,结果就把兔子忘在了脑后,自己一溜烟地跑回营地去啦。"

"喔,不!"枝爪惊讶地张大了嘴,"那她一定特别难过!"

"你猜怎么着?"

紫罗兰爪也竖起了耳朵,她和枝爪一样渴望听到接下来的故事。

鹰翅的尾尖抖了抖:"刚一跑到营地,卵石光就意识到了自己的错误。但她也知道比利风就在她身后不远的地方。当时我就在营地门口等着她回来,于是她就向我求助。那时候她喘气喘得几乎说不出话。她让我去引开比利风的注意力,而且还让我一定要跑到附近的两脚兽巢穴旁边的树上去等着。我差点儿以为她的脑子进了蜜蜂。我去爬树怎么可能让比利风分神呢?不过我还是按她的要求做了,我冲向了离我最近的两脚兽巢穴,然后爬上了看见的第一棵树。很快,我就看到比利风向我跑来,他浑身的毛都竖了起来。他来到树下冲我喊,"鹰翅压低嗓音模仿着比利风的声音,"'鹰爪!你没事吧?卵石爪说她好像看到有狗在追你!'"

"她撒谎了?"枝爪听上去万分震惊。

"严格来说也不算吧,她说的是她好像看到有狗在追我,而附近正好有一只狗在乱叫。它确实有可能来追我。你们的母亲非常机灵。她用几句话就把比利风引开了足够长的时间,好赶回去找到兔

极夜无光

子并在他发现前返回营地。"

枝爪兴奋地甩起了尾巴："那比利风一定对她的表现印象深刻喽？"

"当然。那天晚上，比利风允许她第一个去猎物堆上挑选猎物。"鹰翅的眼中闪着光芒，"当比利风发现她派我去配合她做诱饵的真相时，还表扬说随机应变也是优秀武士所必备的才智之一。卵石光靠这个自夸了好多天呢。"

紫罗兰爪又回头望了一眼。谈起卵石光的往事，鹰翅似乎兴奋了不少，哪怕卵石光已经死去。这就是失去所爱之后的正常反应吗？她又一次回想起了松针尾。哪怕只是想起她，悲伤都会令紫罗兰爪的胸口隐隐发紧。我永远不可能这样兴高采烈地讲述松针尾的故事，至少在这一切发生之后是不可能了。

她继续前进，脚步却突然沉重了起来。

有皮毛从她身旁擦过，是鹰翅赶了上来。"希望你不会介意我说起卵石光的事，"他温柔地说道，"我知道你肯定很想念她。"

"我其实并不真正记得她。"紫罗兰爪愧疚地逃避着父亲的眼神。

"你们失去她的时候还都非常小。"父亲的声音很柔和。

"提起她的时候你不会感觉特别难受吗？"紫罗兰爪问道。

"我愿意追忆她的一切。"鹰翅说道，"现在我找到了你们，追忆就变得更加简单了。"他回头看向枝爪，抬高了音量："她是我认识的最善良、最甜美的猫，我每天都在想念她。但想念并不

代表必须要沉浸在痛苦之中,更何况现在有她的一部分在陪伴着我。"

"是我们让你想起了她吗?"枝爪的声音从后方传来。

紫罗兰爪感到一阵恼火。枝爪就不能安安静静地闭一会儿嘴,别再问这些没完没了的问题吗?

鹰翅停下脚步看向枝爪。"你尤其让我想起她。"他深情地说道。

枝爪骄傲地挺起了胸膛。

"谢谢你找到了天族,你的母亲肯定也能做出这样的壮举。她和你一样非常勇敢,而且充满冒险精神。"

紫罗兰爪抑制住内心涌起的嫉妒:难道我就不勇敢、没有冒险精神吗?

鹰翅用鼻子触了触紫罗兰爪的耳朵。"你和我更为相似。"他咕噜起来,"你们的妈妈一定也非常非常爱你们两个,就像我一样。"

紫罗兰爪迎上了他的目光,但却什么也没有说。深埋在心底的痛苦似乎融化在了温暖之中。她呼噜着用口鼻蹭了蹭鹰翅的下巴,然后又蹭了蹭枝爪的。她突然感受到了始料未及的快乐。

有生以来,紫罗兰爪第一次感到自己属于这儿。

第四章

枝爪紧张地抬头望了望高耸的松树。大风在林间呼啸，树木不住地颤动着。她开始怀念起雷族的领地来，那里的树都长得结实得多，它们古老的树根弯弯曲曲钻入大地深处。然而在这片松林中，她只觉得随时都可能有树倒下。

"枝爪！别看树了，来帮帮忙！"鳍爪开始喊她。这位棕色皮毛学徒冲着她眨了眨眼。

叶星派了她和鳍爪还有露爪去收集树枝，为搭建营地做准备，而芦苇爪则被留下来挑拣他们昨天带回来的苔藓中的刺果。鳍爪现在已经收集了一小堆树枝，这会儿他的兄弟正从稍远一些的一丛黑莓下掏着什么东西。

枝爪向他们走去，但仍下意识地抬头仰望着被吹得狂摆的树梢："你们不怕树倒下来吗？"

露爪扭动着退出黑莓丛，他的灰色虎斑皮毛被刮得乱糟糟的："树怎么会倒呢，它们站在这里的时间一定已经像星族一样久了。"

"但这风这么大。"枝爪必须提高音量才能让自己的声音盖过

树枝挥舞发出的噪音。一根小树枝掉在了她的背上,她发出一声惊叫。

鳍爪打趣地抽了抽胡须:"我还以为你早就习惯在森林里生活了呢。"

"雷族的森林跟这里不一样。"枝爪抖松了皮毛,想要掩饰尴尬,"在那里,刮起风来你几乎感觉不到。树会帮我们挡住大风,它们从不会被吹得像芦苇一样晃悠。"

"但是影族好像很喜欢松树林。"鳍爪提醒道。

"至少风带来了许多可以用的树枝。"露爪补充道。

枝爪向四周的森林中看去,目之所及,到处都是被吹落的树枝,这些细枝在林地上铺了厚厚的一层,它们都非常适合被编进墙壁里加固巢穴。她拖过了一根,然后又转身把刚才砸到她的那根也捡了起来。她努力地压制着腹中升起的愤怒。为什么她要被派出来做这些学徒的工作?她已经通过了最终测评,要是当初留在雷族,这会儿早该获得她的武士名号了。那样的话,她将负责搭建巢穴的工作,而不仅仅是在这里收集材料。

然后她将这个念头从脑海中推了出去。是你选择加入天族的,她提醒自己,是你想要和紫罗兰爪还有鹰翅一起生活。可现在,她却很难适应新的族猫。天族的猫都很友善,但她还是更习惯雷族井然有序的日常生活。与其说叶星像个族长,倒不如说她更像是位普通的武士。她与所有的族猫一起干活、一起狩猎、一起巡逻边界,就好像她的身份没有半点儿特殊之处。而鹰翅即使身为副族长,也

极夜无光

任由族猫自行组织捕猎队。他偶尔会提醒他们,该去巡逻边界了,但还是让武士们自己志愿加入队伍,而非指派。

这都是因为他们刚刚在新的土地上立足。她对自己说道。

但这并不能解释天族对宠物猫的偏袒。当听说天族曾经把宠物猫纳为族群的一分子时,枝爪震惊了。那些宠物猫自由来去,同时与天族和两脚兽一起生活。天族猫管他们叫"日光武士"。枝爪无法理解,怎么会有猫能只在生活中的部分时间内当兼职武士呢?你要么是武士,要么就不是。不过至少麦吉弗已经下定决心要与天族一起生活,所以他差不多可以说是一位真正的武士了。但和雷族的米莉一样,他也选择了保留自己宠物猫时期的名字。

而且现在天族的猫这么少。枝爪皱起了眉头,现在族里学徒的数量几乎和武士的一样多。而且没有长老也让她感到别扭。她回想起灰条和米莉,心中忽然一痛。他们构成了雷族的牢固根基,有他们的安抚与抱怨在,就没有什么是不能解决的。

她原以为有紫罗兰爪和鹰翅在身边就足以治愈她的思乡之情,但越是与他俩共处,枝爪就越体会到他们两个是多么相似。他们几乎可以说是心意相通。有时候,与他们聊天感觉起来和与一只猫聊天没有什么区别。这令她感觉自己像是个局外者。我本应与鹰翅联结起特殊的纽带,是我拯救了整个天族。这个念头令她羞愧,可她却无法控制自己不这样想。你已经与鹰翅建立了纽带,她对自己说道,只是与紫罗兰爪的不太一样而已。

然后她意识到鳍爪正盯着她看。"雷族猫都像你一样爱做白日

梦吗?"他问道。

枝爪眨眨眼睛,发现自己又一次迷失在了思绪中。"抱歉,"她拖过又一根枝条堆到她收集的那一小堆上。松针卡在了她的爪间。"我还在适应我们的新家,你不会觉得不习惯吗?"

"一直以来没有什么东西是能让我们习惯的,到现在大家都已经对此习以为常了。"鳍爪回答道。

"你会怀念你们的河谷吗?"她问道。

鳍爪耸了耸肩:"我从没在那里生活过。"

露爪也走了过来,他嘴里叼着一捆枝条。他把它们放在鳍爪身边:"天族离开河谷后,遇到了另一片湖泊,我们就出生在那里。"他解释道,"天族在那里停留了一个季节。"

枝爪立起了耳朵:"所以你们都从没见过河谷?"

"从来没有。"鳍爪回答了她,他的黄眼睛中流露出哀伤。

"但你渴望去看它?"她好奇地追问。

鳍爪挪开了目光。"其他的猫一直都在谈论它。"他说道,"我也想了解他们谈论的东西究竟什么样。"

枝爪的心同情地一痛。"我也是。"她原以为自己是唯一一只在天族武士们追忆往昔时感到格格不入的猫。

鳍爪热切地冲她眨了眨眼。"等下次他们再提起过去的故事的时候,我们可以回忆我们今天收集树枝的美妙经历!"他打趣地挤了挤眼睛,然后冲着她那可怜的一小堆树枝挑了挑下巴,"我们再多收集一些,然后就回营地去。"

极夜无光
JIYEWUGUANG

露爪扫视着地面，用尾巴指了指一堆四散的枝条："我去把那些捡回来。"

"我们去灌木下面看看吧。"鳍爪向一大丛杜松走去，"应该会有一些树枝被卡在灌木丛里。"

枝爪匆匆地从他身边冲过，现在她收集的树枝太少了，得加快进度才行。她钻进灌木丛，腹部贴地扭动着向前挤去。在灌木中央卡着几根枝条，她把爪子插进树皮，将树枝拖了出来。刚一退出灌木丛，她身旁的一个东西就突然抖动了起来。"蛇啊！"她大叫一声蹦了起来，毛发根根倒竖。

鳍爪发出了响亮的咕噜声。"这不是蛇，"他伸出爪子抬起一根盘曲的树根，冲枝爪眨了眨眼，"你太神经质啦。"

枝爪抖松了皮毛，试图在鳍爪面前掩盖住脚爪的颤抖。"这大风让我没法不紧张。"她尴尬得浑身燥热。

劲风依然在撕扯着树木，现在那呼啸声显得更大了，整个森林都回荡着树枝崩裂的嘎嘎声。

"我们赶紧带着这些树枝回营地吧。"鳍爪提议。他冲露爪喊道："我们要回去啦！"

"来了！"露爪用嘴拖着他的树枝与他俩会合。

就在他快要走近时，一阵大风狠狠地冲击在了他们身边的树木上。一声脆响炸裂在空气中。枝爪抬头看去，她的心猛然一抽。一根巨大的树枝向他们砸来，正冲着鳍爪而去。

"当心！"她揪住鳍爪的颈毛将他拖向自己。一声恐怖的闷响

过后，树枝砸在了地面上，松针狠狠地划过她的脸庞，尘土和树皮渣纷纷扬扬地落了下来。

"鳍爪！"

这位学徒躺在她身边，他的眼睛瞪得溜圆，满是惊恐。

"鳍爪！"枝爪抖落皮毛上的松针，俯身检查他的身体。

"他的尾巴！"露爪终于跑到了他们身边，他的皮毛根根竖立。

枝爪顺着灰猫的目光看去，他正盯着鳍爪的尾巴。鳍爪的尾巴被压在了树枝的下面。

"我们必须把它挪开！"枝爪扑上去想要把树枝滚走，但树枝的重量令她吃惊不已。

"树枝太大了。"露爪看着这巨大的树枝，它比猫的腰还要粗，而且和一整个树干差不多长。

"鳍爪！"枝爪冲回他的身旁，盯着他的眼睛。鳍爪的眼睛闪烁着痛苦的光。"你还能说话吗？"

"嗯。"鳍爪喘息着回答道。

"我们得去找帮手。"枝爪的思绪飞转。天族现在没有巫医。她需要赤杨心，但雷族的营地离他们太远。鳍爪需要立刻得到救治。她看向露爪："快回营地去叫猫来帮忙。多一只爪子，就多一分挪开树枝的希望。我这就去影族营地找洼光。"

露爪凝视着她，耳朵因恐惧而平贴起来："我们不能让鳍爪单独留在这里。要是他……"

极夜无光

枝爪打断了他的话："这里离营地不远，你一眨眼的工夫就能跑个来回。鳍爪不会有事的。"她看向了鳍爪，"你不会有事的。"她保证道，"我们很快就能回来，坚持住。"她紧盯着鳍爪饱受煎熬的目光。

"快点儿。"他嘶哑地回答。

枝爪转向露爪："有多快跑多快！"不过这时灰毛学徒早已经向着树林冲了出去。

她也奔向了影族边界。土地飞快地从她爪下掠过，富有弹性的松针像是在把她向前推去，她的速度越来越快。她一头冲过了气味标记，即使呼吸急促，她依然没有放慢脚步。请保佑我跑上了正确的路线。她曾去影族营地探望过紫罗兰爪，但那次是在夜间。但至少她还能分辨出自己正向远离湖岸的方向奔跑。太阳高悬在她头顶，而风已被甩在身后。她认出了眼前枯朽的树桩，影族的气味也越来越浓，这令她的心突突地跳了起来。她继续奔跑，脚掌被摩擦得灼痛，但她还是坚持着扫视森林。那些黑莓藤是被编在树干间的吗？她向那边冲去，认出了影族营地的高大围墙，宽慰感顿时冲刷过她的皮毛。她绕着它跑了半圈，连滚带滑地冲进了营地入口。

她蹭着地面在空地中停下，眼前是一只只面色震惊的影族猫。

"你这是在干吗！"焦毛瞪着她。

杜松掌惊异地眨了眨眼："你竟敢……"

"枝爪？"洼光从巢穴中探出头来，"出什么事了吗？微云的孩子要出生了？"

猫武士

枝爪摇摇头,她艰难地呼吸着,喘了一大口气后才拼命喊道:"是鳍爪!"

洼光匆匆冲出了巢穴。

"树枝掉下来了,"枝爪气喘吁吁地解释道,"他的尾巴被压住了。"

洼光眨眨眼,转身返回了巢穴。"等我一下。"他飞快地走了进去。

杜松掌和焦毛沉默地瞪着她。

洼光很快便重新现身,口中还叼着一个树叶包裹,包裹里卷着的草药从两侧垂落下来。

花楸星正在空地另一端目不转睛地盯着她,枝爪朝他简略地一点头就冲出了影族营地。

她一路快跑着带领洼光奔向鳍爪。还没赶到,她就看到了树枝间有移动的猫影。"他们正在试着搬动树干。"她加快了脚步,看到鹰翅的身影出现在天族猫群中,顿时松了口气。

梅柳正蹲伏在鳍爪的脑袋边:"别担心,鳍爪,我们很快就能把这根树枝挪走。"

枝爪跑到近前,发现武士们正在奋力推动树枝。鹰翅、砂鼻、闲蕨和兔跃用肩膀死死顶住主干,梅花心和麦吉弗则在与下方一条稍细的枝丫较劲,试图撬动落下的那根树枝。铺满地面的松针使他们的脚爪打滑,即使砂鼻发力低吼,枝条也没有一丝松动的迹象。

洼光蹲着地面从他们身边冲过,在鳍爪的尾巴旁刹住脚步蹲了

极夜无光
JIYEWUGUANG

下来。他先检查了鳍爪的尾巴,然后又凑到鳍爪的脑袋边伸出脚掌抚过他的头颈:"你还有别的地方受伤吗?"

鳍爪没有回答,他的目光呆滞无神。

"他吓蒙了。"洼光说道,"我们必须让他保持温暖。"

梅柳紧贴着她的儿子,眼里闪过恐慌。

"我们撬不动它。"鹰翅狂怒地盯着树枝。

"我们能把他的尾巴拔出来吗?"麦吉弗问道。

洼光摇了摇头:"它被压得太紧了。"

枝爪感到一阵难受。

"我得切断它,把他救出来。"洼光紧张地道,"给我找块锋利的石头来。"

"切断?"梅柳警惕地盯住了影族巫医,"你确定吗?"

洼光压低了声音。"如果他被卡得更久,就会因为受惊而丧命。现在他已经失去意识了,截断尾巴是唯一的选择。"

梅柳像是石化了一般,目光紧锁在巫医的身上。

砂鼻来到她的身边,看着洼光问道:"这是救他的唯一方法吗?"

洼光点了点头。

"那就开始吧。"砂鼻说道。

洼光的目光移向梅柳,仿佛在征求她的同意。深灰色母猫也点了点头。

麦吉弗找来一块尖石放在洼光跟前。洼光凑近了鳍爪的尾巴,

并用尾巴示意武士们退开一些距离。

枝爪颤抖着回到了父亲的身旁。"鳍爪会挺过来的,对吗?"

"我们都还不知道。"他用口鼻碰了碰她的脸颊。父亲强壮而温暖,她紧紧依偎在他的身畔。"我陪你回营地去吧。"

枝爪又一次望向鳍爪,洼光遮住了他的半个身子,令他显得既小又瘦弱。"我不想离开他。"她轻声说道。鳍爪是她在天族里交到的第一个朋友。要是他死了该怎么办?

"洼光会竭尽全力救他的。"鹰翅向她保证,"砂鼻和梅柳也都会陪着他。你的身子很冷,我认为你应该回窝里休息休息。你肯定也受到了不小的惊吓。"

枝爪突然意识到她的妹妹并不在场。"紫罗兰爪在哪儿?"

"兔跃带她跟叶星一起去狩猎了。"鹰翅轻柔地拱着枝爪向前走去,"她这会儿也差不多该回来了,我们去营地找找看吧。"

枝爪又向后方瞥了一眼,鳍爪的痛呼传来,使她的肚子也抽搐起来。

鹰翅匆匆领着她走开了。

在营地入口处,他们遇上了紫罗兰爪。"大家都去哪儿了?"紫罗兰爪问道。兔跃正在小溪边环顾着空荡荡的营地。

"他们去帮鳍爪了,他出了意外。"鹰翅告诉紫罗兰爪。

兔跃也匆匆赶了过来:"严重吗?"

"他的尾巴被压在树枝底下了。"鹰翅解释道,"洼光现在正在那里。"

兔跃忧心地弹了弹尾巴:"真希望回声之歌还在我们身边。"

"或者斑愿。"鹰翅说道。

话音未落,叶星也从蔷薇通道里钻了出来。"我闻到了恐惧的气味。出什么事了?"

枝爪仍然在颤抖着,她感到寒彻骨髓。

"兔跃可以给你解释发生了什么,"鹰翅轻声说道,"我先去送枝爪回窝休息。"

"她没事吧?"叶星看上去十分担心。

紫罗兰爪瞪大了眼睛:"枝爪也受伤了吗?"

枝爪茫然地看着他们,她的脑子里天旋地转。鳍爪正在受苦!可他们竟然在浪费时间为她担心?

"她只是受到了一点儿惊吓,还着了凉。"鹰翅领着枝爪走进了临时的学徒巢穴。

枝爪在她的小窝里蜷身卧好后,紫罗兰爪从自己的窝里掏出一大团苔藓交给了鹰翅:"这能让她暖和起来。"

鹰翅拿过一些苔藓盖住了枝爪,还在四周掖了掖以免漏风。枝爪满怀感激地又向窝里拱了拱。

叶星随后也走了进来,她的皮毛刮擦过入口旁的枝条。"她现在怎么样了?"

"她不会有事的。"鹰翅安慰道。

"回声之歌和斑愿都是谁?"紫罗兰爪突然问道。

叶星眨了眨眼睛:"她们是我们从前的巫医,但回声之歌在寻

找湖区的路上死去了,而斑愿在我们离开河谷前就失踪了。"

鹰翅舔着枝爪的脑门,直到她闭上眼睛。

叶星的声音像是来自远方:"我们甚至不知道斑愿是否还活着。"

"也许我们可以去找找看。"鹰翅说道,"我们不是马上就要派出队伍回河谷寻找失落的族猫吗?"

"我能跟着去吗?"紫罗兰爪急切地问。

"现在决定谁参加这次行动还为时过早,"叶星若有所思地说道,"但你说得对,鹰翅,我们该派出一支搜索队。"

枝爪正在半梦半醒间。搜索队?回河谷?如果紫罗兰爪要去,那我也要参加。她可能会遇到危险。

但鳍爪怎么办?梦境萦绕而来,枝爪却无法挥散这个念头。

在确认他一切安好之前,我不想离开他。

第五章

赤杨心走出巫医巢穴,阳光刺得他眯起了眼。又干又脆的棕黄色枯叶铺满了空地,一阵和风吹起他的皮毛。

"别忘记琉璃苣!"身后传来松鸦羽的喊声,"我们需要更多的琉璃苣。不过也不是非得今天采,明天你再提醒我一下吧。"盲眼的巫医从太阳刚升起就开始为草药而焦虑,他想要在降雨之前采摘并晒干新的草药以补充库存。

赤杨心已经向松鸦羽保证过他今天会采集紫草,但到现在他都还没吃东西,肚子正在咕咕地叫。他走向猎物堆,失望地发现还没有任何一支狩猎队返回营地。猎物堆里只有昨天吃剩下的一只僵硬的老鼠和一只冰冷的麻雀。他向四周望了望,想要确认没有任何其他猫正向猎物堆赶来。他不想和任何族猫抢吃的。

出于习惯,他先看向了学徒巢穴的方向。虽然距离枝爪加入天族已经过去了半个月,赤杨心仍然期待看到眼神明亮的她从巢穴里蹿出,期待着新一天的训练。他设想着她加入天族后的生活。现在她大概已经成为武士了吧。他有些伤感,期望叶星能赐予她一个足以彰显她的品格的名号。他怀念她的好问、她的热忱,还有她无穷

尽的灵感。

"嗨，赤杨心。"叶池愉悦的声音将赤杨心从凝思中惊醒。她正陪着荆棘光缓缓步行，那残疾的母猫正拖拽着后腿沿着空地边缘移动。"今天我们要爬大圈，我觉得荆棘光的速度越来越快了。"

"我没有变快。"她身边的荆棘光气喘吁吁地说，她用前腿撑着身子，无力的后腿在身后摊开，"是你变慢了。"

叶池打趣地笑了一声，然后转向赤杨心，朝着那可怜的小猎物堆歪了歪头："为什么不等狩猎队回来再吃呢？"

赤杨心伸出爪子把老鼠扒拉了过来："我讨厌浪费食物。"

"趁能浪费的时候就浪费了吧。"荆棘光顿了顿，平复着呼吸，"秃叶季就快到了，你有的是时间去啃放得太久的猎物。"

"谢谢你，"赤杨心叹了口气，"但我是真饿了，这只剩老鼠没准吃起来还不错。"

荆棘光继续缓缓地绕着空地爬行起来。

叶池迈着小步跟上了她。"就剩最后一圈了，"她鼓励道，"让我们来看看，这次你能不能不停顿地完成它。"

"总是停下来休息的猫是你吧，"荆棘光反驳道，"你是打算向全营地的猫广播这一点吗？"

就在赤杨心低头捡起老鼠时，松鼠飞的叫声传遍了空地。她站在高石台上，黑莓星也出现在她旁边，他正嗅闻着空气。"云尾，刺掌，罂粟霜，你们跟我一起去边界巡逻。"她从落石堆上一跃而下，三位被点名的武士也赶忙跑去和她会合，然后跟着她走向了营

极夜无光

地口。

罂粟霜玳瑁色的毛正奓立着。"我们现在有三条边界要巡逻了。"她抱怨道,"影族一条,河族一条,天族还有一条。"

"但都和原来的边界一个位置。"松鼠飞提醒道。

"但边界对面的猫不一样了,我们需要辨认的气味也变了。"刺掌指出了这一点。

"很快你就习惯了。"松鼠飞简略地说道。

云尾抖松了他的皮毛:"至少现在河族封锁了自己的边界,我们不用再去费太大心思关注他们那边了。"

松鼠飞瞪了他一眼。"正是因为这个原因,我们才必须比平时更加关注他们的边界!"她说道,"如果他们的气味标记变得陈旧,我们就该有的担心了。"

"为什么?"云尾耸了耸肩,"也许他们的自我封锁就代表他们放弃了边界纷争呢?"

刺掌弹了弹尾巴:"松鼠飞是对的。如果他们坚持日常标记边界,那我们至少能知道河族还在像真正的族群一样生活。"

罂粟霜的眼里闪烁出警觉的光芒:"你是觉得他们可能会放弃族群的身份吗?"

"我已经放弃推测其他族群的下一步举动了。"松鼠飞一面低头钻过荆棘屏障一面回答她。刺掌和罂粟霜交换了几个眼神,跟上了她。云尾走在队伍的最后。

赤杨心凝视着他们的背影,他的肚子因为紧张而紧缩着。他们

刚刚找回一个族群，决不能再失去另一个。

百合心走向了猎物堆。"你看起来有点儿焦虑。"她冲他眨眨眼，关切地问了一句。

"最近发生了太多的变故。"他心不在焉地回答道。

百合心从他身边走过，拿起了猎物堆上的麻雀："我到现在还不敢相信枝爪竟然选择了离开。"

赤杨心听出了她声音中的失落："你一定非常想念她。"

"你不也是吗？"她迎上了他的目光。

忧愁像迷雾般淹没了赤杨心。他想象着枝爪得意扬扬地走出巫医巢穴、身后还跟着抱怨不休的松鸦羽的样子。"我也非常想她。"

"亲手养大一个孩子然后再目送她离开，是件非常痛苦的事。"百合心叹了口气，"而且她是一只多么阳光开朗的小猫啊。"

身后传来碎石滚动的声音，是黑莓星走下了落石堆。他在石堆下甩了甩头，然后穿过空地走向了围坐在一起的蕨毛、狮焰、樱桃落还有鼹鼠须。在雷族族长问候武士们的同时，赤杨心向百合心点点头并叼起了他的老鼠，走向沐浴在阳光下的一丛香薇。那里看起来是个暖和的吃东西的好地方。

他经过米莉和灰条身边时，他俩正在长老巢穴外陪梅花落的幼崽们玩耍，而梅花落和黛西在育婴室旁的阳光中打盹。

小李树扒着灰条身侧的皮毛挂在他的肩膀上。"让我骑一次

极夜无光

獾！"她要求道，姜黄色与黑色相间的皮毛兴奋得直颤。

"我也要！"小茎也追着他的姐姐爬了上去。

"我也要骑獾！"

"我也要！"

小雕和小贝壳纷纷尖叫了起来。

米莉慈祥地冲他们叫了一声："我想你们四个都坐得下。"她叼起小雕姜黄色皮毛，把她放到小李树身后，又把小茎叼到了她身边。

灰条假装趔趄了一步："你们比猫头鹰还重！"

幼崽们兴奋地叫了起来，他们紧紧地抓着灰条左摇右晃的身子。

"我扛不动你们啦！"灰条气喘吁吁地说。

米莉用口鼻拱了拱他的肩膀。"你当然扛得动。"她说道，"你一直是雷族最强壮的猫之一。"

"好吧。"灰条夸张地叹了一大口气，开始一瘸一拐地在营地里巡行，每一步都走得东倒西歪，让幼崽们在被晃来晃去时惊慌地大叫。

米莉与路过的赤杨心对视了一眼。"看这老傻瓜。"她温柔地说道，并冲着灰条扬了扬下巴。

赤杨心的胸中油然生出对幼崽们浓浓的喜爱之情。他向米莉点头打了个招呼，但嘴里的老鼠使他没法开口问候。真是太可惜了，枝爪看不到他们的样子。但她很快就可以看微云的幼崽们玩了。赤

杨心提醒自己。

他从露珠鼻和琥珀月身边走过，他们正用爪子把叶子扫到空地中阳光最充足的区域。等这些叶子晒干后，它们就可以被衬入巢穴的围墙，完美地阻挡秃叶季的严寒。

烁皮和云雀鸣在一旁心不在焉地磨蹭着。露珠鼻边扫边严厉地瞪了他们一眼："我还以为你们的任务是给我们帮忙来着。"

烁皮打趣地瞟了他一眼："要是云雀鸣不给我添乱，我马上就去给你帮忙。"她一脸戏弄地看向云雀鸣。

公猫尴尬地低头看着自己的爪子。

赤杨心烦躁得皮毛直颤。烁皮在和公猫打情骂俏。她怎么成了这么一个羽毛脑子？从前的她一直怀揣着要成为雷族最优秀的武士的雄心壮志，可现在为什么却开始浪费宝贵的时间表现得像个蒲公英头的学徒？赤杨心重重地从她身旁走过，他还没忘记上个森林大会上烁皮是怎么公开反对天族的。

他挪开了几条尾巴的距离以避开他们。阳光已经驱散了高石台下的阴影，藤池和香薇歌正并排舒展地晒着太阳取暖。

赤杨心咬下一口老鼠咀嚼起来，这时他听见藤池长叹了一口气。

"我还没准备好要孩子。"她对香薇歌说道。

赤杨心在眼角的余光中看到黄毛公猫的目光里闪过一丝失落。

"要孩子意味着一连好几个月都被困在育婴室里，"藤池继续说道，"黛西已经老了，不可能再多照顾一窝幼崽，但我更想在森

林里狩猎巡逻,而不是被成天困在营地中。"

"你为什么必须一直在育婴室里陪他们?"香薇歌问道。

藤池坐起身:"你这是什么意思?我必须得养大他们,难道不是吗?还有谁能代劳?"

"但哺乳期很快就过去了啊,"香薇歌解释道,"然后你就可以回去履行你的武士职责了。"

"然后让我们的孩子自己把自己养到六个月大?"藤池听起来异常震惊。

"当然不是。"香薇歌解释道,"一旦幼崽们能吃猎物,我就可以搬到育婴室去。如果你需要的话,我也可以搬进去更早些,这样你在两次喂奶的间隙里也可以出去巡逻。"

"你?"藤池盯着他,"但你是公猫啊!公猫不会住进育婴室里。"

"为什么不?"香薇歌深情地眨了眨眼,"除了食物以外,幼崽们所需要的仅仅是一只爱他们,并且能陪他们玩的猫而已。我想不出什么比这更好的度日方式了。"他正说着,灰条就拖着重重的脚步从旁边路过,那些幼崽挂在他的背上兴奋地又是呼噜又是尖叫,赤杨心几乎都听不见他自己的咀嚼声了。

藤池看着他们走过,然后倾身用口鼻蹭了蹭香薇歌的耳朵。"我会考虑一下的,"她小声说道,"也许在秃叶季过去之后吧。"

赤杨心又吃下了一口老鼠,这时,荆棘屏障处传来了响动。他抬起头,看到黄蜂条护送着紫罗兰爪和鹰翅走进了营地。他的心突

然狂跳起来。枝爪和他们一起来了吗?他站起身朝他们走了过去。

"你们怎么来了?"他向他俩身后望去,希望能看到枝爪跟着从通道里走出来。然而他什么都没看到。"只有你们吗?"

"是的。"鹰翅回答。

"我在边界处遇到了他们。"黄蜂条说道,"他们想和黑莓星谈谈。"

赤杨心没理淡灰色虎斑公猫。"枝爪怎么没有跟着一起来?"失落之情刺痛了他的肚子。

"她还在忙着接受训练。"鹰翅解释道。

"她的老师是砂鼻。"紫罗兰爪高兴地告诉他。

"现在她还是学徒?"赤杨心紧盯着天族的副族长,"但她已经通过测评了。"

"通过的是她的雷族测评。"鹰翅有些刻意地回答道,"叶星认为枝爪和紫罗兰爪——"他慈爱地看了紫罗兰爪一眼才继续说了下去,"还需要学习用天族猫的方式狩猎和战斗。"

愤怒使赤杨心皮毛刺痛。当初天族被逐出自己的家,流离失所差点儿灭亡,那时可是枝爪拯救了你们。他对鹰翅怒目而视,请她来训练你还差不多!

这时,身后传来了脚步声,是黑莓星走了过来。鼹鼠须、狮焰、蕨毛和樱桃落簇拥在雷族族长身旁,他们的耳朵都好奇地竖立着。

黑莓星向鹰翅点头致意:"你们这次来有什么事?"

极夜无光

"叶星做出了决定,我们很快就要派一支队伍回到河谷去寻找当初失散的族猫。"鹰翅对他说道,"我们希望你们可以派几位认识路的武士与我们的队伍同行。我们知道雷族曾派遣过几支队伍往返河谷,所以猜想他们应该熟悉路线。"

黑莓星坐了下来。"雷族确实有几只猫认识路,"他若有所思地说道,"但到目前为止我们已经派过相当多的队伍去河谷进行探索了。秃叶季临近,我们的武士必须专心补充猎物堆,而不是出去找回更多张需要吃饭的嘴。"

"正是因为秃叶季临近,我们才要发起这次远征。"鹰翅劝说道,"你也不会希望你失散的族猫在最严酷的季节里踽踽独行、饥寒交迫,对吧?"

鼹鼠须向前踏了一步。"派一支队伍跟他们一起去不会造成太大影响的。"他谨慎地说道,"我认识路,樱桃落和烁皮也是。"

赤杨心也向前凑了凑:"我也认识!"

黑莓星摇了摇头:"抱歉,赤杨心,松鸦羽还需要你留下来帮他整理草药。"

一股失望像一块石头重重地坠入了赤杨心的肚子里。

"我可以和天族一起去。"鼹鼠须自告奋勇。

赤杨心有些疑惑地看向这只棕色和奶油色相间的公猫。在半个月前,他还一点儿都不想让天族留在他们身边,是什么让他突然变得这样积极?

"带领他们返回河谷是一种荣誉。"鼹鼠须低下头,偷偷瞟了

樱桃落一眼。

赤杨心的颈毛一下子竖立起来。鼹鼠须是觉得只要他给天族指明了返回河谷的路线，他们就有可能选择集体离开湖区吗？

"很好。"黑莓星的声音打断了赤杨心的思绪，"如果天族能找回他们失散的族猫，就能够重新壮大起来，强大的族群会成为我们强大的盟友。"他冲鹰翅点点头，"我会派一只雷族猫为你们的队伍领路。等你们要出发了就来通知我，我的武士会做好准备的。"

"非常感谢。"鹰翅恭敬地点头行礼。

紫罗兰爪的眼睛亮了起来。"谢谢你！"她兴奋地说道，然后看了鹰翅一眼，"我们赶紧回去向叶星汇报吧。"

鹰翅走向了通道。

"替我向枝爪问声好！"赤杨心冲着他们的背影喊道。

"我们会的！"紫罗兰爪和鹰翅齐声回答。

赤杨心目送着他们消失在荆棘通道中。紫罗兰爪和她的父亲看上去那样亲近，他只希望枝爪也能和父亲建立这样紧密的联系。可是，要是她也和父亲亲密无间，现在又怎么可能不跟着他们一起来呢？我应该只是想太多罢了。他将这些念头推出了脑海，试着想象出枝爪在砂鼻的指令下练习狩猎技巧的场景。他的肚子依然在不安地刺痛着。枝爪已经是那么自立的一只猫了，她所做出的一切成就对于赢得武士名号而言早已绰绰有余。成为天族的学徒，她真的感到快乐吗？

极夜无光

赤杨心站在山谷边缘向下俯视,竭力想要看清眼前的路。溪水在冷冽的月光下明灭闪烁,但却看不到任何蛾翅与柳光的踪迹。

"她们还会来吗?"叶池在月池旁向他喊道。

"看起来不会了。"他失落地回答道。

松鸦羽在水池边不耐烦地换了个姿势:"我们别再浪费时间等她俩了。很显然,她们已经决定与我们保持距离。"

"她们也许是被迫与我们隔离的。"隼飞说道,"当一星与其他族群决裂时,我也曾被禁止离开风族。"

赤杨心将视线不舍地从通往山谷的小路上挪开,转身走向了月亮池。爪下光滑的石块是那样的冰冷,他几乎感觉不到那些无尽岁月中留下的爪印了。

隼飞面带歉疚地看着巫医们:"在风族封锁边境时,我是真心想要来月亮池的。你们是知道的,对吧?"

叶池同情地对他眨了眨眼:"当然。"

洼光也挪了挪他的脚爪:"当你不来月亮池时,星族给你托过梦吗?"

隼飞紧盯着自己的脚爪。"没有,"他承认道,"我认为它们是在为我的缺席而发怒。但我必须和我的族群在一起,不是吗?"他看了看其他的巫医。

"当然是这样。"叶池表示赞同。

"我们可以停止担心星族会怎么想,然后直接去和它们分享梦境了吗?"松鸦羽不满地说道,"我快要冻死了。"

头顶的夜空星光闪烁，一阵冷风在山谷里回旋而过，月亮池泛起了层层涟漪。

在赤杨心来到叶池身边并停下脚步时，洼光清了清嗓子。"还有一件事需要我们现在讨论一下。"他说道。

隼飞竖起了耳朵。

赤杨心凑得更近了一些，他也很好奇是什么让影族的巫医如此忧虑。

"是关于天族的，"洼光向他们解释道，"他们还没有巫医。几天前，我就被叫去帮助他们了。"

"是微云吗？"焦虑在赤杨心的皮毛下涌动着。

洼光摇了摇头："一根树枝掉下来，砸在了鳍爪的尾巴上。我必须切断他的尾巴才能把他救出来。"

"切断他的尾巴？"叶池看上去万分惊讶，"他还好吗？"

"他会好起来的。"洼光对她说道，"我每天都会去一趟天族营地，给他更换包扎伤口的药糊。我尽力让他的尾巴断面规整干净，伤口也没有感染的迹象。"

"你做得很不错。"叶池看上去也为她曾教导过的学徒感到骄傲。

"我是在尽我所能，而且星族也指引了我的爪子。"洼光谦虚地说道，"但他们继续这样缺少自己的巫医是很危险的，我也不可能每天都腾出时间去照顾他们。微云的幼崽们已经过了预产期，天族本应当有一位巫医在营地里随时待命，因为她的这次生产必然会

非常艰难。"

松鸦羽的尾巴在石头上挥来挥去。"我们中的一个会到他们的营地里去，就像我们曾对影族做的那样——"他朝着洼光点了点头，"在你们没有巫医的时候。天族里有哪位学徒看起来有与星族沟通的天赋吗？"

"嗯……我说不上来。枝爪从前倒是想过要当巫医。"赤杨心伤感地说道。

"在巫医巢穴里瞎玩、不停地绊倒其他猫，和真正成为巫医是两码事。"松鸦羽刻薄地说。

叶池没理他。"天族正准备派一支队伍回河谷寻找他们失散的族猫，"她对巫医们说道，"也许他们能找回一只受过一些巫医训练的猫呢。"

洼光依然十分担忧："他们现在就需要巫医的帮助。微云的幼崽再不出生就会有生命危险了。"

"我去吧。"赤杨心突然想起，要是他去了天族，就能与枝爪重聚了。那样，他就能亲眼看到她是否融入了她的新家。

"别傻了，"松鸦羽不耐烦地说道，"黑莓星可是刚刚说过你得留在营地里帮我整理草药。"

赤杨心对盲眼巫医怒目而视。为什么他的听力这么灵！

"再说了，"松鸦羽继续说道，"叶池曾经训练过影族的巫医，她有与其他族群合作的经验。让她去。"

叶池低下了头："这是我的荣幸。"

挫败感让赤杨心感到肚皮发紧。为什么每只猫都在阻止他去见枝爪？是他救了她的命，是他看着她一点点长大，他难道不该拥有去看看她过得怎么样的权利吗？

隼飞向着池水走了几步。"让我们开始吧。"其他巫医也纷纷跟了上去，在水边蜷伏下来。

赤杨心趴在了叶池的身旁，心中依然十分沮丧。他伸长脖子，闭上眼，用鼻尖碰了碰水面。

脚下的土地像是突然沉了下去，熟悉的坠落感朝他的肚子袭来。赤杨心放松下来，任由自己飘旋而下。万千星辰扑面而来。接着，他突然感到脚掌踩上了草地。阳光温暖了他的皮毛，赤杨心睁开眼，星族狩猎场的晴朗草甸映入眼帘。他惊讶地发现，其他巫医正与他并肩而立。他们挺直身体，在阳光中冲着彼此眨了眨眼。赤杨心紧张了起来。一个全部巫医共享的幻象！这一定非常重要。

"星族猫在哪里？"洼光轻声问道，并向四周望去。星族猫所在的山顶一片荒芜。

在远处，赤杨心能望见有猫在散步，也有的在伸懒腰晒太阳，或是几只聚在一起闲谈。

叶池站起了身："我们去见他们吧。"

"没有这个必要。"低沉的声音吓了赤杨心一跳。他认出了这个声音，连忙转过身来。

火星向他们走来，他星光闪烁的皮毛在明亮的白天也散发着微光。还有更多猫跟在他身后，赤杨心伸长脖子想要看清来访的都是

极夜无光

哪些星族猫。他认出了身姿轻盈的风族猫，落脚无声的影族猫，以及皮毛厚实的河族猫。雷族的猫也出现了，他们皮毛光洁、身体强健——就像他们都还活着时一样。那些他认不出的猫一定是——他猜想他们一定是——天族祖灵。他看到了波弟的身影，情不自禁地发出一阵咕噜声。他真希望波弟能知道自己有多么想念他。

"柳光和蛾翅在哪里？"一只高大的歪嘴河族公猫走到了火星身前，略带失望地看着巫医们。钩星？赤杨心感觉他应该是从前的那位河族族长。

叶池向他低头行礼，抱歉地回答道："我相信，她们一有机会就会来这里的。"

钩星瞥了火星一眼："情况比我们想象得还要糟糕。"

火星点了点头。"你必须把河族拉回族群的阵营中。"他对叶池说道。

叶池与隼飞交换了一个焦虑的眼神。

隼飞耸了耸肩。"一旦族长们下定了决心，连巫医也很难去改变他们。"他看向火星，"等到了时候，她们就会回到我们身边的，就像风族之前那样。"

火星的翠绿色眼瞳笼上了忧愁的阴霾："那时也许就来不及了。"

在他做出解释前，叶池突然发出了一声惊叫。一只瘦削的黑色母猫正盯着她。"冬青叶！"

赤杨心听说过有关叶池女儿的故事。族猫们曾含混地讲过他们

猫武士

当初都以为冬青叶死在了地道里，即使她的尸体从未出现。松鸦羽和狮焰几乎从不提及他们死去的姐妹，而当偶尔说起她时，他们的语气又莫名地紧张而矛盾。但叶池一点儿也不紧张。她目光灼灼地望着她的女儿，内心的情感快要从眼底满溢而出。

冬青叶饱含爱意地向母亲眨了眨眼。黑毛武士缓步向前走来，仿佛自带一种奇异的平和。她来到叶池面前，与她脸颊相贴，她们的动作既轻柔又庄重。赤杨心看着她们，感觉自己的喉咙有些发紧。

"你在这里过得还开心吗？"赤杨心听到了叶池的耳语。

"我找到了宁静。"冬青叶回答道。

隼飞的声音将赤杨心的注意力拉了回来。"一星，"风族巫医看到了他的前任族长，将头深深地低了下去，"很高兴见到你。"

"我也是。"一星抬起了头，他现在看上去与赤杨心之前所见的那只瘦削而焦躁的猫全然不同。他已经恢复了年轻强壮的样子，星辰在他眼中闪烁。

隼飞在风族祖灵间穿行，与此同时，火星坐了下来。他的目光平和，但尾尖却在不耐烦地颤抖着，仿佛已经厌倦了每次例行的问候，只急着想说些什么。他这次又会带来什么消息呢？

洼光正在与星族猫们互触鼻头。"杂毛！你还好吗？"

杂毛抖松了她长长的灰色毛发："终于摆脱了腰酸腿疼，可真是太好了。"

她身旁的乌霜看上去也十分健康，他的黑白相间的皮毛光亮整洁。赤杨心的呼吸急促了起来。还有哪些影族猫来了？松针尾在这

极夜无光
JIYEWUGUANG

里吗？他满怀希望地在群猫中搜寻她的银灰色皮毛，可却一无所获。他也没有看到任何影族失踪武士的身影。他们究竟是依然活着，还是仍在寻找通往星族的路？

火星站起身，走到了山峰顶端。"我能够理解见到老朋友是什么感觉，"他大声说道，"但我们还有话要说。"他发言的同时，一只皮毛柔软的小个头银灰色虎斑猫走到了他的身旁。

回声之歌！赤杨心认出了这位曾在幻象中出现过的天族巫医。他挤开群猫，凑得更靠前了一些。火星不耐烦地盯着他们，显然已经迫不及待想要讲话。叶池和松鸦羽来到了赤杨心身旁，隼飞和洼光也站在他们旁边。

火星继续说道："你们在湖区为天族腾出了领地，我们都感到十分欣慰。"

愉悦之情在赤杨心的腹中涌动。他是正确的，天族的确应当留在其他四族身边。

火星转向了回声之歌，满怀尊敬地点头致意。

她向他眨了眨眼作为回应，然后对巫医们说道："天族回到了归属之地，但前方仍有巨大的挑战在等着所有族群。你们现在做出的一切决定都将对你们未来的路产生无法抹消的影响。"她顿了顿，绿眼睛中流露出严肃的神情，"黑色天幕所预示的绝非风暴。"

赤杨心脊背上的毛悚然立起。黑色天幕所预示的绝非风暴。即使阳光温暖，他仍感觉有什么冰冷的东西刺入了他的皮毛。回声之

歌的话令他颤抖起来。她这是什么意思？他看向松鸦羽，希望从他蓝色眼瞳中读出了然的神色，但雷族巫医却在他眼前淡化消失了。他身边的草地、天空，以及所有的猫都溶解成了微光闪烁的雾霭。他感到自己开始坠落，心脏像是冲到了嗓子眼。黑暗吞没了他。

他的脚掌撞上了月亮池山谷里光滑冰冷的岩石。赤杨心睁开眼，感觉月亮池仿佛在发颤，水面反射的星光闪动起来。"回声之歌想说什么？"

其余的巫医也坐起身，茫然地面面相觑。

"新的预言。"松鸦羽站了起来，急躁地抖了抖尾巴，"我们别再浪费时间试图在这里讨论它的含义了。回去向各自的族长汇报消息吧，让他们来决定下一步该怎么做。"

"不行！"赤杨心僵住了，"我们必须尽力解读预言。要是全靠族长去理解它们，我们可能到现在都找不回天族！"

叶池对他眨了眨眼："我们当然要思考它，并在找到思路的时候互相讨论。也许我们还会接到更多的预言来提供方向，不过显然不会是在今晚。"

其他巫医也都纷纷点头同意。现在赤杨心除了跟着他们走向山谷外也别无选择了。焦虑像是蚂蚁在他的皮毛下爬动。他本以为能见到松针尾，可却没发现半点儿她的踪迹。如果她不在星族，那她又会在哪里？旋风在山谷中呼啸而过，半月无声地在他们头顶高悬。

我希望她能够安息，无论她身在何方。

第六章

紫罗兰爪皱起了鼻子,她的舌尖上还残留着旅行草药的苦味。她舔了舔嘴唇,希望能摆脱掉那股味道。

鹰翅的胡须抖了抖:"你不喜欢那些草药?"

"不喜欢。"紫罗兰爪打了个哆嗦。

他们正站在营地的入口附近等待出发,梅花心和她的老师兔跃也正蹲在他们身边分享一只老鼠。这时,鼹鼠须从小溪旁走了过来。

兔跃抬起了头。"你吃过了吗?"他问紫罗兰爪。

"只吃了旅行草药。"紫罗兰爪紧张得说不出半句其他的话。她从未去过离族群领地那么远的地方。

"这会是一趟很漫长的旅程,"兔跃提醒她,"我也不能确定我们下次停下来狩猎会是什么时候。"

"旅行草药能使她在一段时间内不觉得饥饿。"鹰翅说道,他的眼睛一直看着育婴室的方向。微云从凌晨就开始分娩了,现在叶池正陪着她。

雷族巫医是两天前来到他们营地的,就在月半那夜之后。她一

猫武士

直在照顾鳍爪。鳍爪现在已经从意外中恢复了过来，但还只能躺在窝里。叶池带来的那些草药现在已经被妥善地存放在了杉树下的那个空洞里，她在里面给自己做了一个窝。鳍爪也被转移到了那里，以便叶池随时照料他。昨天，麦吉弗去雷族叫来了鼹鼠须，于是鼹鼠须也来到了天族营地中。

前往河谷的队伍马上就该启程了，紫罗兰爪紧张得像是有一群青蛙在她肚子里跳。她真希望枝爪也能和她一起去，但枝爪却提出要留在领地里帮忙修建新家。紫罗兰爪看到她的尾巴从杜松丛里探出来。她正在里面努力为学徒巢穴掏出一块地方。

"河谷离我们有多远？"紫罗兰爪向鹰翅询问道，竭力不去想可能挡在他们路上的那些恶狗、两脚兽，以及大片陌生的土地。

鼹鼠须回答了她。"大概要花四分之一个月才能赶到。"营地上方的枝丫间露出片片蓝天，"但现在的天气对我们有利。"

梅花心咽下她的那份老鼠的最后一块肉，坐起了身。"落叶季的天气相当多变。"她舔舔爪子，洗了洗脸。

"一点儿毛毛雨不会把我们怎么样的。"鹰翅说。

话音未落，叶池的脸就出现在了育婴室门口。她放轻步伐走出巢穴，兴奋地冲在外面焦灼踱步的雀毛眨了眨眼。叶星也在他的身旁，当叶池解释情况时，他们的尾巴都兴奋地高竖着。

"你有了三只幼崽！"巫医愉快地说，"一公两母。"她冲雀毛点了点头，"如果愿意，你可以进去看看他们。"

"谢谢！"暗棕色虎斑公猫大声地咕噜起来，挤进了育婴室的

极夜无光
JIYEWUGUANG

入口。

"微云还好吧?"雀毛一走,叶星就追问道。

"她现在很累,"叶池回答道,"但她表现得非常好。也许可以让雀毛在育婴室里住上几天陪陪她?照顾新生幼崽是件非常费心的事。"

"当然没问题。"叶星瞥了一眼即将出发的队伍。

叶池转身走向育婴室,与此同时叶星也走向了她的副族长。"愿星族指引你们的前路。"叶星说道。

鹰翅弹了弹尾巴:"鼹鼠须会帮助我们的。"

叶星向雷族公猫眨了眨眼:"你确定你认得路,对吗?"

鼹鼠须点点头。

紫罗兰爪环视营地,即使天族刚刚在此落脚不久,这里也给她一种家的感觉。她会想念这小溪的流水声和松林树枝摆动的窸窣声的。

鹰翅似乎感应到了她的不舍,他用尾巴拂过她的脊背。"我们很快就会回来,还有极大可能带回更多的族猫。"他咕噜了一声,"还有好多猫是我想介绍给你认识的呢。"

叶星迎上了他的目光:"我希望你们能找到他们。"

"我们会尽可能地寻找他们。"鹰翅承诺道,"很快我们就又会变回那个欣欣向荣的天族了。"

叶星伤感地看着他的眼睛:"我们再也无法变回从前的样子了。"

杜松丛摇晃了一阵，枝爪从那下面钻了出来。她冲过营地，越过小溪停在了她的妹妹身边。"你们现在就要走了吗？"她用口鼻蹭了蹭紫罗兰爪的下巴。

紫罗兰爪紧紧地贴着她："我真希望你跟我一起出发。"

"我会在这里等你。"枝爪欢快地眨了眨眼，"这一定是一趟很令你激动的旅程。"

紫罗兰爪不安地挪了挪脚掌："但愿如此。"

"你一定会的！"枝爪坚持着，"有些猫永远都不会有机会走出森林。你一定会把这次旅程记一辈子，而且将来的所有猫都会知道你是曾为重建天族出过大力的猫之一！"

枝爪总是如此的乐观，有时候紫罗兰爪真希望自己能和她更相似一些。但接着她又看了鹰翅一眼——与枝爪更相似意味着她与父亲的共同点将会减少，可她愿意成为像鹰翅一样的猫。总有一天她会像他一样勇敢。

"我们该出发了，"鼹鼠须说道，他又看了看天空，"我希望能在太阳升高之前赶到雷鬼路那里。"

雷鬼路？紫罗兰爪喉头一动。

兔跃伸展了一下腿脚，然后走向了营地入口。梅花心跟了上去。

"祝你们好运！"在鼹鼠须跟上他们时，叶星大声喊道。

鹰翅用鼻尖碰了碰枝爪的脑袋："我们不在的时候，你要照顾好天族。"

极夜无光
JIYEWUGUANG

叶星说:"我相信她一定能做到的。"

枝爪转向了紫罗兰爪,她的目光黯淡下来:"你一定会注意安全的,对吧?"

"当然。"紫罗兰爪和枝爪互触口鼻,她呼吸着姐姐的气味,感到镇定了许多。然后她起身跟着鹰翅以及他身前的兔跃、梅花心还有鼹鼠须走出了营地。

在她的脚掌扫过洒满松针的林地时,她肚里的青蛙安静了下来。她突然感到自己已经为这趟旅程做好了准备。我们要去找回我们失散的族猫了。

两天后,当太阳升到蔚蓝、无尽晴空的最高点时,紫罗兰爪又闻到了雷鬼路那刺鼻的气味。他们已经穿过了许多条雷鬼路,但这一条的气味格外浓重。咆哮的声浪震得她耳尖的毛都颤动起来。那声音是从树丛后面传来的,听起来就像是一群巨大的恶狗在争食。她瞥了父亲一眼,不知道他们是否应该停下脚步,但父亲还在继续前行。鼹鼠须也一样。兔跃和梅花心对视了一眼。

她跟着他们来到森林边缘,走上了一块草地。明媚的阳光晃得她眨了眨眼。眼前是一大片倾斜着通向雷鬼路的草地。这条雷鬼路比之前他们穿过的任何一条都要更长,而且和那些被废弃许久的路相比,这一条路上,怪物摩肩接踵地沿着它从两个方向咆哮而过,几乎没有留下一点儿空隙。

紫罗兰爪停下了脚步,她的心脏停跳了一拍。一想起卵石光,

猫武士

她浑身就都颤抖起来,不由得感到一阵虚弱。她的母亲就是死在雷鬼路上的。"我们穿不过去的!"

鹰翅站住了,他转过身瞪圆了眼睛,目光阴沉了起来:"我们必须穿过它。"

鼹鼠须也返身回到她面前。"在我们必须穿过的雷鬼路中,这条是最危险的了。"他保证道,"一旦穿过它,我们就安全了。"

我们穿得过去吗?紫罗兰爪试图遏制住身体的颤抖。到了路对面,她的家就真的离她非常非常远了。

兔跃看着紫罗兰爪的眼睛:"你跑得很快,而且也很聪明。我见过你狩猎和练习战斗动作时的样子。你已经掌握了通过这条雷鬼路所需要的所有技能。"

"但我们回来时怎么办?"紫罗兰爪突然感到自己无比渺小。

"如果我们能穿过它一次,当然也能穿过它第二次。"鹰翅对她说道。

"你一定能做到的。"兔跃轻轻地将她推向前去。

紫罗兰爪伸出爪子插进草地。"卵石光就是死在这样的一条雷鬼路上的。"她哭丧着脸说道。

鹰翅看向她,他的目光因为悲痛而变得锋利了一些。"她的遭遇很不幸,"他声音沙哑地说,"但这次有我在你身边。我绝不会让同样的事发生在你身上的。"

紫罗兰爪不太情愿地走向了雷鬼路。她身上的每一根毛都在劝她后退,但紫罗兰爪强迫自己继续前行。鼹鼠须和她的族猫都在她

极夜无光

身边，这让她感觉轻松了一些。他们一起来到了雷鬼路边缘。

怪物一只接着一只地飞驰而过，酸臭的气息冲击着她的脸庞，溅起的沙砾打在了她的脚掌上。

鼹鼠须抬高了音量："等到有足够大的空隙再走。"

紫罗兰爪并不确定他们是否能等到一个大空隙。怪物一只紧追着一只，像抓兔子的狐狸一般。

"当我喊跑的时候——"鹰翅抬起了下巴，"有多快跑多快。"

梅花心和兔跃点了点头。紫罗兰爪凝视着父亲，嘴巴里因为恐惧而干燥不堪。一只巨大的怪物轰隆隆地跑了过去，卷起的热风差点儿把她掀了个跟头。她抓紧脏兮兮的草地等待着，心跳声在她的耳边回响，怪物们在她眼前一只接一只跑过。

终于，他们等待的空隙出现了。在一侧，一只离他们还很远的绿色怪物正缓慢地挪动过来，泥浆在它爪下飞溅，而另一侧的雷鬼路拐了个弯，通向一个空荡荡的上坡。中间的这一段路一览无余。

"跑！"鹰翅的大吼令紫罗兰爪跳了起来。梅花心向前冲去，兔跃紧随其后。鼹鼠须从他们身边超过，他的尾巴将将擦过石头路面。鹰翅用力地推了紫罗兰爪一把："赶快！"

她跑了起来，眯着眼，恐惧像火花一样在她肚里跳动。灼热的石头路面烫疼了她的脚掌。绿色怪物离得近了一些，它似乎一点儿都不着急。另一侧的斜坡依然空旷。我们要成功了！

兴奋刚刚从紫罗兰爪的皮毛下开始浮现，绿色怪物的身后就传

两天后，当太阳升到蔚蓝、无尽晴空的最高点时，紫罗兰爪又闻到了雷鬼路那刺鼻的气味。他们已经穿过了许多条雷鬼路，但这一条的气味格外浓重。

咆哮的声浪震得她耳尖的毛发都颤动起来。那声音是从树丛后面传来的，听起来就像是一群巨大的恶狗在争食。

她瞥了父亲一眼，不知道他们是否应该停下脚步，但父亲还在继续前行。

紫罗兰爪停下了脚步,她的心脏停跳了一拍。一想起卵石光,她浑身都颤抖起来,不由得感到一阵虚弱。她的母亲就是死在雷鬼路上的。

我们穿不过去的!

我们必须穿过它。

在我们必须穿过的雷鬼路中,这条是最危险的了。

一旦穿过它,我们就安全了。

你跑得很快,而且也很聪明。我见过你狩猎和练习战斗动作时的样子。

你已经掌握了通过这条雷鬼路所需要的所有技能。

来一声咆哮。一只体形稍小的怪物绕过了它，正对着她猛冲过来。它发出了疯狂的吼叫，仿佛在逃命一般。恐惧扼住了紫罗兰爪的思维，她的爪子像是一下子僵住了一般，蹭着地面停了下来。在她前方，鼹鼠须、鹰翅、兔跃和梅花心都一头冲上了路旁绿色的斜坡。

恐慌将紫罗兰爪钉在了地上，她呆呆地望着小个头的怪物。怪物吼叫着冲上前来，现在已经与绿怪物齐头并进。下一刻，它就会超过大怪物，并直直地从紫罗兰爪身上碾过去。她明白自己现在应该跑，可恐惧却让她动弹不得。星族啊，救救我！

小怪物的爪子摩擦着路面上的石头，发出尖锐的噪声，怪物肚里的两脚兽也惊恐无比地瞪着紫罗兰爪。那怪物发出一声大吼，像是在警告她赶快逃离。然后它猛地转了个身，向着绿怪物身前扎了过去，它里面的两脚兽的眼睛都快要瞪出来了。它与另一只怪物擦身而过，它们的距离是那样的近，以至于小怪物的侧腹都撞上了绿怪物的鼻子。紫罗兰爪愣愣地看着这一切，像是从远方遥望一场噩梦。恍惚间，她听到它们厚实的皮肤发出沉闷的磕碰声，然后小个头的怪物就打着旋跌到了雷鬼路的另一侧，最终颤颤巍巍地停了下来。

有牙齿咬住了她的颈毛。鹰翅的恐惧气味淹没了她，与此同时，她也被四脚离地地拎了起来。父亲哼了一声，将她拖到了安全地带。他在斜坡上的其他族猫身边放下了她。紫罗兰爪看着他们，无言地眨了眨眼。

"看在星族的分上，你这是在想什么！"鹰翅怒视着她，"你

极夜无光

就那么杵在那里,就在它……"他的声音顿了一拍,痛苦在他的眼中闪烁。他将口鼻埋到她的颈部,他的鼻息滚烫而急促:"你会被它踩死的。"

惊恐仍然令紫罗兰爪浑身僵硬,她转头望向那只小个头的怪物,现在它还静静地待在雷鬼路的另一边。大个的绿色怪物也停下了脚步,一只两脚兽从里面跳了下来。它跑向小怪物,这时小怪物里也爬出了一只两脚兽。两只两脚兽互相吼了几句后,从小怪物里出来的那只两脚兽抬起前爪朝着紫罗兰爪指了过来。当它的目光落到她的身上时,紫罗兰爪心中涌起一股惊慌。

"快跑!"她尖叫起来。

她向着远离雷鬼路的方向纵身狂奔,余光看到其他几只猫也都跟了上来。她一刻不停地奔跑着,从一道栅栏下钻过,然后又跑过大片的土地,直到雷鬼路的声音在背后逐渐消失。

她停下脚步,感觉肺都在燃烧。鹰翅减慢速度来到她身边,接着鼹鼠须、兔跃和梅花心从他们身边冲了过去,多跑了几条尾巴的距离才停下来。他们瞪圆了眼睛面面相觑,侧腹都剧烈地起伏着。

"对不起。"紫罗兰爪气喘吁吁地向他们道歉,她的毛依然倒竖着,"我被吓呆了。"

"你现在安全了,"兔跃在喘息的间隙中含混不清地回答,"这就够了。"

"我还不知道怪物也会互相攻击!"梅花心依然在发抖,"为什么两脚兽还要靠近它们!"

"谁知道两脚兽想干吗。"鼹鼠须抖了抖皮毛,"我们继续走吧,前面还有很长一段路要走。"

鹰翅看着紫罗兰爪,眼中充满了关切:"你还好吗?"

她点点头,将恐惧吞回腹中:"谢谢你救了我。"

"只要我在,我就一定会救你。"鹰翅向她眨了眨眼,"我多希望我当时在附近能救下你的母亲啊!"

紫罗兰爪又一次来到了星光闪烁的树林中。这又是一场梦吗?

松针尾的声音从黑暗中传来:"你已经做出了选择。"

紫罗兰爪拼尽全力捕捉到了树木间挚友的身影。"等等我!求求你等等我!我不能失去你!"

银灰色的皮毛在暗影中一闪而过,她在黑色的树干间穿梭着。紫罗兰爪又一次看到了松针尾的碧绿眼瞳,松针尾责难的目光盯着自己。

"我还以为你巴不得失去我呢。"

紫罗兰爪猛地一哆嗦醒了过来,她的心因悲伤而绞痛着。她在石块缝隙的黑暗中眨着眼,巡逻队今晚选择这里落脚休息。她的族猫还有鼹鼠须在她周围蜷身入眠,他们都挤进了两块大石头间的窄缝深处,以避开那凛冽的夜风。

她的心脏还在剧烈地跳动着。她现在迫切地需要呼吸新鲜空气,还需要出去走走来冲散皮毛下积聚发痒的焦虑。她屏住呼吸站起了身,轻巧地绕过了沉睡的几只猫。鼹鼠须伸出的腿蹬到了兔

极夜无光

跃，兔跃扭了扭身子，还轻轻哼了一声。但在身旁鹰翅平缓的呼噜声中，他们都平静了下来。紫罗兰爪走到石缝出口，跳进了清冷的风中。

在石缝外，月光透过薄薄的云层洒落下来。石堆正对着的是橡树林间的一块沙地。他们这一下午的绝大多数时间都在树林中跋涉，而太阳一落下树梢，他们就停下来开始狩猎休息。紫罗兰爪深吸了一口气，感到平静了一些。和缓的微风摇动着头顶的树叶窸窣作响，而在某个遥远的地方传来了狐狸的叫声。一只猫头鹰的啸叫应声传来，仿佛在警告狐狸保持安静。

紫罗兰爪好奇地走进了树林。如果她睡不着，那倒不如试着狩狩猎。她的族猫一定也乐于一睁眼就有新鲜猎物吃。她张开嘴嗅闻着空气，在落叶的霉味中她捕捉到了老鼠的气息。

紫罗兰爪慢下脚步，仔细观察着暗影中的动静。有什么东西正在树木间发出微光。她眨了眨眼，不确定这朦胧的雾光是否来自脑海中的想象，然后走近了一些。好奇心令她皮毛刺痒。那会是投射在林地上的一小片月光吗？但月亮现在被遮住了，星光也不可能强烈到映射出那么明亮的一汪影像。她瞪大眼睛，竭力分辨着那是什么。

一股熟悉的气味飘进了她的鼻孔。松针尾？当她接近那一片光芒时，她看出那构成了一只猫的轮廓。她一下子就认出了那是谁。真的是松针尾！我还在梦境中吗？她伸出爪子攥住了地上的落叶。它们嘎吱嘎吱地碎成了片。掠过她皮毛的清风也无比真实。我确实

猫武士

醒着!她非常确信这一点。

她赶忙冲向了松针尾。在暗尾决意杀死她之后,这位影族武士是否还是侥幸生还了?我没有亲眼看到她死去。她在逃跑前的最后印象只剩下进攻的泼皮猫淹没了松针尾。"你在这里做什么?"

松针尾没有回答。她只是凝视着紫罗兰爪,她的皮毛看上去就像被从体内点亮了一般。

"你后来怎么样了?"思绪在紫罗兰爪的脑海中飞旋,"你死了吗?"

松针尾用鼻音哼了一声:"我当然死了,难不成你以为暗尾在你逃走后还能回心转意吗?"

"但是你的皮毛里没有星星……"紫罗兰爪的声音越来越轻。松针尾不在星族吗?她的肚子一下子缩紧了。那她是从黑森林来的吗?她咽了一口唾沫。这位年轻的武士曾背叛她的族群,但星族一定知道那是个失误。它们一定看到了她是如何付出生命保护族猫的。她不该落得进入黑森林的结局。

松针尾转过身,开始向远处走去。

紫罗兰爪追上了她:"我这是梦见了你吗?"

松针尾没有回答她。她只是向前走着,皮毛发出的苍白色光芒照亮了树林间的路。

"你要去哪里?"松针尾带着她走向了森林深处,紫罗兰爪不由得环顾四周。她看到了身后熟睡的族猫,随着她的深入他们离她越来越远。"你是想让我跟着你走吗?"

极夜无光
JIYEWUGUANG

紫罗兰爪的声音回荡在森林间。狐狸又一次发出了叫声。眼角余光中的动静令她抬起了头，一只猫头鹰无声地在树梢间滑翔而过。紫罗兰爪的心跳加快了。

"松针尾！"她停下了脚步。松针尾这是要去哪儿？她为什么如此沉默？但她一开口，那微弱的光芒就消失了。松针尾走了。

紫罗兰爪僵了僵，突然发现这片诡异的森林中只有她自己。

她转过身，呼吸变得急促起来。要是猫头鹰决定把她当作猎物怎么办？要是狐狸闻到了她的气味呢？她必须返回族猫身边。

松针尾，为什么你带我来到了这么遥远的地方？她颤抖起来。她的挚友是否想要让她与鹰翅以及其他猫分离？她是生我的气了吗？她加快了速度，匆匆地沿着来时的路奔跑。但很快她就跟丢了自己的气味踪迹。她是否走错了路？紫罗兰爪向四周看去，在一片黑暗中，所有的树都那样相似。陌生森林里的奇怪气味使她头晕脑涨。要是她跑到了离石缝更远的地方又该怎么办？她愣住了，不知道该何去何从。我应该待在原地，她决定了下来，等到破晓时，我应该就能更容易地找到返回的路线了。

她在身周寻找着能够安顿下来的隐蔽处。弯曲树干间形成的空洞可以在夜晚中为她提供庇护。她抖松了皮毛，决心不显出半点儿畏惧。我既能狩猎，也会战斗，她对自己说道，我能在破晓前保证自己的安全。

脚掌落地的声音让她浑身僵硬。附近传来枯叶破碎的声音，有什么东西正冲着她走来。她弹出了爪子，血流在双耳中轰鸣。

"紫罗兰爪？"

她认出了父亲的声音。宽慰感涌过她的皮毛，像是清凉的微风。

"鹰翅！"她奔向了声音传来的方向。当父亲熟悉的身影在星光下出现时，激动之情在紫罗兰爪的胸膛里燃烧。

"你跑到外面做什么？"鹰翅也赶忙跑到了她的面前。

"我睡不着，"她对父亲解释道，"所以就想出来狩猎，可是我迷路了。"她永远也不会向他提起松针尾了。她不想告诉他挚友是因何而死去的，也并不确定自己是否能够解释清楚刚才都发生了些什么。

"我们离那片石头还不太远，"鹰翅安慰她，"现在回去吧，你应当保证充足的睡眠。我们明天还有很远的路要走。"

紫罗兰爪点了点头，任由他带领自己穿过树林，可她无法阻止自己频频回望。松针尾，你究竟去了哪里？另一个念头涌进她的脑海。而且，她究竟是为何而来？松针尾是想索要什么东西吗？如果是这样，那她想要的又会是什么呢？

第七章

在营地的围墙外，枝爪拔出了又一枝香薇卷叶。土块在她抖弄根茎时洒落在她的脚爪上。她将香薇摆在身旁的落叶堆上，很快，她就可以收集到足够编造学徒巢穴里所有的窝的卷叶了。她抖松了皮毛，伴随晴朗天空而来的是日渐寒冷的空气。她希望紫罗兰爪和鹰翅每天晚上都能找到避风的休息处。

至少，等他们归来时，将会得到温暖舒适的巢穴的迎接。那丛杜松灌木最终被改造成了防雨罩，枝爪还帮着闲蕨和砂鼻把武士巢穴的黑莓墙编了好几层，密实得一根乱枝都戳不进去。当闲蕨和砂鼻将重点放到那丛将被改建成长老巢穴的香薇上时，枝爪就开始为紫罗兰爪、芦苇爪、露爪还有她自己搭建小窝。她还没有开始着手准备鳍爪的窝，因为他现在还住在巫医巢穴里养伤。

叶池已经对她说过，鳍爪的伤势虽然在好转，但他的心情非常低落。梅柳一直坐在那里陪他，直到被他劝了出去。现在他拒绝与任何探病的猫相见。枝爪也申请过想去看望他，但叶池说鳍爪估计还需要一段时间才能接受失去半截尾巴的事实。

轻快的脚步声从背后传来。"看，我收集了这么多苔藓！"露

猫武士

爪将一大撮苔藓丢到了她身旁,"芦苇爪沿着小溪往前走了,她会带更多的苔藓回来。我们的窝一定会是全营地最软的!"

"我们还是应该给鳍爪带一些去。"枝爪建议道。

露爪转了转眼珠:"只要别让他舒服得再也不想搬出巫医巢穴就行。"

"他又不是故意想要躺在里面。"枝爪为他辩解道。

"真的吗?"露爪吸了吸鼻子,"我怎么觉得他正沉迷于自怨自艾呢。"

露爪听上去并不怎么同情他,但枝爪还是从灰色公猫的眼中看出了担忧。"他今天又拒绝你去看他了吗?"她轻声问道。

"是啊,"露爪重重地坐了下来,"我能理解失去半截尾巴是多么可怕的打击,我也不知道如果换成我经历这一切后会是什么反应。但至少现在他还剩了半条尾巴,而且郁郁寡欢对他也不会有任何帮助。"

"叶池说他还需要时间。"

"可我需要我的哥哥。"露爪消沉地盯着他刚刚收集来的苔藓,"我们应该一起住。我们等了好久才成为学徒——当成为学徒时,我们都激动坏了。"他恳求似的看了枝爪一眼,"你打算去看看他吗?"

枝爪挪开了目光,她突然感到浑身燥热:"他肯定也不想见我。"

"不,他肯定想。"露爪急切地说道,"因为如果不是你,他

极夜无光
JIYEWUGUANG

可能就已经死了。是你把他从树枝下拉开的!"

"但没有完全拉开。"枝爪愧疚地说。

"已经足够了,"露爪靠得更近了一些,"他不会赶你走的。"

"你的意思是说,他肯定得见我一面,否则就太不礼貌了?"

"就是这样。"露爪坐回了原地,"我敢打赌你一定能让他振作起来的。"

枝爪又拔起了一枝香薇,她避开了露爪的目光。"你真的这么觉得吗?"她不好意思地问道。

露爪眯起了眼睛:"你喜欢他,对吧?"

"当然不!"枝爪暗自哆嗦了一下,"他只是我的好朋友,仅此而已。"

"我们也是朋友,"露爪戳了戳她,"但你谈起我的时候毛可不会一抖一抖的。"

枝爪不甘示弱地戳了回去:"我的毛才没有抖呢!"

露爪转移了话题:"我希望那里面有一部分是给我的窝准备的。"他朝着那堆香薇点了点头。

"当然。"枝爪感激地眨了眨眼,她一点儿也不喜欢在有关鳍爪的事上遭到调侃,"我们把它搬进巢穴去吧,然后我再去看看鳍爪是否接受我的探视。"

"好啊。"露爪也站了起来,"等你从巫医巢穴回来,我就该搭好咱俩的窝了。我们可以先帮鳍爪把他的窝也搭了。等他搬回

来，紫罗兰爪也回来之后，这里就该成为真正的学徒巢穴了。更别提他们没准会带回更多的天族猫。"他顿了顿，"也许我们应该再多做几个窝，万一他们找回了其他学徒呢？"他叼起他的那堆苔藓走向了营地中央。

枝爪将香薇捆成一捆，拖着它们跟上了他。她的思绪飘远了。露爪、芦苇爪和鳍爪太幸运了，他们仨能够一起长大。要是当初影族允许紫罗兰爪留在雷族该多好啊。也许那样她就会变得更像我了。枝爪将这一念头推开，她叹了口气，将香薇叶搬到了杜松丛的入口处。

"枝爪！"露爪从里面呼唤道，"芦苇爪回来了！"

芦苇爪从巢穴里探出了头。"我找到了超级多的苔藓！"她的眼睛闪闪发亮，"它们现在还有点儿潮，但很快就能晾干。"

枝爪依然迷失在思绪中，她愣愣地看着眼前娇小的虎斑母猫。往返河谷的旅程会促使鹰翅和紫罗兰爪更亲近吗？

露爪挤出了巢穴，开始在枝爪拖来的香薇堆里翻找。"也许我们应当把苔藓在太阳能照到的地方摊开，这样在我们编窝的时候它们就可以晾干了。"看到枝爪的表情，他停下了动作，"有什么问题吗？"

"没什么。"枝爪抖松了皮毛。她一时间说不出话来。那么，如果鹰翅和紫罗兰爪走得更近了，那又会怎样呢？天族是个很棒的家，她终于回到了至亲的身边。露爪很好，芦苇爪也很友善。而且这里有鳍爪。她瞥向了巫医巢穴，心跳加快了起来。"我现在去看

看他。"她对露爪说道。

"替我问声好。"

露爪消失在杜松丛中后，枝爪转头向杉树下的树洞走去，停在了洞口处。"叶池？"

没有猫回答她。枝爪嗅了嗅空气，叶池的气味已经很陈旧了。她现在一定正在外面收集草药，要么就是在狩猎。"鳍爪？"她向着苔藓帘后面轻声问。这苔藓帘是叶池挂在入口外的。

洞里传来了香薇叶的沙沙声。

"你醒着吗？"她柔声问道。

"现在醒了。"鳍爪听上去有些生气。

"我可以进去吗？"

"我谁也不想见。"

枝爪僵住了。但她和赤杨心相处过足够久的一段时间，久到足够明白什么也治愈不了孤独。"那我也要进去。"她推开苔藓走了进去。

鳍爪正躺在他的小窝里，他那截短小的尾巴就搭在窝边。尾巴被苔藓和蛛丝包扎着，散发着金盏花的气息。枝爪看到他的尾巴还剩了这么长的一段，感到有些宽慰。她朝鳍爪眨了眨眼。他的皮毛光洁，鼻子和耳朵也很干净。除去尾巴上的伤口和眼底的阴霾，他看起来并无大碍。"你看上去状态不错。"她说道。

鳍爪避开了她的目光："我离状态不错还差半条尾巴。"

枝爪坐到了他的身旁，同情令她胸口发痛。但她没有让她的声

音流露出半点儿遗憾:"在雷族,有一只猫的脊椎断了。但她是全族里最开朗的猫。"

"那她挺好的。"鳍爪嘟囔道。

"那是有什么让你非要一整条尾巴不可吗?"枝爪继续开导他。

"嗯……比如保持平衡?"鳍爪不耐烦地回答。

"只有鼠脑子才需要依赖尾巴保持平衡。"

"那我就是个鼠脑子。"

"你真是一点儿也不想被探望,是吧?"枝爪将挫败感吞回腹中,"我希望你面对叶池时举止没有这么粗鲁。"

鳍爪没有回答。

枝爪看着眼前的年轻公猫,直到他扭开了头。她想要给他鼓劲。自从他出事以来,她无时无刻不在挂念他。他曾是那样开朗外向的猫,可现在他的脾气却坏得像只狐狸。"要是我能够把你从树枝下完全拉开就好了。"她不假思索地说,悲伤涌入她的胸膛。也许如果在树枝掉下时她能拽他拽得更用力一些,她就有机会把他从这种苦难中拯救出来。

鳍爪警觉地冲她眨了眨眼。"你不该伤心。"他急切地说。

枝爪感到有些茫然:"为什么?"

鳍爪用前爪撑着站了起来:"因为你从不伤心。这也是我喜欢你的根本原因。"

枝爪不知道该说什么好,她紧盯着自己的脚爪。"露爪让我替

极夜无光
JIYEWUGUANG

他问好。他正在帮我在学徒巢穴里搭窝。他希望你能尽快搬回去住。"她害羞地瞟了他一眼,"我也希望你回来住。在雷族我是唯一的学徒,共享巢穴一定很有趣吧?"

"有趣?"鳍爪看上去快活了一些,"你还没听过露爪的呼噜吧?"

"他会打呼噜?"枝爪顺着他的话演了下去。

"他的呼噜比獾还响亮。"鳍爪信誓旦旦地对她说,"芦苇爪都说他能吵醒一头冬眠的熊了!"

"那看来我应该多收集一些苔藓,"她说道,"用来塞住耳朵。"

鳍爪的胡须好笑地颤抖起来。

枝爪开心地立起了耳朵:"你一定会好起来的。"

他瞥向了自己的尾巴:"叶池总说我只丢了半条尾巴已经是很幸运的事了。"

枝爪对上了他的目光:"那另外半条后来怎么样了?"

"洼光说他把它埋了。"

"埋了?"枝爪惊讶得身子抽动了一下。

鳍爪顽皮地看了她一眼:"也许我们应该找到它的墓然后守个夜。"他的声音中藏着一声咕噜。

"我们可以用石头给它做个标记,然后每逢落叶季就去缅怀一下。"

"在这里长眠着鳍爪的尾巴,"鳍爪庄严地说道,"它为保护

族群献出了生命。"

"也许它现在已经到了星族，正在阳光下躺着呢。"枝爪开玩笑般地说道。

"那里一定还躺着其他的尾巴。我希望它交到了一些朋友。"鳍爪说。

枝爪爱抚地用鼻子拱了拱他的肩膀："你的脑子一定是进蜜蜂了。"

"是你先起的头。"

在他拱回去时，苔藓帘抖动了一下，叶池从入口处走了进来。她开心地冲枝爪眨了眨眼睛。"看来你终于决定接待访客了。"她对鳍爪说。

"枝爪是自己闯进来的。"鳍爪回答道。

"我向露爪保证过一定会来看看他现在怎样。"枝爪并不想承认自己是多么渴望见到鳍爪。

"你恐怕很快就得离开，"叶池对她说道，"我要给他处理伤口了。"

"她可以留下来吗？"鳍爪向她求情，"如果有猫能陪我聊天，我的注意力就可以从尾巴上转移了。"

"会疼吗？"枝爪问道。

"有点儿疼。"鳍爪嘟囔着。

"好吧，"叶池答应了他，"我马上就回来。我先去把这些叶子放到小溪里泡一泡。"她抓起一堆草药走出了巢穴。

极夜无光

鳍爪在窝里扭了扭身子，换了个舒服的姿势："你想念紫罗兰爪和鹰翅吗？"

"是啊。"枝爪卷过尾巴盖住了爪子，"身处全新的营地却没有他俩在身边，这感觉有点儿奇怪。有点儿像是我待错了地方一样。"

"我想现在可能每只猫都感觉自己不太属于这里。不过砂鼻说了，很快这里就会变得像家了。"鳍爪好奇地瞪大了眼睛，"叶池说你和紫罗兰爪是被不同的族群养大的。我压根不知道这个，你俩看上去关系好极了。"

"我们的关系的确很好。"枝爪说道，"现在，在找到鹰翅之后，我们也已经一起生活了。"

"我很喜欢鹰翅。"鳍爪的目光飘向了远方，仿佛在回忆着什么，"他能让其他猫感到心安。"

"没错。"

"砂鼻在我们出生时失踪了，所以从某种意义上来说，是鹰翅养大了我们。"

"砂鼻失踪过？"枝爪从没听说过这些故事。

"我们曾以为再也见不到真正的生父了。但我们还有鹰翅。他真的很好。"

枝爪同情地冲他眨了眨眼。

鳍爪看上去若有所思："你和他挺像的。"

"紫罗兰爪比我更像他。"

"是的。"鳍爪表示认同,"但你和鹰翅比紫罗兰爪更像族群猫。有些时候,紫罗兰爪就像是待在自己的毛皮下都浑身不自在一样,而且她不太自信。你和鹰翅都拥有自信。你像他一样勇敢忠诚,而且一样善良。"

"真的?"她凝视着他。

"千真万确。"

赞美之辞令枝爪的皮毛痒痒起来。叶池走进了巢穴,湿淋淋的叶片从她嘴里垂了下来。她将它们搭在巢穴边缘靠近鳍爪的尾巴的地方。"我会尽可能快地重新包扎好它,"她保证道,"但我必须确认在包扎前伤口是完全清洁的。"

"我会帮他转移注意力的。"枝爪向前倾去,凑得离鳍爪更近了一些,努力不去在叶池拆开蛛丝时看他的尾巴。

鳍爪瑟缩了一下。

"天族幼崽都玩些什么游戏?"枝爪连忙问道。

"捉迷藏、武士狩猎、藏榉木果……"

"我也玩过这些。"枝爪高兴地发现所有族群的幼崽无论出生在何方,都玩着相似的游戏,"不过在雷族我们藏的是鹅卵石。紫罗兰爪在影族估计会玩藏松果吧。"

叶池走向草药储藏处,拉出了长长的一缕蛛丝。

"你和紫罗兰爪一起玩过游戏吗?"鳍爪问道。

"在被分开前我们一起玩过很多,但在那之后我们就见不了面了。"枝爪很想告诉他,她曾跟着赤杨心溜出营地去见松针尾和紫

极夜无光

罗兰爪,但她还没忘记叶池就在这里,正在把新的叶片包扎到鳍爪的尾巴上。她不想给赤杨心惹麻烦。

鳍爪在窝里扭动了一下。"等她回来,我们就可以跟她还有露爪和芦苇爪藏松果了。"他说。

"我们现在再玩这些会不会太幼稚了?"

"当然不!"

鳍爪咕噜起来,与此同时叶池也坐了下来。"我换完了。"她对他说道。

"这么快?"他转头惊讶地看着他的尾巴,"我几乎没觉得疼。"

"它愈合得很好。"叶池告诉他。

"而且我也有个好伴儿!"鳍爪温暖地对枝爪眨了眨眼。

她感到皮毛下一阵燥热,不自觉地也眨了眨眼睛。

"就你的恢复情况而言,你已经可以开始做一些锻炼了。"叶池用尾巴扫开了草药碎屑。

枝爪的尾巴激动地颤抖起来:"我可以带你去看这片森林!去看天橡树,还有旧两脚兽巢穴,还有……"她说着说着,突然意识到自己已经不在雷族了。她对天族领地的了解并不比鳍爪深到哪儿去。"或者我们可以一起去探索领地。"她迅速地改了口。

鳍爪的黄眼睛亮了起来:"那太棒了。"

叶池将绿色的药糊从爪子上舔掉。"这几天你还不能离开营地。"她建议道,"在你的伤口完全愈合之前都不行。"

"没关系的，"枝爪乐观地说，"营地里也有很多事情可以做。我记得我昨天就在小溪里看到鱼了。那条鱼很小，不过捉鱼一定很有趣。"

叶池皱起了鼻子："你听上去就像只河族猫。"

"我们可不会把它吃掉。"枝爪嘟哝道。

"我们会把鱼扔回去的。"鳍爪赞同地说。

叶池摇了摇头："首先你得能抓得到它们才行。"

枝爪瞥了鳍爪一眼。当他迎上她的目光时，她的心仿佛漏跳了一拍。她不知道他是不是也和她一样，一想到即将共处的时光就满心欢喜。

第八章

赤杨心迈着沉重的脚步走出营地，向着湖边的方向前进。松鸦羽匆匆地追了上来。"我知道星族的预言让你感到失望，"盲眼的公猫说道，"我已经见识过一大堆那样的预言了。但这一个的含义也终将水落石出，就像之前的所有预言一样。"

"黑莓星对此无动于衷，你就真的不担心吗？"赤杨心瞥了他一眼，"之前的预言要求我们找回天族，可我们只派出了一支搜索队。要不是枝爪违背黑莓星的命令擅自出走，我们永远也找不回他们。而现在黑莓星甚至连理都不打算理预言了。"

事实上，黑莓星是这样说的："如果真有什么是我做了之后能对预言有所帮助的，那我一定会去做。但在我们完全弄明白星族的意愿之前就盲目行动只能被称作愚蠢。"挫败感令赤杨心的皮毛刺痛起来，他也说不上究竟是什么更令他失望——是黑莓星还是星族。为什么星族非要把话说得这么含糊？

"我们的职责是和族长共同分析来自星族的信息，"松鸦羽提醒他，"然后为他提出建议。但他才是族长，最终决定必须由他来做出。"

猫武士

"哪怕他是错误的?"赤杨心恼怒起来,脚掌也隐隐作痛。

"他才是族长,"松鸦羽说道,"如果每当有猫满怀焦虑地拜访他,他都会感到紧张的话,那他就会把过多的时间浪费在原地踏步游移不定上,而不是去着手解决那些他明明解决得了的问题。"

赤杨心没再做出回应。回应有什么意义呢?很显然,无论事态如何发展,松鸦羽都会站在黑莓星那边。也许隼飞和洼光能说些有帮助的话。在前一天,赤杨心和松鸦羽刚刚把计划开会的消息送到了他们俩的营地里。

他走出树林,看到两位巫医已经等在了岸边。他们站在天族的新边界旁,距离湖水有两条尾巴的长度,朝着森林望了过来。

洼光发现了赤杨心和松鸦羽的身影,他抖了抖尾巴。

"他们看见我们了。"赤杨心从松鸦羽身边冲过,跃到了鹅卵石滩上,鹅卵石滚动起来,令他脚下一歪。"兔星和花楸星说过他们对预言怎么看吗?"他摇摇晃晃地在他们面前停下脚步。

洼光焦虑地看着他:"花楸星担心黑色天幕指的是天族。他决定加强对天族边界的巡逻力度。"

赤杨心的皮毛不安地刺痛起来:"但星族对于我们在湖边给天族腾出了地方感到很满意啊,所以,他们不可能是黑色的天幕!"

隼飞抖了抖耳朵:"就算他们是黑色天幕,预言也说的是黑色天幕所预示的绝非风暴。更多的巡逻会让局面变得更加紧张。"

赤杨心皱起了眉头:"你是认为星族的警示中提到的风暴可能是由花楸星引起的吗?"

极夜无光

松鸦羽来到他们身旁。"花楸星能够指挥的猫太少了，不足以掀起一场风暴。他甚至没有能力制造小小的波澜。"他转头朝赤杨心说道，"我还以为你会对花楸星重视预言感到欣慰呢。"

洼光看上去有些困惑："他难道不该重视吗？"

赤杨心挪了挪脚爪。"黑莓星看上去对预言不屑一顾，"他解释道，"他认为我们应当静观其变。"

"兔星说过去的几个月里我们每天都在面对黑暗的天空，"隼飞说，"他担心这次的预言是想警告我们情况会变得更加棘手。现在他也增强了巡逻的力度。"

"这下局势就更紧张了。"洼光阴沉地说。

"至少他们还采取了一些措施。"赤杨心感到一阵刺痛，他为父亲的不作为感到愤怒。

"是啊，于是现在半数的族群都到了爆发的边缘。"松鸦羽挖苦地说，"我相信这一定会帮上大忙的。"他抬头向湖岸望了望，那是天族森林延伸的方向，"我没有闻到叶池的气味。"

"也许我们应当去天族营地里找她？"赤杨心建议道，"然后跟她说我们就要出发了？"

松鸦羽发出赞同的声音，带领巫医们走向了天族营地。

赤杨心跟上了他："我还是不能理解，要是星族也觉得这个预言什么忙都帮不上，那它们为什么还要把它传递给我们呢？"

"星族也不是无所不知的。"松鸦羽嘟囔道。

洼光赶了上来："它们肯定知道。它们可是星族啊！"

"你对它们的了解不可能有我深。"松鸦羽弹了弹尾尖。

隼飞看上去像是迷失在了他自己的思绪里："真想知道星族有没有把预言分享给蛾翅和柳光。"

"你也说了,在一星将风族与其他族群隔离时,它们并没有和你分享过预言。"赤杨心提醒道。

隼飞耸了耸肩："也许那时候它们在责怪我没能帮上忙吧。那时候族群正处在生死存亡的紧要关头,但现在局势已经缓和多了。"

松鸦羽哼了一声："瞎猜河族知不知道预言一点儿意义都没有。等我们到那里的时候,我们自然会知道答案。但我们现在去天族叫上叶池,就可以知道叶星是怎么想的。"

赤杨心走到了领队的位置,他了解通往天族营地的路线。他曾帮叶池把草药送到那里,并想趁机与枝爪说几句话。可那次枝爪跟着砂鼻一起出去训练了。这一次他能和她见上一面吗?自从她搬到天族后,他就再也没和她说过话了。他非常迫切地想要知道她是否融入了新家,同时也暗中期盼她能对他还有雷族稍稍存有一点儿思念。

他爬上了岸边窄而陡的斜坡,在森林中穿行,其他巫医也都跟着他前进。他很高兴能够避开大风。他脱落的皮毛还没有完全长好,这令他能够清晰地感受到寒风的凛冽。他沿着气味标记前进,直到认出了上次和叶池一起跨越边界的地点。从气味上来看,鼹鼠须应该也是走这条路去天族的。他很想知道前往河谷的远征队现在

极夜无光
JIYEWUGUANG

怎么样了。这时，一个念头闪过他的脑海，令他霎时间心中一悸。要是枝爪跟着紫罗兰爪还有鹰翅一起走了呢？等他们抵达营地时，她可能早就走远了。

她肯定是跟他们一起走了，她离开雷族不就是为了能和他们在一起吗？挫败感使他浑身刺痛。他领着巫医们穿过高耸的树木，绕过一根横生的黑莓藤，然后爬上了一个顶部堆满岩石的小丘。石块间的小路延伸至山下，在这之后不远处，他能够看到标志着天族营地的杉树林。他顺着香薇围墙找到了入口，低头走了进去。

"赤杨心！"叶星正和梅柳还有贝拉叶一起站在一丛低矮的杜松丛边，她惊讶地冲着巫医们眨了眨眼睛。

"请原谅我们的不请自来。"赤杨心开口说道。

松鸦羽从他身边挤过，站到了天族族长的面前。他低头行礼："叶池和你分享过星族的预言吗？"

"她说过了。"叶星的目光从松鸦羽、隼飞和洼光的身上依次扫过。

松鸦羽坐了下来，用空洞的目光凝视着叶星："我能问问你是怎么看的吗？"

"怎么看预言？"叶星的尾巴抖了抖，她把头转向了新建的巢穴，天族猫们正忙着编织枝条加固它们，"我们还在忙着建设新家，我实在没什么时间去想预言的事。我们现在是一个非常忙碌的族群。"

赤杨心向前凑了凑："那你也肯定考虑过它吧。"

猫武士

"黑色天幕所预示的绝非风暴。"

叶星重复了一遍回声之歌的警告，此时，叶池从老杉树下的树洞里走了出来。她走到他们面前。"松鸦羽！"她热切地向儿子打了个招呼。

松鸦羽与她互触口鼻："你忘了我们要碰头吗？"

"噢！"她的眼睛一下子警觉地瞪大了，"噢，真对不起，真对不起你们几个。这里要忙的事务也太多了——于是它就彻彻底底地从我的记忆中飘了出去。"

一个预言从你的脑子里飘了出去？赤杨心生气地想道，难道所有猫都忙得没空正眼瞧瞧预言了吗？

但松鸦羽看上去并不怎么在意。"是啊，你们确实不像是无事可做的样子。"他愉快地说道，"微云的幼崽们都怎么样了？"

"他们赶在远征队出发的前一刻出生了。"叶池嘟哝着，"两只小母猫，一只小公猫。"

赤杨心不耐烦地抓挠着爪下的泥土。他很高兴听到微云幼崽的消息，但眼下他们还有更重要的事情需要讨论。"那预言呢？你对于它的含义有什么思路了吗？"

"还没有。我也想去好好考虑一下它，但……嗯，我们一直都特别忙。"叶池抱歉地重复了一遍叶星刚说的理由。

隼飞上前一步："兔星增加了巡逻队的数量。"

"花楸星也是。"洼光也这样说道。

叶星竖起了耳朵："他的武士够用吗？"

极夜无光
JIYEWUGUANG

"他现在只巡逻和你们接壤的边界。"松鸦羽直截了当地告诉她,"他认为黑色天幕指的是天族。这是当然的了,毕竟影族猫的想象力向来贫瘠。"

洼光不满地瞥了盲眼巫医一眼。"花楸星小心行事让你感到惊讶吗?"他厉声说道,"在我们影族经历了这一切之后?"

叶星的耳朵抖了抖:"我们没法改变其他族群的决定。现在,我们必须关注自身,也就是完善我们的营地并找回失散的族猫,这样我们才能恢复成为一个真正的族群。"

赤杨心对这名族长感到一阵同情。在天族真正在新家找到容爪之地以前,他们别无选择,只能坚持奋进。

余光中的动静吸引了他。一只短尾巴、尾尖还光秃秃的棕色公猫从香薇丛中冲了出来。是鳍爪。他很高兴看到这只公猫已经从那次意外中恢复过来了。

枝爪跟着这位学徒蹿了过来,她将一颗松果向前踢去,胡须也开心地抖动着:"我找到了!"

"因为我告诉了你它在哪儿!"

枝爪!喜悦像涟漪般拂过赤杨心的皮毛。看到她在这里就像在家一样自在,赤杨心感到十分宽慰。

枝爪看到了他,她的眼睛一下子亮了起来。"赤杨心!"她奔跑着冲过营地,一步就跳过了小溪,然后打着滑在他面前停下。"最近怎么样?"

"好着呢。"赤杨心呼噜起来,"你在这边过得还好吧?"

猫武士

"嗯。"她回头望了鳍爪一眼,"这里很棒。"

"你肯定马上就能获得你的武士名号了。"

枝爪的皮毛不自觉地耸动起来:"我也说不准。我猜我还得再等等。但其他学徒都挺好的。"

赤杨心皱起了眉头。叶星坚持让她继续做学徒,这简直太奇怪了。"我以为你会对训练感到厌倦。"他说道,"你没有加入鹰翅的搜索队,这让我很惊讶。你是不想去吗?"

叶星替她回答了这一问题:"枝爪要帮助她的族群修建营地。"天族族长凌厉地扫了赤杨心一眼。

鳍爪的呼唤声从营地另一边传来:"快一点儿,枝爪!这次该你去藏松果了!"

枝爪焦急地看看鳍爪,又看看赤杨心。"我一会儿就回来找你,行吗?"她对赤杨心说道。

他眨眨眼:"当然。"她就这么急切地想要结束这次见面吗?她难道不像自己一样渴望和对方说说话吗?失望之情刺痛了他的肚皮。她融入天族的程度一定比他想象得要深。

枝爪转过身匆匆跑开了,她越过小溪,叼起松果,消失在了香薇丛中。

赤杨心目送着她离开。他很高兴能看到她过得开心,但他也偷偷期盼过她能更怀念雷族一些。

松鸦羽甩了甩尾巴:"感谢您肯花些时间与我们沟通,叶星。"然后,他向母亲叶池点了点头:"你还打算和我们一起去拜

极夜无光
JIYEWUGUANG

访河族吗？别忘了，我们是要去把预言传达给雾星的。"

叶池眯起了眼睛："你觉得她会允许你们穿过边界吗？"

"我们必须试试。"松鸦羽回答道，"别忘了她在森林大会上是怎么说的：'如果真有什么问题，你们可以派队伍来向我们求援。'那么很好，我们现在就是去求援的。"

叶池瞥向了学徒巢穴外一只未完成的窝，然后又望了望她的巫医巢穴，现在采摘的草药还都摊在外面晾晒。"你们能来找我，我十分感激，但如果你们四个就能搞得定，我就不去了吧。这里有太多的工作要做。自从走了四只猫之后，事情多得都忙不过来。"

"当然搞得定。"松鸦羽简略地点点头。他在洼光的带领下走向这一片陌生营地的出口。

赤杨心赶忙追了过去，隼飞也跟了上去。"你觉得河族会不让我们见雾星吗？"隼飞问道。

"要是我能预言未来，那我们就用不着星族的指引了。"松鸦羽低头钻过通向森林的香薇丛，棕色的叶片抚平了他的皮毛。

巫医们回到了水边，沿着湖岸穿过影族的领地，然后走进了属于河族的泥泞的芦苇荡。

松鸦羽走在队伍的最前方。赤杨心猜想他一定是靠胡须的感知在芦苇丛中找到曲曲折折的路线的，他的爪子总能踏上最干燥的落脚点，风也一直向着他们身后吹。赤杨心嗅了嗅空气，河族那刺激性的鱼腥味很浓。这里离他们的营地一定不远了。他迫切地想要见到柳光和蛾翅，她们之前没前去参加半月集会令他感到很奇怪。巫

医之间有时甚至比族猫之间还要紧密，因为他们共享武士们永远无法接触到的知识和幻象。与星族的联系使他们彼此相连，就像血脉相通的至亲一般。

赤杨心伸长脖子透过一丛芦苇向外窥视。这些香蒲像鸟儿一样在他四周不住地点着头。离他们几条尾巴远的地方，一只苍鹭蹚着浅水走了过去。突然，它呼啦一声一振翅膀，盘旋着飞到了空中。

松鸦羽停下了脚步。"等等。"他弹了一下尾巴示意后面的猫停下。一只猫挤开晃动的芦苇走了出来。暮毛跳到了他们前进的路上，喷嚏云和微光皮也跟着她走了出来。河族猫怒视着他们，毫不掩饰自己的敌意。

"你们在这里干什么？"暮毛咆哮着问候了他们。

赤杨心的皮毛不安地刺痛起来。她为什么这么不友好？

松鸦羽无视了母猫的挑衅："我们来见雾星。"他一眨不眨地直视着她，"我们带来了星族的信息。"

"什么信息？"暮毛歪了歪头，露出讥讽的表情。

松鸦羽的尾巴抖了抖："要是星族打算让武士知道这些的话，它们会自己说的。"

微光皮凑了过来："我们已经封锁了边界！"

"连星族也要封锁在外吗？"松鸦羽毫不退让。

喷嚏云的目光越过了巫医们，他扫视着他们身后的路："我可没见到有星族猫跟你们一起来。"

洼光上前一步站到了松鸦羽的身旁："它们派了我们来。"

极夜无光
JIYEWUGUANG

"我们有话要对雾星说。"赤杨心重复道。

"或者柳光。"隼飞补充了一句。

"蛾翅会愿意来与我们沟通的。"松鸦羽平静地说。

暮毛眯起了眼睛:"我接到的命令是拦住任何进入我们领地的猫。河族还在重建中,我们不会为任何事分心。"

赤杨心叹了口气:"雾星在森林大会上可不是这么说的。"

暮毛瞪着他。"她现在就是这么说的。"她坚持道。她的目光瞥向了远处的芦苇荡边缘,"你们不该闯到我们领地这么深的地方。"

微光皮伏平了双耳:"我们绝不会放你们接近营地。"

"那就把柳光或者蛾翅叫出来。"松鸦羽的皮毛耸立起来,"我们必须传达星族的信息。"

"如果你们不能告诉我们星族的信息是什么,"暮毛吼道,"那我们就等星族自己来跟我们说。"

喷嚏云也龇出了牙齿:"要是那信息真那么重要,它们一定会来告诉我们的。"

恐惧使赤杨心的胸口发紧。黑莓星的不作为已经够糟了,而现在雾星甚至听都不想听。

隼飞屈起爪子插入了柔软的泥土:"也许星族只打算把信息分享给像真正的族群一样生活的猫呢。"

喷嚏云嘶吼起来:"在一星做出了那些事之后,你们风族猫竟然还敢批判河族的决定!当他封锁边界时,有猫因为他的行为送了

命！他掐断了能救他们命的草药的来源，而这一切都只是因为他没脸面对自己是暗尾父亲的事实！"

隼飞的颈毛竖了起来："这不关一星的事，他已经死了。现在我们的族长是兔星。"

"所以你们就又变回真正的族群了？"微光皮卷起嘴唇。

"我们已经知道了排斥其他族群会造成什么后果。"隼飞一针见血地指出。

暮毛向他逼近过来，并放平了双耳："你们是现在离开，还是让我们把你们轰出去？"

松鸦羽抬起了下巴："你会向雾星汇报我们来过吗？还是说你也觉得她估计不想知道你擅自替她做了决定？"

暮毛从喉咙里挤出一声凶狠的咆哮。

"走吧。"赤杨心冲到松鸦羽面前领着他转过身，"接下来一切都要取决于星族的旨意了。"

他带领松鸦羽、隼飞和洼光走回了岸边，最后又向后望了一眼。暮毛正在原地踱步，她的棕色虎斑毛竖立着。三位河族巡逻队的成员都在冲他们怒吼。他感到一阵难过。他没有想到河族会如此敌视他们。

赤杨心艰难地在芦苇荡中跋涉前行，忧虑像石头一样沉沉地坠在他的肚子里。之前，族群花了那么长的时间才遵循星族的要求拥抱他们在暗影中的所得，而那差点儿毁灭了他们。星族这次一定不会让历史重演的。

极夜无光

可现在河族拒绝接受这个预言，花楸星觉得这是一个有关天族的警告，兔星加强了巡逻的力度，叶星忙得不可开交，而黑莓星对星族的预言毫无兴趣，乃至不屑一顾。这次的预言带来的唯一结果似乎就是它暴露了族群之间的隔阂。我们必须团结协作解决问题。赤杨心的思绪飞速地转动着。可是当所有族群都深陷在困扰各自的问题之中，无暇清晰地思考时，他又怎么可能让他们醒悟过来呢？

第九章

紫罗兰爪走在鹰翅身旁，昨天的跋涉令她的腿脚依旧疼痛。现在太阳还没有升起，但远方森林背后的天空已经变成了粉色。他们已经像这样起早贪黑地前进了好几天。随着他们越来越接近目的地，鹰翅和梅花心也一天比一天激动。他们已经讲过了一只名叫巴利的"农场猫"的故事，以及有关他们的母亲樱尾、他们的姐妹云雾的故事。在听说了她还有更多至亲的消息之后，紫罗兰爪感觉全身从鼻子到尾尖都暖和了许多。她觉得自己仿佛早就认识了她们。她听出了鹰翅在提起她们陪着他一起在河谷里度过的童年时声音下隐藏的悲痛，这才意识到鹰翅是多么的想念他的母亲和妹妹。但是要和她们相见还是令她紧张。她和枝爪从小就认识彼此，可即使这样，她们的关系也并不总是亲密无间。而且她一直觉得自己和松针尾比和其他任何猫都更亲密。要是云雾和樱尾不喜欢她怎么办？她曾感觉自己和松针尾紧密相连，她们会带给她同样的感受吗？她的思绪不住地飞回松针尾的身上。这几天她一直睡得不好，即使是最轻微的风，或是沿地面传来的最微弱的窸窣声都能使她从一个又一个有关挚友的梦中惊醒，生怕错过松针尾再度归来的灵魂。

极夜无光
JIYEWUGUANG

鹰翅似乎察觉到了她这几天以来的心神恍惚，虽然他没有问她，但紫罗兰爪知道他正在为自己担心。他看路的时候好像一直在腾出一只眼睛看她。她也希望自己能够向他吐露每次想起挚友时撕扯着她心脏的罪恶感。但她又怎么可能告诉鹰翅，自己曾把松针尾甩在背后任由暗尾屠戮呢？那样的话也许父亲就再也不会像现在这样对待自己了。

"已经不远了。"这时，鹰翅对她说道，并冲着绵延向玫瑰色曙光的草地点了点头。昨晚他们在一道宽阔断崖上的一个方形深穴里过了夜，今天也醒得格外的早，那时天上还闪烁着星星。他们费劲地走下陡峭的斜坡，穿过一片石滩，脚下粗硬的长草也逐渐过渡为柔软的牧草。

鼹鼠须本打算直接朝着太阳升起的方向走，但鹰翅认出了远方的荒原，并回忆起了一条能通向他最后一次见到母亲和妹妹的地点的路线。当天上的群星消失时，他们已经跨越了一条废弃的雷鬼路，并爬过了几道金雀花组成的屏障。太阳升上树梢时，他们面前出现了一片延伸向天边的原野。

鼹鼠须和梅花心沿着一片新的草坪的边缘前行，争相抢着领队的位置。兔跃跟在他俩身后，他那卧着睡觉时弄乱的皮毛依然支棱着。

紫罗兰爪不禁打了个哆嗦。风每一天都在变得更冷，她也越来越疲倦。她萎靡不振地盯着自己的脚爪，渴望能在被阳光晒暖的避风处好好休息一下。

鹰翅从她身边走过，与她皮毛相擦："我们马上就要到了。你看。"

她抬起头，望向栅栏背后满是草茬的原野。鼹鼠须、梅花心和兔跃已经走了进去。沾满泥土的短短的黄色草秆一行行地戳在棕色的土壤上，就像刺猬背上的刺，地面上也四散着断裂的草茎。

"上次我来这里时，那些草茎还又绿又高呢。"鹰翅从栅栏底下钻了过去。

紫罗兰爪跟着他挤过了栅栏："我很好奇，是什么东西吃光了它们？"她紧张地四下张望。不管咬断这么粗的草梗的是什么生物，它都一定非常巨大。

鹰翅追上了前面的猫："不管是什么东西，它都已经离开了。"

紫罗兰爪看到旁边的原野上有白色的物体在移动。它们像灌木一样大，而且像云一样在地面上飘来飘去。它们是危险生物吗？她警惕地想着，怀疑有可能是它们吃掉了草茎。当她走得更近一些时，她听到了它们咀嚼草叶的撕裂声。它们的眼睛直勾勾地望着前方，呆呆地嚼着植物，显然一点儿也不知道它们的厚重皮毛又脏又乱。

"那是什么？"她深吸了一口气，那生物身上的臭气使她皱起了鼻子。

"是绵羊。"鹰翅扫了她一眼，"它们不会伤害你的。"

"它们难道从不清洗自己吗？"它们的皮毛上挂着许多脏兮兮

极夜无光

的团块,她一点儿也不想再靠近一步了。如果松针尾还在,她一定会被这些奇异而又臭气熏天的动物逗乐的。她一定不会对接近它们有什么顾虑。她很可能会直接冲到一只绵羊身旁去戳它那厚厚的卷毛,就为了试试它们摸起来什么感觉。

他们绕过有绵羊的田野之后,鼹鼠须停了下来,转头看向了鹰翅。这只雷族公猫第一次露出了不自信的神情:"我们接下来该往哪边走?"

鹰翅从他身边走过,高高地竖着尾巴。他张开嘴,仿佛在搜寻熟悉的气味。"我们要去巴利的谷仓。"他朝着隐约出现在绵羊田野之后的一座高大的两脚兽巢穴点点头。

"那里安全吗?"紫罗兰爪的皮毛焦虑地刺痛起来。

鹰翅冲更远处的一座小两脚兽巢穴扬了扬口鼻:"两脚兽们都住在那里。这个巢穴里只住着巴利。它是安全的。"

他加快了步伐,穿过一条尘土飞扬的宽阔道路,来到了通向谷仓的一片石滩。紫罗兰爪注意到鼹鼠须狐疑地瞥了梅花心一眼。

"你会和巴利相处愉快的。"梅花心向他保证道。

话音未落,石滩对面就传来一声愉快的呼唤。"鹰翅?是你吗?"一只黑白相间的公猫正看着他。

鹰翅奔跑起来。"巴利!"他大声咕噜着奔向了那只公猫。紫罗兰爪跟着他和梅花心来到巴利面前,她突然感到一阵紧张。

巴利丢下鹰翅又跑到了梅花心身边。"再次见到你们真是太好了,"他停下脚步看向紫罗兰爪,"鹰翅!她是你的孩子吗?"

鹰翅骄傲地抬起了下巴："她是我的孩子之一。这是紫罗兰爪,枝爪留在了我们的营地里。你怎么知道她是我的女儿?"

巴利的胡须开心地颤动起来。"你们的眼睛一模一样,"他说道,"而且沉思时的表情也一模一样。"

紫罗兰爪的胸中溢满骄傲。

谷仓的角落里有什么东西晃动了一下。一只玳瑁色与白色相间的母猫从木板缝隙里挤了出来。她眨眨眼走到了阳光下。"巴利?"她歪了歪头,"发生什么事了?"当看到来访者时,她一下子瞪大了眼睛,喜悦之情像火焰般在她绿色深潭般的眼瞳中闪烁着,"鹰翅!"

"樱尾!"鹰翅奔向了他的母亲,尾巴上的毛都兴奋地奓开了。他用力地与她蹭了蹭口鼻,喉咙里涌出一阵呼噜声。然后他顿了顿,退后一步,眼中蒙上了一层不安:"云雾在哪里?她还好吗?"

紫罗兰爪从他的声音中听出了恐惧。他已经失去了太多太多的猫,当然会害怕失去又一位至亲。

"她很好!"樱尾把头从木板缝里缩了回去,大声喊道,"云雾!鹰翅终于回来了!"

当她将头再次伸出来时,一只白色的母猫从她身边挤过,她的耳朵兴奋地竖立着。

"你们怎么回来了?"樱尾与鹰翅互蹭脸颊,"你们后来都经历了什么?其他猫都去哪儿了?你们找到回声之歌梦到的那片领地

极夜无光

JIYEWUGUANG

了吗?"

"我们有许多消息要告诉你们……"鹰翅还来不及说完,樱尾狂喜的目光就挪到了梅花心的身上。

"见到你真是太好了!"她冲过去与她的另一个孩子打招呼,然后又开心地朝鹰翅眨了眨眼。

虽然樱尾嘴里问个不停,但显然鹰翅已经决定稍后再告诉后来发生的事情。这些猫的心情都激动极了。紫罗兰爪感到脚下的石头都回响着他们的呼噜声。在族猫互相问候时,她退到了鼹鼠须的身边。

樱尾对上了她的眼神。"她是谁呀?"她热切地问道。

巴利挺起了胸膛:"鹰翅现在有自己的孩子啦。她叫紫罗兰爪。"

"孩子?"樱尾的眼睛闪闪发亮,"肯定是卵石光的!你还有其他兄弟姐妹吗?"

"我有一个姐姐,她叫枝爪。"紫罗兰爪突然紧张起来,成为被关注的焦点令她很不习惯,"但她留在家里了。"我真希望你也在这里。她无声地呼唤着她的姐姐,不知道该如何解释枝爪的缺席。谁都会喜欢枝爪的,她总是知道什么时候该说什么。紫罗兰爪愣愣地看着樱尾,绞尽脑汁地搜刮着措辞。

"快来见见紫罗兰爪!"樱尾挥动尾巴叫来了云雾。

白色母猫快步赶了过来,她黄色的眼睛睁得大大的。"我都不知道卵石光怀孕了!"她转向鹰翅,"她现在在哪儿呢?"

"她和枝爪一起留在家里了吗？"樱尾问道。

紫罗兰爪僵住了。她看向父亲。悲伤令鹰翅的目光锐利起来。

樱尾第一时间读懂了他的表情。"鹰翅？"她的声音中满是关切，"是出了什么事吗？"

鹰翅像是一下子就垮了下来。"卵石光在路上与我们失散了。"他喃喃地回答，"我们爬上了一只怪物，想要偷些猎物，可是那怪物背着她逃走了。她没来得及跳下来，怪物带走了她。后来她在一条雷鬼路边上生下了枝爪和紫罗兰爪，不久就消失了。我希望……"他的话戛然而止，声音也沉重了起来。

紫罗兰爪感到有利爪扎进了她的心，她轻声说道："我们都认为她死在雷鬼路上了。"

"噢，小可怜啊！"樱尾用口鼻蹭了蹭紫罗兰爪的脸颊。

鹰翅眨眨眼甩开了悲痛："当卵石光失踪时，她和枝爪可能还没睁开眼睛。"

云雾瞪圆了眼睛："那她们是怎么活下来的啊？"

"族群猫发现了她们。"鹰翅饱含爱意地看了一眼紫罗兰爪。

"你们找到其他族群了！"樱尾急切地冲他眨眨眼。

"是他们找到了我们，"鹰翅挪了挪脚掌，"在最后的最后。我们游荡了非常久，走了很远很远的路。一路上，我们失去了许许多多的族猫。"他那琥珀色的眼睛里突然满是悲伤。紫罗兰爪紧紧地靠着他，他的悲伤引得她的心也痛了起来。

樱尾的目光一暗："叶星怎么样？"

极夜无光

"她没事。但回声之歌死了。"

"不!"樱尾的目光中闪烁着悲伤,"到底是怎么回事?"

梅花心走上前去用口鼻触了触母亲的侧脸:"说来话长,我们经历了太多的死亡。让我们慢慢给你讲述这一切吧。"

鹰翅点了点头:"还是让我们先来说点儿好消息吧。"

"我们在旧族群生活的湖区建立了自己的领地。"梅花心对她说道。

兔跃也加入进来:"麦吉弗和砂鼻都在那里。微云最近刚刚新生了一窝幼崽……"

在老师列举现存族猫的名字时,紫罗兰爪目不转睛地看着樱尾和云雾。在过去那么久的时间里,她都一直以为枝爪就是她唯一的至亲。可现在,她的至亲数量已经远远超出了她的想象。她盯着她们的皮毛,但没有看出一丝与自己相似的影子。她和她们真的有共同之处吗?

"……梅柳在路上生下了幼崽,他们现在已经是学徒了,也都在我们的新营地里……"

在兔跃滔滔不绝讲述天族的近况时,巴利在紫罗兰爪耳边悄声说:"你今天吃过东西了吗?"

紫罗兰爪摇摇头。

巴利冲鼹鼠须点点头:"你看起来有点儿面生啊。你是新加入天族的成员吗?"

"我是雷族猫,"鼹鼠须解释道,"我跟着天族的队伍来,是

为了给他们指路的。"

巴利的眼睛闪过温暖的光:"那你愿意跟我一起在他们分享消息时狩猎吗?你一看就是只优秀的捕鼠猫。"

鼹鼠须愉快地向农场猫眨眨眼:"我一定会尽力的。"

紫罗兰爪目送他们走向谷仓,然后将注意力转回到鹰翅的身上。她突然不再为自己的内向烦恼了。每只猫的语速都是那样的快,她根本没有插嘴的机会。但她们看向她时眼光中的认可,是她从未在鹰翅与枝爪之外的猫眼中见过的。她暗自咕噜起来,归属感使她心生宽慰。

在谷仓外,太阳已经升上了高空,明媚的光线从高高的巢穴顶上开的洞里洒落下来。紫罗兰爪躺在这片温暖安全的地面上,在阳光里伸了个懒腰,她的肚子撑得鼓鼓的。

在他们中间堆着鼹鼠须和巴利捕来的大量肥美的家鼠,足够让所有猫都吃饱。这是紫罗兰爪这几天以来吃得最香的一餐。她半闭起眼睛,享受着这里的温暖与闲适。

巴利在离他们几条尾巴远的地方打着盹,鼹鼠须则在谷仓后的阴影中探查。云雾坐在她旁边抬起一只爪子洗脸,而梅花心同樱尾一起躺在阴凉处。她们蓬松的皮毛在微光中是那样相似,以至于紫罗兰爪几乎分辨不出谁是谁。

鹰翅吃完了鼹鼠须带给他的家鼠,舔了舔嘴唇并看向他的母亲。"我们这次前来,并不仅仅是为了看望你们。"他轻声说道。

极夜无光
JIYEWUGUANG

樱尾坐起了身，点点头，仿佛已经知道了他想要说什么。"你们希望我俩也跟你们一起返回湖区。"她猜测道。

鹰翅郑重地看着她："我们已经找到了回声之歌在幻象中看到的那片土地。你们应当同我们一起去那里生活。"

云雾挪了挪脚掌："我不是太确定这一点。鹰翅，我们在这里生活得很好。我们拥有大量的新鲜猎物，也有洁净的水可以喝。"

"而且这里很安全。"樱尾的目光黯淡下来，仿佛那些危机四伏的记忆仍然纠缠着她。

"你在湖边也能获得安全。"鹰翅向她保证道，"你之前决定留在这里是因为你受伤了……"

"也因为这里离锐掌更近。"樱尾的眼中闪过悲伤。

紫罗兰爪已经从鹰翅讲的故事中了解到，锐掌就是他的父亲，是樱尾深爱着的伴侣。暗尾在夺取河谷的战斗中杀死了他。那对他们所有猫来说都是个巨大的打击。

鹰翅迎上了母亲的目光："您不该沉浸在过去之中逃避未来。"

"你的族群需要你。我们也需要你。"梅花心恳求道。

兔跃甩了甩尾巴："我们需要重建天族。接下来我们将前往河谷，寻找更多失散的族猫。天族现在剩下的猫的数量几乎不足以在湖区维持一个族群。我们现在连巫医都没有。"

樱尾的眼神飘向了别处。

云雾站起了身。"重新启程对我们来说是个艰难的选择。"她

说道,"尤其是在经历了这么多苦难之后。"

鹰翅垂下了目光。"我明白这会很艰难,"他轻柔地说道,"但拜托了,可以向我保证你们会考虑这个提议吗?"

"我想我们会的。毕竟,我们也说过有朝一日将回到你们的身边。"樱尾坐下来环起了尾巴,"但离开此地会让我们失去很多。"

紫罗兰爪看到父亲眼中露出受伤的神情,但他很快就眨眨眼藏起了悲伤。"我们从河谷返回后还会到这里来,"鹰翅对他的母亲说道,"那时候再告诉我你们的决定吧。"

巴利站起身伸了个懒腰。"今晚就住在这里吧,"他说,"你们看上去都很疲惫。好好睡一觉、吃一顿,对你们都有好处。"

"谢谢你,"鹰翅点头行礼,"我们会的。"

紫罗兰爪心中涌起一阵对这只农场猫的感激之情。这处谷仓十分舒适,她也许可以好好地睡一觉,好好地做一个梦。如果松针尾不愿在森林中现身,也许她还会拜访她的梦境。紫罗兰爪想要找机会告诉她,即使在找到樱尾和云雾之后,松针尾也依旧是最让她感到亲近的至亲。

一想到这里,紫罗兰爪的心跳就加快了。松针尾究竟是因为什么缘故才这么久都没有出现呢?

松针尾,你还在生我的气吗?

第十章

眼角余光中的动静吸引了枝爪的注意力。几条尾巴长的距离之外,一只老鼠正匆匆地在香薇丛摇晃的蕨叶中穿行。

"你听见我说的话了吗?"砂鼻尖锐的声音拉回了她的注意力。他正仰头紧盯着一棵松树。

"我在听。"枝爪回答道,但眼睛仍然瞟着老鼠。

树木间挂着一层迷雾,使森林中的声音变得朦胧起来。在树木之上,厚重的云朵遮蔽了天空。枝爪抖松了皮毛,以抵御林间的潮气。

砂鼻不耐烦地抖了抖尾巴:"你看到那只鸟了吗?"

枝爪将目光从啃松果的老鼠上收回,顺着砂鼻的眼神看去。一只麻雀正在枝条间跃动,时不时啄一啄枝条尖端挂着的果实。"看到了。"

"我要你现在爬上去抓住它。"砂鼻命令道。

"但那边有一只老鼠。"枝爪朝那个方向点了点头,"它的肉比麻雀多,而且也比麻雀好抓。"

藤池会支持她这种务实的想法的。

但砂鼻恼火地瞪着她:"当我叫你去抓鸟的时候,我的意思是让你抓鸟。如果我想让你抓老鼠,我会命令你去抓老鼠的。你现在是一只天族的猫。随便哪只猫都能抓住地面上的猎物,但只有天族能在树上狩猎。"

枝爪回忆起忙碌的雷族营地,怀念在心中升起。雷族只靠地面上的猎物就能过得很好。她朝砂鼻眨了眨眼。为什么他这么不像他的儿子呢?鳍爪就有趣多了。

而且鳍爪喜欢我。

"枝爪!"她的又一次走神招来了砂鼻的怒吼。

"对不起。"枝爪看着他,强压下愤怒的心情。

"上树!"

挫败感令她的脚掌刺痛起来。枝爪将爪子插进了柔软的松树皮中。

"把你的爪子插得深一点儿。"砂鼻说道。

这个我知道。枝爪生气地想。

"确保你每时每刻都有三只爪子抓在树干上。"

为什么要像教育幼崽一样对待我?她明白叶星是想在赐予她武士名号之前让她学会些天族学徒必须掌握的技能,但砂鼻总该知道她已经通过了雷族的测评。可他现在对待她的态度,就好像她是刚刚离开育婴室似的。

她拖动身体向上爬去。松树靠下的那些枝条都太细了,她必须爬得更高才能找到支撑得住自己的树枝。她很想知道鳍爪到底喜不

极夜无光
JIYEWUGUANG

喜欢爬树。他那么强壮,一定能爬到雷族领地里那棵天橡树的顶端吧。她的思绪又一次飘远了。虽然鳍爪仍是学徒,但他的肩膀已经和武士们一样宽。他将来一定会长成一只英俊的公猫。他现在已经很帅气了。而且他那么幽默,那么善良。

"枝爪!"下方的砂鼻吼道,"你是打算像啄木鸟一样在上面挂一整天吗?"

她这才发现自己停下了脚步。重力使她的脚爪灼痛起来。她用力一蹬后腿向上一蹿,爬上了第一根足够粗的侧枝。

麻雀又向上扑腾了一段距离。枝爪叹了口气。如果刚才她能去抓老鼠的话,现在她和砂鼻就应该已经带着给族猫的猎物回营地了。微云真的会在意她吃到的是麻雀还是老鼠吗?她有三只幼崽要喂养。显然,给她带什么猎物都要比让她干等着强,难道不是吗?

枝爪爬上了下一根树枝,然后是再下一根。她沿着螺旋生长的枝条爬上了树。麻雀就在她头顶的一根大树枝上蹦着。枝爪停下了脚步,想要在丛生的嫩枝间找出一条能让她在不被发现的前提下接近鸟的路线。

"你抓到它了吗?"砂鼻的声音从地面传来。

麻雀警觉地又向上蹦了蹦。

嘘!怒火流过她的皮毛。她咬紧牙关,将自己拖上了又一根树枝,然后继续向上爬去,直到抵达和麻雀齐平的高度。

麻雀绕着树枝末梢挂着的一簇松果跳了几圈,将尖喙用力插进了松果鳞片的缝隙中。枝爪伏低身体,一步一步地抓着树皮向前移

你听见我说的话了吗?

我在听。

你看到那只鸟了吗?

看到了。

我要你现在爬上去抓住它。

但那边有一只老鼠。它的肉比麻雀多,而且也比麻雀好抓。

藤池会支持我这种务实的想法的。

当我叫你去抓鸟的时候,我的意思是让你抓鸟。如果我想让你抓老鼠,我会命令你去抓老鼠的。

你现在是一只天族的猫。随便哪只猫都能抓住地面上的猎物,但只有天族能在树上狩猎。

动。她每一步都迈得很慢,以确保她的爪子抓稳了树枝。只要麻雀不抬头,她就一定能在几个呼吸之内抵达距离猎物只有一跳之隔的地方。慢慢来。她全神贯注地凝视着猎物,连脑子都不怎么转了。她的后爪开始了蓄力。她缓缓地深吸一口气,然后一跃而起。她将爪子前伸,朝着麻雀扫了过去。她的爪尖碰到了麻雀的羽毛。正当她屈起爪子想要抓住它时,脚下的树枝断裂了。

她大叫一声跌了下去。树枝翻滚着坠落,空气在她身旁呼啸着。她疯狂地挥舞着四肢,心脏猛地一缩。她撞上了松树,坚硬的枝条抽打着她的身体。她努力扭身去抓那些树枝,但刚一伸爪她就已经坠向了下一根枝条。她一头撞了上去,这一下撞得太狠了,以至于有那么一瞬间她甚至看到了星星。她砰的一声摔在了地上,痛苦灼烧着她。

"枝爪!"砂鼻惊恐的叫声像是来自远方,"你还好吗?"

她挣扎着摆脱了那片像水一样想要拖着她坠入深渊的迷雾。她的脑袋传来阵阵疼痛,胸口也疼得不行。她战栗着深吸一口气,缓缓睁开了眼睛。

砂鼻悬在她头顶,仿佛漂在水里。他背后的树木也像是在波涛中摇动。

"你受伤了吗?"他瞪大了眼睛,紧张地问道。

她挪动脚爪支撑起身体,仔细检查着身上可能存在的伤势。她的腿还能撑住她的体重。她浑身哪儿都疼,但还能够呼吸,她的意识也慢慢地清晰了起来。她抖了抖皮毛。"我没事。"她气喘吁吁

极夜无光
JIYEWUGUANG

地说道。

"我们回营地吧，"砂鼻说道，"应该让叶池给你好好做个检查。"

巫医巢穴十分温暖，挡住了森林里缭绕的潮湿雾气。

枝爪坐在巢穴的背阴处，叶池用脚掌拂过她的脊椎和四肢。"骨头都没有断。"

砂鼻在入口处不安地动了动身子："她不会有事吧？"

"她很幸运。"叶池略带责备地看向公猫，"想要狩猎，有的是更轻松的办法，你应该知道的。"

"我挺好的。"枝爪飞快地对她说道。她笨手笨脚的动作或许早就让砂鼻想要大发雷霆了。她在返回营地的路上已经恢复了一些，她的脑子已经完全清醒了。现在只有皮毛下的几处小擦伤和她僵硬的动作能够显出她曾摔下树的迹象，而这些也在渐渐好转。

"头不晕吗？"叶池用鼻子碰了碰枝爪耳后的一个位置。

"不晕。"

"这里有一点儿肿。"

"我猜那是因为我撞到了头。但我摔下来时撞到了好多地方，所以现在我也搞不太清了。"她内疚地瞥了砂鼻一眼，"我想我可能不是真正意义上的天族猫。"

"你没有受伤，"他对她说道，"这是最关键的。"

"你得休息一两天，"叶池建议道，"这样我也能留神关照你

一下。"

砂鼻背后的苔藓晃动起来,鳍爪探出了头:"枝爪出什么事了?我看到砂鼻把她带过来了。"

"她从树上掉下来了。"叶池告诉他。

鳍爪一下瞪大了眼睛,紧张地向枝爪眨眨眼:"你没事吧?"

"我还好。"一看到鳍爪,枝爪的心情就愉快了起来。他的黄眼睛比他父亲的温暖多了。

"在我出去采集草药的时候,你可以留下来陪她吗?"叶池询问这只年轻的公猫,"我想在雾水把琉璃苣打得太湿之前收集一些回来。我会到溪水流入湖岸的下游去,如果枝爪有什么不舒服,你就来叫我。"

砂鼻的耳朵抖了抖。"我可以留下来陪她。"他生硬地说道。

叶池不以为然地甩了甩尾巴:"最好还是由与她同龄的猫来陪她。她受到了惊吓,需要有猫帮她转移一下注意力。"

枝爪的心中充满了对旧日族猫的感激之情。叶池是不是也已经猜到,让她和老师一起待一下午比让她再从树上掉下来一次还要痛苦?

叶池将砂鼻推出了巢穴,只留下枝爪和鳍爪在一起。

"你为什么要爬树呢?"鳍爪坐到她身边。

"砂鼻希望我学会天族猫的狩猎方法。"枝爪向他解释道。

鳍爪转了转眼珠:"他总是沉迷于让每只猫都假装我们还住在河谷里。昨天他还跟我说,他想要找一道悬崖,让我能像从前的河

极夜无光
JIYEWUGUANG

谷猫那样练习攀岩。他难道还意识不到我们已经成为湖区猫了吗？学攀岩还不如去学游泳。"

枝爪打了个哆嗦："我们还是把游泳留给河族去学吧。"

"再说了，"鳍爪继续说道，"爬松树也没什么意义。松树太高太细了，而且地面上明明有那么多猎物。"

枝爪很想赞同他的说法，但对老师的忠诚却阻止了她。她很清楚，就算鳍爪偶尔会反对他父亲的意见，他依然是敬爱着砂鼻的。"我猜越年长的猫就越难接受变化吧，"她说道，"在雷族，长老们也总是抱怨小猫们的愚蠢想法。有一次我给灰条演示了一个新发明的狩猎动作，但他只是嫌弃地吸溜着鼻子说：'老鼠就是老鼠，哪用得着新动作去抓它们呢。'"

鳍爪好笑地咕噜了一声："真高兴我们还没有长老。我的意思是，虽然闲蕨现在被称作长老，但是她一点儿也不老。她只是耳朵聋了而已。但听武士们缅怀泼皮猫来袭之前河谷有多么多么的好就已经够我受的了。要是长老也加入进来，那他们就再也没有别的可聊了。"

"我真不明白为什么他们不能就简简单单地向前看，非要频频回顾。"枝爪赞成道，"现在天族来到了湖区，这是多么好的事情啊，你一定会爱上这里的。"她忽然感到一丝思乡的心痛，"我真希望我能带你去雷族领地里转转。那里非常漂亮，而且有许多好玩的地方。"她停顿了一下，突然想起了当初赤杨心和松针尾曾带还是幼崽的她去跟紫罗兰爪玩的那一片小空地。"我认识一个地方，

就在天族的领地上！"她激动地说道，"反正，我觉得它应该是在天族的领地上。我曾经和紫罗兰爪到那里去玩过。"

"我记得你说过，紫罗兰爪离开雷族后你们就没法一起玩了。"

枝爪朝他眨眨眼："这是秘密，我不想让叶池知道。"

"那我们能去那儿看看吗？"鳍爪的皮毛急切地耸动起来。

"现在吗？"枝爪的脚垫因脑海中的念头刺痛起来，"可是在你的尾巴完全长好之前，你都不能出营地，而且我也被要求好好休息。"

鳍爪冲她挥了挥剩下的半条尾巴，他的伤口已经几乎痊愈了。"我现在只是在等着尾巴毛重新长出来而已，"他说，"你也说了，你感觉还好。"

"我没事。"枝爪的脑袋有一点儿疼，但她确信呼吸新鲜空气比干坐在闷热的巢穴里更有好处。

"那我们就出发吧，"鳍爪站了起来，"我们已经知道叶池去哪儿了，这样我们就可以避开她。我们只需要在她收集完草药之前回来就行了。"

"那砂鼻呢？"

鳍爪飞快地朝外一探头，然后转向枝爪说道："他不在，现在营地里唯一的猫就是闲蕨，不过她在睡觉。"

"她很可能压根就不知道我们不能出营地。"枝爪站起来伸了个懒腰，之前的疼痛已经消失，她几乎感觉不到那些擦伤了。她相

极夜无光

信等他们抵达林间空地,她的头痛也就该好得差不多了。

鳍爪率先溜出了巢穴,四下打量着营地。枝爪跟着他钻了出去。闲蕨正在黑莓藤编织成的育婴室旁打盹,她身后蕨丛低垂的蕨叶为她隔绝了潮湿的空气。在鳍爪和枝爪溜向营地入口时,她一直在打着呼噜。

"没有别的猫。"鳍爪屏住呼吸向外张望。

他们迅速地冲出营地入口,跑上斜坡,钻进一处香薇丛中。他们低低地趴在叶片下。枝爪扫视着森林,她竭力回忆那片空地的方位。她知道那处空地一定位于雷族营地和影族营地之间,于是她向小水沟走去。那样一定能把他们领向正确的方向。

"为什么你不想让叶池知道你曾经去找紫罗兰爪玩过?"鳍爪一边跟着她走一边问道。

枝爪回头瞟了他一眼:"赤杨心和松针尾是偷偷把我们俩带出去的。在雷族和影族拆散了我们之后,这是唯一让我俩见面的办法了。"

"你肯定特别想她。"

"她是我那时所知的唯一的至亲,"枝爪突然意识到她曾非常享受身为紫罗兰爪唯一能够依靠的至亲的感觉,心中不由得闪过一阵愧意。而现在紫罗兰爪有了鹰翅,也有了一整个族群可以依靠。她不再需要我了。她停下了脚步,但我还需要他们。难道不是吗?

"你现在想她吗?"鳍爪问道。

"当然。"但独占你的感觉好极了。她躲开了他的目光,当弧

形的斜坡出现在眼前时,她不由得松了一大口气。坡底长着一丛黑莓。她走上斜坡,认出了它将通往何方,于是加快了步伐:"走这边。"

她从斜坡的另一侧爬了下去,然后又跳过了一棵倒下的树。她第一次来这里时就曾躲在这棵树的后面。四周的森林稍稍稀松了一些,令她能够透过枝叶望见天空。天上的云朵越来越黑,大雨马上就会来临。

"我们不能逗留太久。"面前的香薇丛后传来一只公猫的声音。枝爪一下子愣住了。有猫在那里面。"我现在本应当去查看焦毛的巡逻队的。"

一只母猫的声音回答道:"我也向松鼠飞保证过我会带猎物回去。我必须在回营地前狩猎。"

"快!躲起来!"枝爪推着鳍爪一路跑回了倒树下。

"怎么……"

枝爪打断了他的问话:"嘘。有猫在那里面。不能让别的猫发现我们出了营地。"

"谁在那里?"鳍爪从树皮后探出了头。

"别让他们看到你!"枝爪伸出爪子拉住了他的皮毛。

"他们在香薇丛后面,"鳍爪悄声说道,"他们不会看见我们的。而且我们还处在下风向。"

枝爪嗅了嗅空气,她能闻到其他猫的气味。是影族与雷族猫的味道。她跟着鳍爪探出头,竭力观察着颤动的香薇丛后的那一团

极夜无光

皮毛。

鸽翅！她一眼就认出了那位浅烟灰色的雷族武士。她的爪垫忽然感到一阵寒意。藤池的话语在她的脑海中回荡着：我认为给他俩一起旅行的机会不是什么好主意。她看到了变成褐色的叶片后影族副族长那深棕色的虎斑皮毛，心深深地沉了下去。鸽翅和虎心在碰头。从他们急促而焦虑的语气中，枝爪能够猜出他们的碰头一定是不可见光的。

她竖起了耳朵。

虎心听上去很忧愁："这段时间不太好，鸽翅。我们的武士慢慢对花楸星失去了敬意。他们总是在关注着我，就好像我应当上去顶替掉他的位置似的。"

"那也是你所渴望的吗？"鸽翅的眼中闪过害怕的光。

虎心挪了挪脚掌，整丛香薇都摇晃了起来。"影族现在正经历前所未有的虚弱期，他们需要一位值得信任的族长。"

"而这个族长必须是你？"

"我也不知道。"虎心避开了她的目光，"我正在试着给花楸星更多支持，但那似乎还不够。"

"那我怎么办？"鸽翅的声音哽在了喉咙里，"那我们怎么办？"

虎心注视着她，他的眼光闪烁，带上了孤注一掷的意味："我爱你，鸽翅，我永远爱你。我们会解开这个困局的，我保证。"

枝爪趴低了身子，她的毛焦虑地竖起："我们不能继续待在这

里了。"

鳍爪迷惑地看向她:"为什么?"

枝爪转过身。她偷听到的内容已经足够多了。"这不是我们能解决的问题。"

鳍爪匆匆地追上了她:"那是虎心,对吧?他和鸽翅在一起做什么?"

这难道还不够明显吗?枝爪瞟了他一眼:"什么都别说就行了,懂吗?"

鳍爪眨了眨眼:"我什么都没看到。"

"谢谢你。"枝爪真希望自己从没有撞上过他们。她要向藤池汇报这一切吗?也许这不是什么大事,也许他们只是朋友而已。为什么要害藤池为这种事情烦心呢?她甚至不再是她的族猫了。可她也曾是你的老师,她一定会想知道这些事的。枝爪将这些念头推出了脑海。这些已经与我无关了,我现在是天族的猫。她应当忠于她的新族猫,而不是从前的那些。

"快一点儿,"她大步走到鳍爪的前方,"我们是出来找乐子的!在露爪从训练场回来之前,我们抓一只青蛙藏进他的窝里吧!"她抬足奔跑了起来。

鳍爪追上了她,他那截短短的尾巴令他跑得有些东倒西歪。"那还是你自己把青蛙叼回去吧!"他喊道,"我可不想让舌头蹭上青蛙的味道。"

"你也不喜欢青蛙吗?"枝爪扭头喊道,"那或许我应该把青

蛙藏进你的巢穴的。"

"你敢！"后面追着的鳍爪突然加快了速度。

"天族猫什么都不怕！"突然间，枝爪再也不在乎鸽翅、藤池或是虎心的事情了。她现在是一只天族猫。在新族群里结交一个好朋友比什么都重要。

第十一章

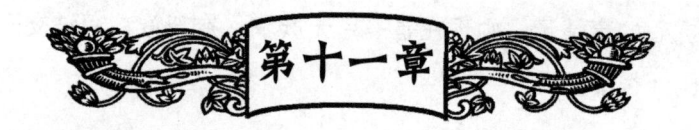

赤杨心沿着雷族一侧的湖岸向前走去，直到鹅卵石滩过渡成了大块的圆石。晨光在湖面上闪烁着，柔软的云朵飘过淡蓝的天空，一阵清风从远处的荒原吹来。这里锦葵丛生，几朵蔫了吧唧的小花在他身边摇头晃脑。他摘下了这些花，很高兴自己能够在严寒彻底杀死它们之前采集到一些。他撕下一片叶子卷起花瓣，然后将包裹塞进岩缝里，打算等回营地时再带上。

在眼角的余光中，他注意到半桥那里似乎有动静。一只猫从桥下溜了出来，匆匆地跑向了他。

柳光！他认出了河族巫医的灰色皮毛，心跳一下子加快了。自从暮毛驱逐了他和其他巫医之后，他还没有见过一只河族猫。现在柳光径直冲他跑来，当她跑到近处时，赤杨心能够看到她的目光就紧锁在他身上。她看上去非常焦急。他也赶忙迎了上去，并在穿过属于天族的湖岸时小心地贴近水面前行。河族出事了吗？

"你还好吗？"他冲上前去问道。

柳光紧张地回头瞥了一眼湖对岸河族领地的方向。

赤杨心猜想她是偷偷跑出来的。他用尾巴朝着岸上的树林的方

极夜无光
JIYEWUGUANG

向弹了弹，然后走了过去。他回头望了一眼，以确认柳光跟上了他。他钻进树林，在一丛蕨叶构成的屏障后伏下了身子。

柳光气喘吁吁地追上了他。"我必须得来找你们，"她喘息着说道，"星族给我传递了一个预言。"

赤杨心紧张地冲她眨了眨眼："什么预言？"

"昨天，当我寻找新鲜的金盏花时，收到了一个幻象。"

"那时候你醒着？"赤杨心十分惊讶。通常来说，星族只与巫医们分享梦境。这幻象一定非常重要。它和那条预言有关联吗？

"昨天是晴天，我正打算离开芦苇滩去坡上采集几种偏好干燥土壤的草药，就在那时，天空突然变暗了。"

赤杨心心头一惊。这一定是指那个预言！

柳光继续说道："我抬头望去，看到蓝天已经被厚重的乌云遮蔽。那云朵很黑，就像是暴风雨即将来临一样。我身边的空气仿佛在发出荧光，但天色还是越来越暗。当时我真的被吓坏了。然后一只猫从我身边跑过，他皮毛带起的气流刮到了我身上。他向坡底冲去，消失在了芦苇滩中。就在那时，一切都陷入了黑暗，就像太阳突然消失了一般。"巫医的身体颤抖着，"然后，一眨眼的工夫，阳光就回来了。天空依旧是蓝色的，太阳也闪耀如故。我差点儿以为我做了个梦。"

赤杨心期待地看着她。这就是星族与她交流的方式吗？

"奇怪的一点是——"柳光皱起了眉头，她明亮的绿色眼睛蒙上了一层阴云，"那只猫的后爪在我的记忆里挥之不去。"

猫武士

"为什么?"赤杨心急切地向前倾了倾身子。

"他的后爪有六个脚趾。"柳光紧张地挪了挪爪子,"而且,我的脑海中响起了一个声音:'为了抵御风暴,你们需要多一只爪。'"

赤杨心的思绪飞转起来。这是什么意思呢?多一只爪……多数猫每只脚掌上都长着五个脚趾,就像对应着五大族群一样。多出的一只爪是在暗指第六个族群吗?星族这是给出了帮助他们的承诺吗?它们会是第六个族群吗?"那只猫长什么样?"

"我也不知道。那时候天色太暗了,我甚至不能肯定那是一只公猫还是一只母猫。我唯一能回忆起的细节就是他的脚趾,我想星族想让我看到的就是这个。"

赤杨心坐了下来:"你听说那个预言了吗?"

"哪个预言?"柳光看上去十分茫然。

"当我们去月亮池与星族分享梦境时,回声之歌对我们几个说:'黑色天幕所预示的绝非风暴。'我们本来想去告诉你的,可是暮毛……"

柳光打断了他的话,现在她的注意力完全被预言吸引了:"'黑色天幕所预示的绝非风暴'?那是什么意思?"

"我们也不知道。"赤杨心将重心挪向了后腿,"花楸星觉得黑色天幕肯定是指天族。兔星认为将会有坏事发生,于是他增加了额外的边界巡逻。叶星说她现在忙着重建新家,根本没工夫考虑预言的事。"他眉头紧锁,"黑莓星也一点儿都不在乎这个预言。"

极夜无光

柳光睁大了眼睛:"雾星也是这样对待我看到的幻象的!我给她讲了我看到的一切,可她却说有太多亟待解决的现实问题摆在她面前,所以她不会在她没看到的东西上浪费时间!"

赤杨心的皮毛刺痛起来。"为什么族长都看不出,星族才是他们最坚定的同盟呢!"他咕哝道,"巡逻、边界,"他压低声音,"族长们想的净是这些。"

"现在我们掌握到更多的线索了,"柳光说道,"我只看到了我的幻象,而你们只收到了预言。但如果我们把这些一起告诉族长们,他们一定会听进去的。"

赤杨心眨了眨眼。她说得没错。她的幻象带给他们一个重要的线索。至少他们现在知道什么才能帮他们抵御风暴了。接下来,只要再解开六趾猫的含义就行了。"来吧,"他站起身,"我们必须把这些告诉黑莓星。"

"但我得回去了,"柳光焦虑地望向湖边,"我是偷偷溜出来的。"

"你的族猫肯定觉得你是去采集草药了,"赤杨心安慰她,"这也是我刚才正在做的事情。这是每一位巫医在落叶季开始时都会做的事情。"他没有给她留下反驳的时间就径直走向了雷族营地。他已经好久没有得到来自河族的消息了。他想要趁这个机会和她谈谈,必须让她知道暮毛曾把前去分享预言的巫医们赶出了领地。如果河族和其他族群一起将自身与星族割裂开来,一定会引起灾难。"在月亮池集会时,我们都很想念你们。"他一边顺着一条

兔子踩出的小道穿过边界回到属于雷族的一侧，一边说道。

"很抱歉我无法出席。雾星命令我和蛾翅留在营地里。"柳光匆匆忙忙地追上了他，她的皮毛不自在地起伏着。

"我曾经试过前去把预言的消息带给你。松鸦羽、隼飞和洼光都和我一起去了，但暮毛不让我们跨越边界。"

"我知道。"柳光走到了他的身边，和他一起沿着汇入湖中的小溪逆流而上。

她知道？赤杨心的胸膛警觉地一痛。难道她不在乎这一切吗？

她继续解释道："巡逻队向雾星做汇报时，他们的嗓门大得能让整个营地都听清他们说了什么。暮毛对于你们试图接近营地这件事表现得极其愤怒。当蛾翅指出巫医有权跨越边界时，暮毛根本就听不进去。"

"雾星也赞同她的话吗？"赤杨心焦虑地看了她一眼。他还是希望暮毛的观点并不能代表整个河族。

柳光避开了他的眼神："她说她把你们赶走的行为是正确的。"

赤杨心的心沉了下去。河族为什么会做出这种反应？在上次森林大会上，雾星可还没有这么满怀敌意。现在，她却像是走上了一星的老路。上一任风族族长在暗尾被赶走前，就做出了奇怪的举动。"对于河族故步自封的行为，星族很不满意。"他柔声说道。他并不想让柳光伤心，但他还是希望她能把这些话带给雾星。

"雾星感到她被其他族群背叛了。"柳光轻声说道，仿佛生怕

极夜无光

有猫听见她的话,"她认为他们应当在暗尾带来这样大的灾难之前就除掉他。"

赤杨心同情地看了她一眼:"河族受了许多苦。我们都受了许多苦。但当时族群怎么可能预知暗尾是这样邪恶的一只猫呢?我们怎么可能想到这种无法想象的事呢?"

柳光没有回答。显然,她正被对族猫和对星族两方的忠诚撕扯着。她转移了话题:"天族怎么样了?"

赤杨心记起来,当时河族在他们定下天族的去向之前就退出了森林大会。"他们获得自己的领地了。花楸星把影族领地的一部分让给了他们。"

柳光诧异地眨了眨眼:"为什么?"

"这是虎心的提议,"赤杨心对她说道,"他说拥有一个对他们满怀感激的邻居盟友是有价值的。"

柳光沉默了一阵才说道:"花楸星该把如此重要的事情的决定权交给虎心吗?在影族发生了这么多变故之后,他们更需要一位强势的族长。"

"也许拥有一位强势的副族长也一样有用吧。"赤杨心转头远离了溪边,开始向山坡上爬去。他还没有好好想过虎心说的那些话,那时他太担心天族的命运了。但柳光说的是对的。虎心的发言的确让花楸星显得不够强大。

荆棘屏障映入眼帘,打断了他的思绪。黑莓星会对柳光看到的幻象做出什么反应呢?拜托,这一次请让他重视起预言吧。他走进

营地，忧虑刺痛了他的脚掌。

黑莓星正独自坐在高石台上。鸽翅正在长老巢穴外与灰条和米莉交谈。梅花落在育婴室旁鼓励她的幼崽们去抓苔藓球，她轻轻地把苔藓从他们身边弹开，让幼崽们迈着摇摇晃晃的步子去追它。他们的脚步还不是很稳，白日的阳光晒得他们直眨眼睛。

小茎橙白相间的皮毛蓬松着，他蹒跚着超过了他的手足们，第一个追上了苔藓球。"我抓到了！"他得意扬扬地尖声叫道。

小雕一下子把苔藓球从他怀里掏了出来，兴奋地叫了一声。

柳光咕噜起来："他们看起来都不错。"

"他们又健康又强壮。"赤杨心骄傲地说道，"天族的微云也刚刚生产。两只小母猫，一只小公猫。"

灰条从空地对面朝他们喊道："柳光！见到你真好。河族现在怎么样了？"

"一切都好。"她回答道，但避开了老公猫的目光。

"雾星开放边界了吗？"鸽翅追问道。

"没有。"柳光的皮毛波动起来，"我只是来找赤杨心讨论问题的。"

鸽翅耸耸肩，走向了育婴室，陪幼崽们做起游戏来。赤杨心领着柳光走上了落石堆。

黑莓星在石堆顶上等着他们。"柳光，"他不安地弹了弹尾巴，"你来这里做什么？河族现在都还好吧？"

"河族很好，"柳光低头行礼，"我是来与赤杨心分享一个我

极夜无光
JIYEWUGUANG

接收到的幻象的。"

黑莓星的目光锐利起来:"星族也给你传达了关于黑色天幕的信息吗?"

"但和我们收到的预言不完全一样,"赤杨心告诉他,"她收到了新的信息。"

柳光迎上了雷族族长的目光:"我在幻象中看到了一只六趾猫。星族告诉我,为了抵御风暴,我们需要多一只爪。"

黑莓星眯起了眼睛。

终于!一阵宽慰涌过赤杨心的皮毛。他的父亲终于对预言感兴趣了。

"你知道它的含义了吗?"黑莓星的目光从柳光转移到了赤杨心身上。

"我猜想,猫的脚趾对应着族群。"赤杨心不确定地回答道,"五只爪……五个族群。"

黑莓星眺望远方,焦虑地甩了甩尾巴:"于是这意味着又一个族群?还有第六个族群?"

"它有可能是指星族。"赤杨心对他说道。

柳光摇了摇头。"那幻象指的应该不是这个,"她说道,"我认为我看到的是一只真实存在的猫。我认为我们必须找到他。"

赤杨心转向了她:"你确定这真有这么简单吗?"

柳光眨眨眼:"也许不是……但我们必须得先找个方向开始探索才行。"

猫武士

"好吧，假如那是一只真猫，那你知道他长什么样子吗？"黑莓星问道。

"只知道他的后爪上有六根脚趾。我甚至不能肯定那是一只公猫还是一只母猫。"柳光低下了头，"我也希望我能提供更多信息。"

"感谢你前来与我们分享这么多信息，"黑莓星说道，"我会好好考虑这些的。"

赤杨心焦急地挪了挪脚掌："如果那真的是一只真实存在的猫……我们的族群中有哪只猫是六趾的？"

柳光摇了摇头，黑莓星也若有所思地歪了歪脑袋。"我认识的猫没有六趾的。"他说道。

赤杨心叹了口气，点点头。"还有一个办法可以去找找，"他说，"我们可以去拜访一下其他族群吗？"

"现在吗？"黑莓星眨眨眼。

"是的。"

"你们需要一支护送队。"雷族族长向营地里望了望。鸽翅刚刚离开了，现在只有灰条、米莉、梅花落和她的幼崽在这里。"你们能等蕨毛的巡逻队回来再去吗？不会太久的。"

柳光的尾巴不安地抖了抖："我得回营地去了。蛾翅会为我担心的。"

赤杨心看了她一眼。他希望柳光能够亲自与其他族长分享她的幻象。那样，他们就不会有那么多的疑虑了。"如果我们现在就

出发,还来得及在太阳升高前拜访影族和天族——不会花太多时间的。"至少这是个开始。他们可以换一天再去拜访距离更远的风族。

柳光挪了挪爪子:"好的,但我们必须抓紧时间了。"

赤杨心点点头,直直地看向父亲:"我们是巫医,不需要护送队。"

黑莓星微微颔首:"好的,但要注意安全。"

当赤杨心走下落石堆时,他想起了松鸦羽。"把这个幻象告诉松鸦羽!"他扭过头喊道,"告诉他,我一回来就会找他汇报的。"他很清楚松鸦羽会为他的擅自行动而生气,但他们没有时间引导一只臭脾气的盲猫穿越森林。

走出营地时,柳光跑到了赤杨心的身边。他们一齐冲进树林,奔向了边界。赤杨心跑在前方,带领柳光在天族领地中穿行,直奔叶星的营地。

他们找到了营地,气喘吁吁地冲进香薇通道。

叶星从老鼠上抬起了头,她正在与麦吉弗分享猎物。她站起身,瞪圆的眼睛里流露出担忧。"出什么事了吗?"她问道,眼睛不住地瞟向他们乱糟糟的皮毛。

"柳光接到了一个幻象。"赤杨心一边努力平复呼吸一边向着河族巫医点了点头。

"我看到了一只六趾猫。"柳光挺起了胸膛。

叶星眨眨眼:"在哪儿?"

"在我的幻象里。"柳光深吸了一口气,"星族告诉我,我们需要多一只爪来抵御风暴。它们要我们寻找一只六趾猫。"

"您有认识的六趾猫吗?"赤杨心急切地问道,"天族里有过六趾猫吗?"也许鹰翅的搜索队能够带回一只长着六个脚趾的旧天族猫。

叶星摇了摇头:"我们中从没出现过六趾猫。"

麦吉弗一边嚼着老鼠一边走来:"我们数过微云的幼崽们的脚趾吗?"

"如果有,那她早就该告诉我们了。"叶星凝视着赤杨心,"其他族群中有六趾猫吗?"

"据我们目前所知,都没有。"

"至少我们现在知道,抵御风暴的方法确实存在了。"天族族长松了一口气。

"如果那是一只真实存在的猫,"赤杨心不希望她就此以为他们的麻烦已经过去了,"那我们就应该找到他。"

叶星重新转向她的老鼠。"我相信我们会找到答案的。"她说着在猎物旁边坐下了。

麦吉弗甩了甩尾巴:"星族正保佑着我们。它们会帮助你们找到要找的猫。"

他转过身后,赤杨心叹了口气,望向柳光。

柳光迎上了他的目光。"他们真的不在乎吗?"她轻声问道。

赤杨心走向了营地的出口。"也许天族的祖灵从没降下过预言

极夜无光
JIYEWUGUANG

吧。也许他们的星族能亲自帮天族解决问题，而不是仅仅发出警告。"他走向影族边界，皮毛一起一伏的。至少花楸星应该明白，湖区的星族没有拯救谁的力量。星族只能为我们指出前路。

在影族边界，他们遇到了杜松掌和鼠痕。赤杨心非常惊讶，没想到长老居然也参加了巡逻，而杜松掌向他解释说，由于影族幸存的族猫太少，现在每只猫都必须尽力帮忙。鼠痕看起来也乐于履行这些职责。"我也许是老了点儿，"他这样对他们说道，"但我可还没死呢。"

现在，他们已经来到了影族营地中的空地前方，花楸星就在他们的正对面。在花楸星身边，洼光认真地旁听着。杜松掌和鼠痕在入口处等着，焦毛、草心和石翅在营地边缘看着他们，而涡爪和花爪则不安地做着小动作。褐皮站在花楸星巢穴旁那块又宽又扁的大石头旁边，而虎心则退到了阴影中。听到柳光向花楸星汇报她收到的幻象，这只深棕色虎斑猫的眼睛眯了起来，仿佛很感兴趣的样子。

"我们需要多一只爪。"影族族长若有所思地重复了一遍她的话。

"您知道哪只猫有六根脚趾吗？"赤杨心问道。

"影族里没有。"花楸星回答道。

"有没有可能是某只泼皮猫？"赤杨心追问道。

身旁的柳光打了个寒战。

空地边缘的焦毛咆哮起来:"泼皮猫怎么可能帮助我们抵御风暴!"

柳光狠狠瞪了这只顶着残破耳朵的武士一眼。"你们曾经还觉得泼皮猫能替你们解决一切问题呢。"她的声音中流露出一丝苦涩。

赤杨心弹了弹尾巴。"我们需要看向未来,而不是回顾过去。"他语速飞快地说道,"只要我们能够找出这只猫,一切就都能恢复正常。"

"我们应当派出搜索队。"草心说道。

"也许我们应该去两脚兽地盘里找找,"石翅提议道,"也许某只宠物猫长了六根脚趾。"

"宠物猫!"杜松掌轻蔑地嗤笑起来。

焦毛伏平了耳朵:"我们要怎么派出搜索队?我们自己的猫连巡逻边界都还不够用。"

"天族边界的巡逻决不能放松。"花楸星表示赞同。

恼怒使赤杨心浑身刺痛。"天族不是你们的仇敌,他们是盟友。当你们赠予他们土地时,叶星不就是这样说的吗?"他看向虎心,希望影族的副族长能够站出来。他需要有猫来支持他。如果这只六趾猫真的存在,那他们就必须找到他。

但虎心只是在一旁看着。花楸星挪了挪脚掌。

"叶星确实承诺过会与我们结成同盟。"影族族长承认道。

焦毛对他怒目而视。"你居然相信她?"他嘲弄道。

极夜无光
JIYEWUGUANG

"这是虎心的提议。"花楸星提醒他。

"'这是虎心的提议。'"焦毛用捉弄幼崽的语气重复起他的族长的话来,"上次你提出自己的看法已经是多久之前了?"

赤杨心的肚子一缩。

"我倒是想看看你打算怎么领导族群!"花楸星厉声喝道,"也许你可以用上些从暗尾那里学来的技能。"

"至少他知道该怎么当族长!"

褐皮狠狠地瞪着焦毛:"你当初就背叛了你的族群,现在还敢顶撞你的族长?拿出你的尊敬来!"

"他不配,"焦毛啐了回去,"要是他一开始就下令把暗尾驱逐出境,那我们就都不会去选择追随那些泼皮猫。然而,他却放任他们在我们的领地上狩猎,放任我们的学徒变得越来越自大、越来越放肆。他什么问题都解决不了。"

"无论他犯过什么错,他仍旧得到了星族的眷顾!"褐皮嘶声喝道。

草心和石翅交换了一个眼神。涡爪和花爪不自在地低头盯着地面。赤杨心感到肚子翻腾起来,身边的空气都仿佛在旋转。

鼠痕走上前来。"我们必须团结,"他用沙哑的声音说道,"我知道我们的意见不同,但赤杨心说得没错,我们需要看向未来,而不是一直盯着过去。我们现在剩下的猫已经够少的了。要是想让影族维持下去,我们必须一起努力才行。"

草心挥了挥尾巴:"我们还是派出搜索队,找回这只六趾猫

吧。这样我们就不必面对更多的风暴了。"

"雷族也可以派出搜索队！"杜松掌喊道。

"或者风族，"石翅也附和道，"反正他们也没什么别的事可做。"

焦毛挑衅地盯着花楸星。"所以现在呢？"他咆哮道，"我们应该怎么做？"

赤杨心在影族族长的目光中看到了犹豫。他也不知道应该怎么做。一想到此处，赤杨心心头一惊。黑莓星从来都很确定自己应该做什么，哪怕他的答案是应该什么也不做。"我必须做出对族群有利的决定。"花楸星最终这样说道。

"现在说这个不觉得太晚了一点儿吗？"焦毛卷起嘴唇。

褐皮冲上前去与深灰色的公猫对峙起来："花楸星从来都很清楚什么才是对族群最有利的决定！"

焦毛看了看空了大半的营地，眼中流露出不屑："所以说我们还得感谢花楸星引领我们混成这副模样咯？"

"你以为换了你就能做得更好吗？"褐皮嘶吼着，"你们怪罪花楸星，但杀死族猫的罪魁祸首是你们自己的不忠诚。如果我们的学徒变得放肆，那就去责怪他们的老师，不要什么都冲着花楸星去。在你们都不关心影族时，只有他还在坚守。花楸星直到现在都还时常在半夜惊醒，因为他时常会梦到死去的族猫。"

焦毛摊平了双耳："他很幸运。他有整整九条命去梦见死去的族猫，但他们却只有一条命可以失去。"

"这么说是不公平的！"洼光焦急地冲着花楸星直眨眼，"你不能让他那么说。星族赐予你九条命，是因为它们信任你。"

焦毛将眼睛眯成两条缝："它们只是从前信任他而已。没准现在花楸星就是星族提醒我们防备的黑色天幕。"

褐皮的绿眼里放射出怒火。"如果黑色天幕指的是某只猫，那这只猫一定就是你！"她愤怒地看向周围的族猫，"是你们让泼皮猫掌控了族群，是你们让泼皮猫赶走了花楸星。别拿你们自己的背叛行为去怪他！"

"那你以为我们为什么宁愿选择泼皮猫也不要花楸星？"焦毛用力抽动了一下尾巴，"他当初就是个弱势的族长，现在也依然如故。"

褐皮的毛开始立起，她狂怒地吐了一口唾沫，挥掌抓向焦毛。她的爪子划破了他的口鼻。

赤杨心退后几步，他惊得毛发倒竖。这是怎么回事？族猫不应该斗殴。

焦毛用后腿站立起来，重重地击打褐皮的肩膀。他伸出爪子扎进她的皮肉，将她扳倒在地。褐皮就地一滚，屈起后腿狠狠地抓向他的腹部。

焦毛挣扎着躲开，重新与她面对面地对峙起来。他们互相咆哮着。焦毛发出一声嘶喊，纵身上前用爪尖划向褐皮的眼睛。

褐皮闪避他的攻击时，赤杨心吓得浑身僵硬。他周围的影族猫也纷纷发出惊呼。焦毛怎么能这样做？武士任何时候都不应该这样

攻击其他武士的眼睛！褐皮眨动着眼睛甩了甩头，赤杨心看清了她的伤势，长舒了一口气。焦毛的爪子只是划破了她的脸颊，她的眼睛没有受伤，依然闪闪发亮。她这次很幸运。

褐皮龇出牙齿，愤怒使她的表情扭曲起来。她缓缓逼近焦毛："你也没比泼皮猫好到哪儿去啊。"

"住手！"虎心终于动了。他穿过空地用自己的身体隔开了两位武士，迅捷得像狐狸一般。

花楸星看着他们，眼里满是震惊："我们不可以攻击族猫。"

赤杨心躲开了这群毛发倒竖的影族猫。这里并不安全。每只猫都濒临失控。他推着柳光走向营地入口。洼光惊恐地瞪圆了他那浅蓝色的眼睛，哀求地望向赤杨心。

我什么也帮不上。内疚感挤压着他的肚皮。他退出营地，示意柳光也跟他一起离开。

"可怜的洼光，"在他们匆匆离开影族营地时柳光说道，"我们是不是最好留下？"

"这次斗殴与我们无关。"他对她说道。而且我不希望害你陷入危险。"我想影族还是需要一个没有外族猫在场的环境来处理他们内部的分歧。"赤杨心飞快地跑过铺满松针的土地。影族现在看上去更像是一群泼皮猫，而非一个族群。恐惧侵蚀着他的腹部。要是他们永远也没法从曾经经历过的剧变中恢复过来怎么办？要是他们没有能力维持族群应有的生活该怎么办？

第十二章

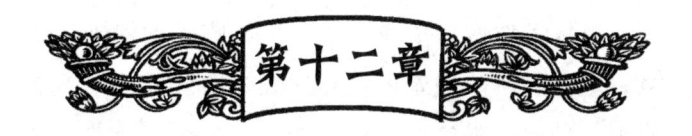

眼前的河谷比紫罗兰爪预想中的要小一些。沙质的崖壁在落日的映照下闪着黄色的光，但峡谷更深处都被笼罩在紫色的影子里。溪水的气息和谷壁上攀附的灌木的清香混合着扑面而来。

在她的身边，鹰翅像块石头一样站得笔直。梅花心、兔跃和鼹鼠须也站在他们身边，他们的皮毛都因长途跋涉而变得风尘仆仆。

鹰翅的目光紧锁在这一片他曾在很长一段时间内称之为家的河谷之中。"听。"

紫罗兰爪立起了耳朵，不知道该听什么。

"你听到了吗？"鹰翅的声音轻得像呼吸。

"什么？"鼹鼠须眨眨眼。

梅花心的眼睛闪闪发亮："溪水。"

紫罗兰爪向前倾去，透过微风的轻吟，她能够听到有水流声在下方很远的地方回响。

鹰翅看着她，琥珀色眼睛中笼上了阴云："这声音每次都会让我想起老家。"

紫罗兰爪头一次在她与鹰翅之间感受到了一层隔膜。他曾见过太多她没能目睹的事情。她盼望着终有一天新家里的溪水声也能带给他同样的感动。

鹰翅一步步走到沙崖边缘，他的爪子踢动的沙砾下雨般洒入峡谷之中。紫罗兰爪从他尾巴僵硬的高举着的动作中能够看出他内心的紧张。她能够理解他为什么紧张。虽然她并不十分了解往事的一些细节，但她听说过泼皮猫们在许多个月前将天族逐出家园的事情。他们的一部分族猫，或是不便长途跋涉，或是不愿背井离乡寻找其他族群，都选择了留在这附近求生。鹰翅盼望能发现他们中的一些猫现在回到了河谷。

身后传来了脚掌擦过地面的声音。

紫罗兰爪迅速地转过身。两只小猫正向他们走来，他俩的耳朵平贴着，还龇出了牙齿。是一只黑白相间的母猫和一只褐色的公猫。她退回到鹰翅身边，心脏猛地跳了一下。

母猫打着滑在搜索队面前停下，愤怒地瞪着鼹鼠须："你们在这里干吗呢？"

"这儿是我们的领地！"她身边的公猫嘶嘶地叫着。

鼹鼠须冷静地瞟了鹰翅一眼，显然，两只小猫的挑衅没有让他生气。他们没比紫罗兰爪大到哪儿去，肯定无法对武士们造成威胁。"这些是你的族猫吗？"雷族武士向鹰翅询问道。

鹰翅耸了耸肩："我之前从没见过他们。"

黑白相间的母猫身上的毛竖了起来："我也不知道你们是

极夜无光

谁,但从我们的领地上出去!"她的琥珀色眼睛满怀敌意。

紫罗兰爪很佩服她的勇气:"我们是来寻找族猫的。"

母猫狠狠地瞪了她一眼。"那你们肯定找错族群了。"她咆哮道。

"浅爪!"另一个声音从小母猫身后传来。一只黑白相间的公猫从河谷里走了出来,甩了甩尾巴:"我们应当欢迎朋友们的到来。"

"可他们不是朋友。"褐色公猫卷起了嘴唇,"他们很可能是泼皮猫。我们应当把他们驱逐出境。"

"没有谁需要你来驱逐出境,砾爪。"黑白相间的公猫走近了一些,他的眼睛闪烁着光芒。

紫罗兰爪听到父亲的呼吸急促了起来。

"躁爪!"鹰翅听起来像是无法相信眼前看见的情景一般。

躁爪挥了挥尾巴。"鹰翅!"他小跑着冲了过来。

浅爪恼怒地皱起眉头:"你认识这些猫?"

躁爪推开了她:"我当然认识他们,他们是天族的猫。鹰翅的父亲就是锐掌。"

"锐掌?"砾爪听上去十分惊讶,"上一任副族长?"

躁爪没再回答他的问题,他兴奋地看着鹰翅。"你们终于来了。我梦到过你们回来了。我已经等了好几天了。"他转向梅花心和兔跃,"很高兴见到你们。"

鹰翅用口鼻蹭了蹭躁爪的脸颊,大声咕噜起来:"你逃出来

了！"

梅花心和兔跃围拢上前，躁爪也咕噜了起来。"当然！你不会以为那些两脚兽能把我一直关着吧，嗯？"

"很抱歉我们没能救下你来。"鹰翅的声音中传达出一种低沉的情绪，紫罗兰爪听出了内疚，"当时我们什么也做不了。"

躁爪眨眨眼。"我知道，"他认真地说道，"没关系的。"

鹰翅微微放松了下来，仿佛终于卸下了重担。他瞥了紫罗兰爪一眼。"两脚兽曾经捉走了躁爪，"他解释道，"我还以为再也见不到他了。他是天族当时的巫医学徒。"

从他们站立的坡下又传来了脚步声。紫罗兰爪转过身抖了抖耳朵。一只灰色虎斑母猫和一只淡棕色的公猫爬出河谷，他们的目光落到鹰翅身上时发出了惊呼。两只更年轻的小猫——一只黑猫，一只棕猫——在他们俩的身后蹦跳着。

"真的是你吗？"淡棕色的公猫问道。

浅爪眨了眨眼睛。"我们觉得这些猫是入侵者，"她挺起胸膛，"可是躁爪不让我驱逐他们。"

"他说他们是天族的猫。"砾爪哼了一声。

"他们确实是。"灰色虎斑母猫走上前轻声说道，"梅花心！鹰翅！"

鹰翅朝母猫低头行礼。"薄荷毛，"他的眼睛在渐暗的天光中闪着光，"很高兴见到你。"

薄荷毛点了点头，努力调整着自己的情绪。梅花心开心地朝

淡棕色公猫眨了眨眼："看起来你们的生活过得还可以嘛，荨麻斑。"

"你们也是啊，"荨麻斑用尾巴示意身后的两只小猫走上前来，"这是我们的孩子，花蜜爪和边爪。"他冲浅爪和砾爪点了点头，"看起来你们已经认识他们的另外两只同窝猫了。"

薄荷毛绕着鹰翅的队伍转了一圈，停在鼹鼠须身边抽了抽鼻子："你是……？你的气味很陌生。"

鼹鼠须礼貌地点了点头。"我是雷族猫，"他解释道，"我是来给他们领路的。"

"那她是谁？"荨麻斑温和地朝紫罗兰爪眨了眨眼。

紫罗兰爪靠得离鹰翅更近了一些，她突然感到有些不好意思："我是紫罗兰爪。"

"她是我的孩子，"鹰翅舔了舔她的脑门，"我还有另一个孩子，她叫枝爪，但这次留在湖区了。"

薄荷毛抬了抬尾巴："那卵石……"

紫罗兰爪打断了她的话。"在我和枝爪还是幼崽的时候，卵石光就去世了。"她飞快地说道。她不想让鹰翅再从头解释一遍这悲伤的往事。

"抱歉。"薄荷毛凝视着鹰翅，瞪大的蓝眼睛里涨满同情，"我们都失去了很多很多，但失去最珍爱的猫一定非常痛苦。"

鹰翅回答她时，紫罗兰爪的喉咙突然一哽。

"是的。不过，虽然卵石光离开了我，我最终还是找回了我

们的孩子，并找到了新家。"

"你们走了很远的路吧？"荨麻斑显然迫切地想要让这一话题继续下去。

"我们走了整整四分之一个月。"鹰翅对他说道。

"你们一定非常劳累，"荨麻斑说道，"来河谷里休息一下吧，我们的猎物堆还很充足。"

紫罗兰爪跟着父亲在河谷猫的带领下沿一条蜿蜒在狭窄峭壁上的陡径走下山谷。当从傍晚的夕阳走进高山投下的紫色阴影时，她打了个哆嗦。不过走到谷底之后，荨麻斑就带领他们沿着溪流踏上了一条通往避风的山谷的小路。这里的石头还保存着些许白日的温度，尖刺般的灌木丛突出地生长在他们上方的崖壁上，将冰冷的晚风隔绝在山谷之外。在山谷的一端，摆着一小堆猎物。

"我们现在都在这里睡觉。"薄荷毛告诉他们。

鹰翅抬头仰望河谷山壁上的洞穴。"你们不再使用那些岩洞了吗？"他惊讶地问道。

"留下的猫太少了。"薄荷毛看着她的孩子们跟随兔跃、梅花心和鼹鼠须走进山谷，说道。

最后一个走进来的是躁爪。"待在一起更能给我们带来安全感。我们睡觉时会安排一只猫进行警戒。"他说。

"晚上可能会有狐狸来。"砾爪补充道。

紫罗兰爪试着想象了一下当河谷里住着整整一个族群的猫时

极夜无光

它会是什么样子。她想象着猫群在谷顶巡逻，在岩洞间进出，沿着山壁上的陡径上下不休的样子。当鹰翅还是学徒的时候，他是在哪里过的夜呢？她想象着他曾如何在溪水旁练习格斗动作。在这里长大想必充满了乐趣。她真希望枝爪也来到了这里，可以和她共睹这一切。

鹰翅的目光沿着石壁搜索起来。紫罗兰爪不知道他是否回忆起了什么。鹰翅向薄荷毛眨眨眼问道："你们为什么留下来了？"

"我们还有什么地方可去吗？"薄荷毛这样回答了他。

躁爪走上前来："我们想要重建族群，但仅靠寥寥几只猫在这里存活下去都很艰难。"

薄荷毛和荨麻斑交换了一个眼神。"而且我们也很难去信任新来的猫，"荨麻斑承认道，"在经历了暗尾之变后。"

紫罗兰爪偷偷看了父亲一眼。他们不会要留在这里重建族群吧，嗯？他们应该和我们一起回去！但鹰翅没有看她。他在山谷里踱着步，张开嘴，仿佛在辨识某些陈旧的气息。"暗尾已经死了。"他说道。

薄荷毛的眼中放射出憎恶的光芒："真是太好了！"

"那他的泼皮猫呢？"荨麻斑眯了眯眼。

"族群合力驱逐了他们。"兔跃俯身嗅了嗅猎物堆，那顶上正摆着一只画眉。

躁爪快步走到他身边："随便吃吧。"他抬爪将猎物堆摊

开,然后退后让其他猫自行挑选。

紫罗兰爪又瞥了鹰翅一眼。她的肚子已经空空如也,但她并不想白拿这一小小的族群的猎物。他们也许忙了一整天才堆起了这样一个猎物堆。

鹰翅点头示意她上前:"去取你的那份食物吧,我们明天就帮他们补充猎物堆。"

"这里的猎物很多,"躁爪似乎察觉到了她的担忧,"对于如此少的狩猎猫来说,那些猎物实在是太多了。"

河谷猫们礼貌地退后了一些,等待来访者各自取走一份猎物后才上前挑选自己的晚餐。

紫罗兰爪在鹰翅身旁坐下,咬了一大口鲜嫩多汁的鼠肉。落叶季的老鼠十分肥美,她仔细享受着舌尖上的美味。喜悦令她腹中一暖。他们终于抵达了河谷,而且找到了失散的族猫。但这些猫会跟他们一起返回湖区吗?她咽下口中的食物,舔了舔嘴唇。"你打算什么时候问他们?"她在咬下下一口猎物的间隙询问鹰翅。

"问我们什么?"浅爪从她的知更鸟上抬起头,双耳轻轻抖了抖。

其余的河谷猫也都停下了动作看向紫罗兰爪。她一下子僵住了,舌尖上的鼠肉也变得索然无味。她真希望自己从未开口。

鹰翅用尾巴搂住了她:"我们是来请你们一起回归湖区的。我们已经找到了其他四个族群,而且拥有了自己的领地。那片领

地很好，有猎物，也有适合扎营的隐蔽处。其他族群告诉我们，虽然两脚兽会在夏天出现，但它们并不会打搅我们的营地。"

河谷猫们面面相觑。

砾爪眨了眨眼。"我们不能离开河谷。"他说道，"这里是我们的家。"

薄荷毛看上去若有所思："有天族的地方才是我们的家。"

"我们就是天族。"浅爪提醒她。

"我们是天族猫，"荨麻斑说道，"但天族的族长和副族长都不在我们身边。"

"那就应该让他们回来啊。"浅爪说道。

躁爪向小山谷外望了望，他的目光顺着蜿蜒的溪流延伸到河谷远方。"我想星族是想让我们与其他族群会合的，"他轻声说道，"它们一定是为了达到某个目的才指引叶星和鹰翅走到湖区的。我认为我们应当跟随他们离开。河谷已经再也变不回从前我们住在这里时的样子了。"他看了看薄荷毛，又看向荨麻斑。

"也许抛下这些糟糕的回忆是个不错的选择。"荨麻斑赞同道。

薄荷毛的皮毛波动起来，她看向躁爪："那斑愿该怎么办？"

躁爪的目光垂了下去。

"我们不能抛弃她！"薄荷毛盯着他说道，她的皮毛一起一伏。

鹰翅站起了身。"你们知道她在哪里?"他的声音里充满了惊喜,"她失踪了那么久,我还以为她也死了呢。"

躁爪抬起头,他的眼神在微弱的天光下闪烁着。"两脚兽带走了她。"他黯然地说道,"它们把她关起来了。"

"关在哪里?"

紫罗兰爪从父亲的声音中听出了他有多激动。

荨麻斑将他的田鼠翻了个面,咬下一大口后说道:"今晚先休息一下吧,明天早上我就带你们去看。"

紫罗兰爪向小树林外望去,在她的面前,森林变成了石地,一座高高的两脚兽巢穴拔地而起,直刺天空。她仰起头想要望见巢穴的顶端,直到脖子都开始酸疼。"它都能碰到云了。"她喘息着轻声说道。

梅花心和鹰翅就在她的两侧,兔跃、荨麻斑和薄荷毛也都伏在他们附近,而浅爪、砾爪、边爪和花蜜爪则潜伏在后方树木的阴影里。

躁爪从树林里走了出来,他黑白相间的皮毛在晨曦中闪着光。几只怪物正在巢穴另一侧的石头地面上安睡。"这里面住满了两脚兽,"他紧张的声音中流露出恐惧,"我们总能看到它们进进出出。"

紫罗兰爪的皮毛焦虑地刺痛起来:"就像个营地一样。"

"里面全是巢穴。"梅花心深吸了一口气。

极夜无光

"它的结构更像是个蜂巢。"薄荷毛低吼道。

"它们为什么会想要住到那么高的地方？"荨麻斑问道，"它们又不能飞。"

躁爪耸了耸肩："也许是为了提前看清是否有危险降临吧。"

"为什么两脚兽还要提防危险？"梅花心哼了一声，"绝大多数危险都是它们自己搞出来的。"

鹰翅走到了躁爪的身旁："斑愿就被关在这里面吗？"

躁爪抬头望着靠近巢穴顶部的一排闪亮的方形物体。"我在那上面的一道透明墙后面看到过她，"他朝着巨型巢穴旁边的一棵树点了点头，那棵树的树梢要比关押斑愿的巢穴高出一些，"那时候我就在那棵树上。我能看到她在巢穴里面转来转去。"

"你爬到过那棵树的顶上？"紫罗兰爪惊叫了一声，毛紧张地竖立起来。

躁爪点了点头。"有一面透明墙有时候是开着的，她可以爬到墙外突出的台子上，"在斑愿所在的巢穴外有一块突出墙面的宽石板，石板的边缘还竖着一圈矮墙，"但它离树还是太远了，她没法直接跳过来。"

紫罗兰爪光是想想都觉得晕眩。树梢的枝条都很细，台子与树梢之间的空隙宽度也远超过一只猫能够跳过的距离。"要是她被关在更靠下的某个巢穴里就好了，"在靠近地面处，更长更结实的树枝能够延伸到离巢穴外壁非常近的地方，"那样她就可以

轻松地跳到树上了。"

砾爪向前凑了凑:"荨麻斑曾经溜进过那座巢穴一次。"

"那里面简直复杂得像个兔子窝,气味极其混杂,而且到处是来来往往的两脚兽。"荨麻斑打了个寒战,"我没能找到斑愿所在的巢穴。我光是找到出口就已经够幸运的了。"

紫罗兰爪又看了看这座两脚兽巢穴,她的目光从斑愿巢穴外的大台子移动到了光滑的墙面上,然后又下移至地面。那棵树帮不上忙,但一定还有别的方法可以让她抵达地面。她在巢穴的一侧看到了更多的台子。那些台子不如斑愿的那一块大,但它们一个叠着一个地挂在高高的巢穴的侧面,几乎从巢顶到地面都有所分布。它们更像是由纤细的黑色枝条编织成的。她的皮毛激动得发痒,因为她发现上下两个台子只相差几步的距离。虽然最底下的台子距离地面还很远,但大树最低的树枝几乎可以搭上最底下的那块台子。只要斑愿能够顺着那一串台子爬下来,她就有机会逃跑。紫罗兰爪的心跳加快了。她又一次望向关斑愿的巢穴,那块大石板与最近的台子之间的间隔只有几条尾巴长。她屏住了呼吸。斑愿能够跳过去吗?失足坠落的后果也许是致命的。但这可能是斑愿最后的脱逃机会了。

她用鼻子拱了拱鹰翅的肩膀。"我不太确定行不行,"她悄悄说道,"但我有一个想法。"

第十三章

狂风呼啸，暴雨即将来临。枝爪忧心忡忡地抬头仰望着营地上方疯狂颤动的树枝。

鳍爪拱了拱她。"别太担心，"他说道，"你待在我身边就很安全。星族不会让我被树枝砸第二次的。"

现在，整个空地上只有他俩。叶星还在她的巢穴里休息。微云已经带着幼崽们返回了安全的育婴室里。梅柳、哈利溪和砂鼻都去狩猎了。露爪跟着麦吉弗在森林里训练，而叶池正带着闲蕨采集草药。

枝爪自告奋勇要留在营地："鳍爪需要有猫陪他。"

砂鼻看起来有些怀疑，但鳍爪也这样请求了叶星，并得到了族长的同意。"多让学徒们相处，能帮助他们学会更多。"她当时是这样说的。砂鼻虽然皱了皱眉，但并没有与族长争辩。

而现在，鳍爪将一个苔藓球拍到了她面前。

枝爪心不在焉地接住了它："我希望紫罗兰爪和鹰翅现在在干燥暖和的地方。"距离他们启程已经过去四分之一个月了。

"他们不会有事的。"鳍爪从她掌中钩走了苔藓球。

枝爪向他眨了眨眼:"万一他们有事呢?"

"那万一他们现在逍遥自在呢?"他把球抛到空中,然后挥掌去打,却没有击中它,"你是在担心你会没东西可担心吗?"

"当然不是,"她装出恼火的样子撞了他一下,"我连担心我的至亲都不行吗?"

"当你其实什么忙也帮不上的时候,就不要担心了。"

枝爪探出脚掌将苔藓球从他面前踢走:"别那么自以为是!"这时,一股新的气味飘进了她的鼻子。她在第一时间就认出了那是什么:"影族!"

"在哪儿?"鳍爪四下张望着。就在这时,香薇通道摇晃了一阵。杜松掌昂首阔步地走了进来。

闲蕨慌慌张张地跟着他跑进了营地:"你不能就这么闯到我们的营地里去!"

"是吗?"杜松掌转过身,毛发开始竖起,"而你就有权利入侵我们的领地吗?"

闲蕨愣愣地盯着他。

叶星从杉树洞中的巢穴里冲了出来,敏捷地蹲下树根。她穿过空地插到了杜松掌和闲蕨之间。"她听不清你说的话。"她告诉影族武士。

"所以这就是为什么她不知道自己不该走进其他族群的领地里偷草药咯?"

闲蕨垂下了头:"我是做错事了吗?"

"不是，"叶星轻轻点了点头催促她离开，"让我来处理吧。"

闲蕨退到了一边，她的眼中闪烁着焦虑："叶星，我很抱歉。"

杜松掌狠狠一甩尾巴："你不打算惩罚她吗？"

"为什么要惩罚？"

"因为她穿过了我们的边界！"杜松掌气急败坏地吼道，"要是我把这件事告诉花楸星，他一定会暴怒的。"

"那就不要跟他说了。"叶星坐了下来。

"天族就是这么当盟友的吗？"杜松掌咆哮起来，"我们让给你们的是领地的一部分，可不是全部！"

"她有可能没有闻到你们的气味标记。"叶星说道。

"她是个聋子，但总不是傻子吧！"杜松掌生气地抖了抖耳朵。

"影族可没有好好按时标记边界！"叶星厉声怼了回去。

杜松掌对她怒目而视。

叶星深吸了一口气。"发生了这样的事，我感到很抱歉，"她向杜松掌道歉，"我们还在逐步熟悉我们的新家。"

就在此时，叶池也匆匆地冲进了营地，她的嘴里还叼着一捆草药。她丢下草药跑到叶星身边。"闲蕨怎么了？我看到她一路跟着杜松掌，好像很焦虑的样子。"她瞥了影族的公猫一眼，"他跑到这里来做什么？"

"因为我抓到这个跳蚤包在偷我们的草药！"杜松掌吼道。

叶池一下子变得慌乱起来："这都是我的错，是我太不了解你们的新边界了。我应该是不小心把她派到错误的采药地去了。"

杜松掌翻了个白眼。"这算是哪门子的族群啊！你们的巫医是从别族借来的，对领地的了解甚至还不如你们几个。"他四下打量着营地，"你们的猫都去哪儿了？"

"他们都在忙。"叶星顿时绷紧了身子。枝爪猜测她一定是不想承认天族现在的规模是如此之小，以至于刚派出一支狩猎队营地就空虚成这样。

"那等他们忙完……"黑色的公猫卷起了嘴唇，"别忘了提醒他们多注意一下边界。我们保证会撕碎下一只闯进影族领地的天族猫。"说完，他怒气冲冲地离开了。

"对不起，"叶池甩了甩头转向叶星，"我应该更注意一些的。"

"不要紧，"叶星安慰她，"问题出在边界没有被好好标记出来。影族和我们一样面临着武士短缺的窘境。"

"但他们永远不会承认。"叶池哼道。

"我们也不会去承认这点，"叶星说道，"但我们更不会像一群獾一样横冲直撞指手画脚。"

枝爪紧张地戳了戳苔藓球。边界越发紧张不是什么好兆头。影族是否后悔将这部分领地分给了天族？他们会来索要给出的领地吗？

极夜无光

叶池走向闲蕨,她的眼中满是自责。叶星也返回了她的巢穴。

在路过枝爪和鳍爪身边时,天族族长瞟了他俩一眼。"你们两个为什么还不去做点儿有意义的事呢?"她面带怒意地说道。

"做什么?"枝爪眨了眨眼。

"清理武士巢穴。"叶星用力抽动了一下尾巴。

枝爪低下了头:"好的。"

叶星继续走向她的巢穴,这时鳍爪皱起了鼻子。"为什么让我们去清理巢穴啊?"他嘟囔着抱怨道,"我们留在营地的原因是我的尾巴有伤,又不是我们做错了事。"

"总得有猫去做这些的。"枝爪说道。

"那就让武士们自己去收拾他们的巢穴,"鳍爪朝着营地入口扬了扬口鼻,"我们应该去玩点儿好玩的。让我们再去抓个青蛙塞进露爪的窝里吧。"

枝爪开心地抽了抽胡须,她也回忆起了当露爪发现他的铺垫里有只扭动的青蛙时是怎么从窝里弹射出去的。她用余光瞥了鳍爪一眼,突然想到了一个主意:"我们这次去抓只刺猬吧!"

"可我们该怎么把刺猬带回营地呢?"

"我们可以用虫子把它引回来。"

鳍爪的眼睛亮了亮:"好主意!"他走向营地入口。

"我开玩笑的啦!"枝爪赶忙追上他。

"我知道。"当叶池和闲蕨消失在巫医巢穴中时,他也停在了入口边,"但我们可以稍等一会儿再收拾巢穴。反正其他猫整天也

都不是在炫耀狩猎成果就是在追忆他们的河谷年华。"他冲她眨眨眼，溜出了营地。

枝爪跟了上去。"我猜我们可以先去狩个猎。"她建议道。这样他们就可以与族猫分享他们的收获，而且能够在砂鼻的监视之外狩猎一次应该会很棒。砂鼻总是在挑剔她的落脚位置或是猎杀动作。"我知道一个捕鼠的好地方。"

不等鳍爪回答，她就跑向了影族的沟渠地与天族领地交会的地方。风呼啸着回荡在树冠之间，也吹动起她的皮毛。她闻到了落叶堆积的陈腐气息，心里感到一阵刺痛，这让她想起了雷族的森林。在那里，树叶会像雪花一样飘飘扬扬地洒落，铺满林地间的小路和香薇丛。但这里的松树笔直长青，一年四季都是这样。

"老鼠屎！"背后传来了鳍爪的咒骂声。她转过头，看到他跌跌撞撞地追着她跑过一片坑洼不平的地面。他竭力想保持身体的平衡，但剩下的那截短短的尾巴还是狂乱地四处挥打。

枝爪降低速度等待他追上自己："你最后肯定能适应你的尾巴的。"

鳍爪瞥了她一眼："但我再也无法成为一只和大家一样的猫了。"

"谁会想跟所有猫一个样呢！"她轻快地说道。

树林变得稀疏起来，她已经可以望见那些沟壑了。她能够闻到老鼠的气味。她停在沟渠地的边缘向下望去，沟的两侧都横生着野草，透过那些叶片她看到下方有些动静。"快！下去吧！"她摆出

极夜无光
JIYEWUGUANG

蹲伏的姿势。

鳍爪趴到她身旁:"有猎物?"

"是只老鼠。"枝爪听得出老鼠正啪嗒啪嗒地踩过沟底的松针。她用尾尖拍了拍鳍爪的屁股:"你去抓我们的第一份猎物吧。"

鳍爪向前探了探,也向沟里望去。他的后半身兴奋得颤抖起来。他将爪子紧紧收到腹下,同时屏住了呼吸。枝爪能够看出他马上就要跳起,但这时他的短尾巴蹭到了地面,这令他摇晃起来。他连忙蹬出后腿保持平衡,但松针哗啦啦地洒进了沟渠,老鼠一下子溜走了。

鳍爪追着它起跳,狠狠地将前爪向下一拍,但老鼠躲开了他。他胡乱地拍打着沟渠的侧壁,挣扎着站起了身。

枝爪注意到鳍爪的颈毛竖立了起来。他很生自己的气。

"我再也不能好好狩猎了!"他转过身,眼里闪着泪光,"我一定会是有史以来最差劲的武士。"

枝爪的心抽搐起来。可怜的鳍爪!但她藏好了自己的同情。"如果你真那么想,那你就的确是!"她毫不客气地说道,"你觉得你自己什么样,你就是什么样!"

"要是我的尾巴一直在干扰我的平衡,我还能怎么变好!"

"你只是需要更努力地去练习。"枝爪对他说道,"自暴自弃并不会让你的尾巴长回来。"

鳍爪紧盯着她,眼中充满了感情。

"你一定能做到的，"她鼓励他，"只要你多加锻炼，就一定能成为天族最优秀的武士。"

鳍爪眨了眨眼："你真的这么觉得吗？"

"当然！你这么聪明，意志又坚定，而且精力也非常充沛，怎么可能当不上伟大的武士呢？"

鳍爪的皮毛重新伏平，他扬起了头："只要我想，我就能够成功。"

"没错！"枝爪咕噜了一声，看到他重新高兴起来，她十分开心。

"枝爪！"叶池的喊声从树林中传来，"鳍爪！"

枝爪的心沉了下去。他们被发现了。她内疚地看了鳍爪一眼，然后转过身面向叶池。

雷族的巫医从树林间冲出，匆匆地跑到他俩面前："你们俩跑到这里来做什么！"她压低了声音，仿佛生怕被其他猫听见一样，"快回营地去。砂鼻马上就要回来了，他会怀疑鳍爪去哪儿了。你们都清楚上次你俩偷溜出去的时候他有多生气。"

"他管这么多干吗？"枝爪身上的毛恼怒地竖了起来，"你想想吧，他肯定希望鳍爪得到锻炼，而不是整天都闷在营地里闲着没事做。"

"他在为他担心。"叶池对她说道。

鳍爪从沟里跳了出来："那我宁愿他去担心点儿别的东西。"

"在他改变主意之前，你们最好乖乖去做你们该做的事。"叶

极夜无光
JIYEWUGUANG

池一甩尾巴说道,"叶星不是让你们去收拾武士巢穴了吗?"

枝爪的尾巴垂了下去:"但我都干了好几个月的学徒工作了!"

"我去打扫吧,"鳍爪走到她身旁,"你已经花了很长时间在营地里陪我。你应该多玩一会儿。"

枝爪的确一直都在渴望得到一个不被砂鼻监视的狩猎机会。"但你怎么办?"她问道。

"我可以过一会儿再玩。"

叶池用鼻子把鳍爪推向营地的方向。"一旦打扫完武士巢穴你就可以玩了,"她语速飞快地说道,"你们越早清理干净毛上沾的森林气味越好。上次砂鼻就是这么抓住你们的。"

在叶池推着他离开时,鳍爪又回头看了枝爪一眼。

她难过地看着他远去。要是鳍爪在身边,狩猎一定会更加有趣的。她抖了抖皮毛。没必要太难过,总有一天,她和鳍爪都会成为武士。那时候,他们想什么时候一起狩猎就什么时候一起狩猎。到那时,即使是砂鼻也没有权利把他们分开。

为什么砂鼻像只老獾一样烦?无论她做什么,他都不会满意,哪怕她给他带去一只老鼠,他也很可能会皱起眉头。

小爪子在森林地面上疾走的声音传来,枝爪的皮毛下闪动着兴奋。一只松鼠跳过沟渠,闪电般地冲着雷族边界奔去。

枝爪追了上去。她飞快地掠过森林,在松树间之字前进。松鼠跑得飞快,但枝爪也一点儿不慢。风从她身侧刮过,将她的气味向

后方吹去。摇动的树冠也遮掩了她的脚步声。当松鼠接近雷族的边界时，她加快了速度。她马上就要抓住它了。当松鼠跨过边界时，枝爪纵身跃起，伸长前爪凌空飞过了气味线。

银白色的皮毛赫然出现在眼前，她大叫一声，猝不及防地撞上了一只强壮的猫的侧腹。她挣扎着退后，重新找回了平衡。她一边喘气一边眨着眼看向她刚才撞上的猫。"藤池！"

她的老师抖了抖毛发，阴沉地看着松鼠跳上一棵橡树，消失在树枝间。

"对不起。"枝爪喘息着说道，"我跟着它追了半个天族领地。我以为多跑几条尾巴的距离不会有太大问题的。"她惭愧地回头瞥了一眼身后的边界线。

藤池警惕地看着她。有那么一瞬间，枝爪以为她没有认出自己。

"是我啊，"她说道，"我是枝爪。"

藤池抽了一下尾巴。"我知道。"她厉声说。

藤池不该为重逢感到高兴吗？枝爪很想告诉眼前银白相间的武士自己有多么想念她，但藤池现在的反应相当奇怪。"你还好吗？"她问道。

藤池显出怒容："好得很，如果好意味着我花了几个月训练出的学徒发现自己不想当雷族武士，于是就跑去加入了另外一个族群的话。"

一阵内疚撕扯着枝爪的肚子。"我必须这样做，"她说道，

极夜无光

"我必须和紫罗兰爪还有鹰翅在一起。"

藤池重重地叹了口气。"我猜也是,"她无奈地说道,"但我很想你。训练出一只离开雷族去为其他族群战斗的猫也不是件舒服的事。"

枝爪低下了头:"我永远会感激你曾教给我的一切。"

藤池突然生气起来:"赤杨心说你到现在还没有获得武士名号?"

"叶星想让我先接受天族的训练。"

"雷族的训练就不够好吗?"藤池抽了抽鼻子。

"当然很好,"枝爪不自觉地立起了皮毛,"但天族猫有自己的技巧。"

"只不过是抓同一只老鼠的不同方式而已。"

枝爪忍住一声咕噜,说道:"你听上去就像灰条一样。"

藤池与她四目相对,她的眼神暖了起来:"我想我是有点儿老顽固了。"

"不,你没有。"枝爪安慰她,"香薇歌怎么样?"

"香薇歌是只好猫,"藤池咕噜起来,"他想和我生小猫。他甚至自告奋勇要搬进育婴室里帮我养大他们。"

"一只公猫要住进育婴室里?"枝爪眨了眨眼,她可从没想象过这样的事情,"我觉得这挺好,香薇歌一定会成为一位优秀的父亲的。"

"没错。"藤池的眼睛闪闪发亮。

猫武士

藤池眼中流露出的感情将一段回忆从枝爪的脑海里唤醒。"鸽翅现在怎么样了？"她小心翼翼地问道。

"怎么突然问这个？"藤池怀疑地眯了眯眼。

枝爪的肚子抽紧了。藤池知道她的姐姐与虎心偷偷见面的事吗？

"你在隐瞒什么？"藤池向她逼近过来。

"没什么。"枝爪低头紧盯着脚掌。

藤池的目光几乎能点着她的皮毛："我对你的了解足够让我看出有东西困扰着你。"

枝爪不想告诉藤池她的所见所闻，但她也无法向从前的老师撒谎。"我看到过她。"她轻声说道。

"在哪儿？"藤池屈起了爪子。

"影族边界附近。"枝爪避开了藤池的目光，她感到十分愧疚，仿佛与影族副族长秘密约会的猫变成了自己一般，"她和虎心在一起。"

藤池没有回答。

枝爪向她看去，焦虑在藤池的眼中烧灼。

"我早该知道！"银白相间的武士突然狠狠一挥尾巴，"我就知道她心里有鬼。你听清他们在说什么了吗？"

"我没有听清楚他们的对话，只知道虎心在为影族担心，"枝爪喃喃地说道，她没法告诉藤池那两只猫相爱了，"鸽翅看上去很难过。"

极夜无光
JIYEWUGUANG

藤池从喉咙里挤出一声咆哮:"难过?她怎么能这么在乎影族发生了什么!她应当忠于雷族。"

枝爪悄悄扭了扭身子:"我确信她是忠于雷族的。"

藤池紧盯着她:"那她为什么要偷偷去见虎心?"

"我不知道。"枝爪向后退去,藤池声音中的怒意吓到了她。她是否依旧认为我应当忠于雷族?她辨认着武士目光中的情绪。

"抱歉,"藤池放平了毛发,"这不是你的错。我不应当向你发火。"

"离开雷族我真的很抱歉。"枝爪脱口而出。

藤池眨眨眼:"我知道做出这样的决定很不容易。"

"你是在担心鸽翅也可能会加入其他族群吗?"

藤池挪开了目光:"她绝不会那样做的。她已经为雷族战斗了这么久,付出了这么多。"

橡树林中传来一声呼唤。"藤池!"

"是刺掌。"藤池告诉枝爪。

"我知道。"枝爪认出了雷族公猫的声音,心中忽然一痛。

"我该走了,"藤池低下了头,"你也该回你们的领地上去了。"

枝爪顺着藤池的目光望向了天族边界。她心中的某一部分在渴望着回归雷族营地。但那样她一定会想念鳍爪的。她叹了一口气,转身跨过了气味线。"保重!"她向藤池喊道。

"你也是。"藤池离开了。

灌木丛吞没了枝爪，她感到心情十分沉重。她很想念老师，也很想念雷族。她真希望自己没有成为那只必须与藤池分享鸽翅的秘密的猫。她突然对鸽翅生出了一丝同情。爱上一只别族的猫一定很痛苦。要是有猫不允许自己与鳍爪相见，她会做何反应？枝爪试着想象自己仍然属于雷族，只能与鳍爪秘密相会的情景，不由打了个哆嗦。我不喜欢那样。我一点儿都不喜欢！

第十四章

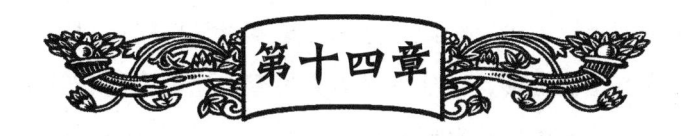

阴云密布，天空灰蒙蒙的，冰冷的潮气激得赤杨心抖松了皮毛。空气中传来了降雨的气息。落叶季风和日丽的天变得阴冷灰暗。

他望向身后合拢的树林，不确定自己已经走出了多远。身旁的松树依然散发出影族的气息。他现在肯定离河族不远了吧？从太阳照进营地起，他就一直在赶路，他路过了天族的领地，然后又路过影族的。他希望在他一路顺着影、河两族之间的那片坡地跑向湖边时，没有猫注意到他的身影。两脚兽会在绿叶季来到此地暂居，他或许能够在这里找到他寻觅的目标。

他不需要任何猫的帮助。他想要独自完成这一任务。为什么要把其他猫卷进这趟很可能是浪费时间的旅途中呢？

在森林消失、开阔的草坪出现在眼前时，他眯起了眼睛。两脚兽的巢穴零星分布在山坡靠近湖面的这一边。虽然绿叶季已经过去，渐冷的落叶季已经降临，但两脚兽们有没有可能仍然住在里面呢？他想要找的可不是两脚兽，但如果族群里没有六趾猫，那么也许他能够在这里的宠物猫中找到一只。

真是个傻气的愿望。

猫武士

他不去理会纠缠着他思绪的怀疑之情。他总得试一试。河族已经彻底与世隔绝，而影族现在内部的分裂程度不亚于泼皮猫还在他们领地上时。天族的猫是那样的少，以至于简直不像个正经的族群。在越来越漫长的夜晚里，赤杨心根本无法摆脱盘踞在他腹中的恐惧。族群正在分裂，连往日的历史也无法让它们重新聚首。这次的预言一定就是解决问题的答案。

他只希望他们对星族预言的解读是正确的。他们的确会找到那只六趾猫，而那只猫将扛起比低垂在森林之上的暴雨云更沉重的黑色天幕。前一天他已经去风族询问过兔星是否知道哪只猫有六根脚趾，但兔星只是不安地凝视着他。赤杨心离开风族营地时有些怀疑自己跑这一趟的唯一成果就是让风族族长变得更加焦虑了。

他向山坡下走去，张大嘴巴探查着空气中是否有宠物猫的气息。

一声尖锐的犬吠令他僵住了身子。他扭过头去，看到一只棕白相间的狗正在山顶狂叫，他身上的毛一下子竖立起来。一只两脚兽幼崽正用拴在狗脖子上的藤蔓用力拖着它。

赤杨心犹豫了一下。那只狗正怒气冲冲地瞪着他，它吼叫时眼里闪着狂野的光。伴随着一声大叫，它龇出牙齿抻直了藤蔓，四爪也拼命地抓挠着地面。两脚兽幼崽生气地喊叫起来，这让那只狗叫得更欢了。突然间，那只狗拖着藤蔓挣脱了两脚兽的爪子，并发出一声怒吼。

狗向他直冲了过来，恐惧像火苗一样在赤杨心的皮毛下蔓延。

极夜无光
JIYEWUGUANG

他看向草坡，这里没有任何藏身之所。他狂奔起来，腹部擦过长草，恐惧在他的双耳间跃动。他直冲着两脚兽巢穴跑去，然后又猛地掉转方向，感到脑子里一片晕眩。两脚兽能为他提供什么庇护呢？他横穿过斜坡，现在犬吠声比刚才更清晰了。他已经能够从眼角的余光中看到它那棕白相间的皮毛。狗正在飞速接近他。赤杨心再次改变方向，他现在已经完全不顾路线了，仅仅模糊地知道自己想要冲到湖边，仿佛觉得水能够通过某种方式保护他一样。

上树。在他看到那棵小花楸树的前一瞬，这个念头在脑海中一闪而过。它就长在斜坡的边缘。狗不会爬树！他奔向小树，心怦怦直跳，因为他已经发现自己唯有与狗奔跑的路线交叉才可能接近那棵花楸树。他更加卖力地蹬踏地面，加快了奔跑的速度。风呼啸着滑过他的皮毛，空气在他的肺里燃烧着。当从狗的鼻尖前掠过时，赤杨心能够感受到它那温热的呼吸喷在他的侧腹上。他猛地跳上了树，将爪子插入树皮，固定住了自己的身体。慌乱中，他的后腿疯狂地抓挠着，而狗就在他下方一根胡须远的地方狂吠着。他甩起尾巴躲过猛然合上的巨口，挣扎着爬上了最低的树枝。

赤杨心向下看去，他的肚子一起一伏。

狗在他的下方不停翻腾跳跃，双耳不住摇动着，乱转的眼珠里满是怒火。

赤杨心伏下耳朵，将犬吠声格挡在外，努力平复着自己的呼吸。他颤抖得那样厉害，简直令他怀疑自己即将失去平衡。他将爪子深深地插入树皮中，整个身子都趴到了树枝上。

两脚兽幼崽跑向了这棵树,并朝狗喊叫着什么。它跑到近处,上前一扑,抓住了那条仍然拖在狗脖子上的藤蔓,用力向后拖去。它一边使劲咆哮一边拽走了这只狗。

赤杨心盯着它们离开,恐惧令他口干舌燥。也许他本该叫上只猫来帮忙的。他在树上等待着幼崽与狗从视野中消失。然后他又多等了一会儿,一直等到他再也听不到狗的吠声。从树枝上爬下来后,他开始审视这片坡地。

坡顶有东西在移动。他竭力辨认着它的行迹,但风正刮动着长草,很难从这一片草叶的波涛中看清任何物体。赤杨心耸了耸肩。那很可能是一位河族或影族的武士,他们的领地各占一边。或者那也有可能是他想要找的宠物猫。现在,在小心地爬下了树并观察了两脚兽巢穴之后,他决定从这里开始入手。

一条尘土飞扬的雷鬼路蜿蜒穿过这一片簇集的两脚兽巢穴。它的气味很不新鲜,吹动的风令它的恶臭都减弱了不少。赤杨心顺着它向前走去,他的耳朵竖立着,随时警惕两脚兽怪物的低吼。路的两侧都是木质的两脚兽巢穴,他小心地观察着它们。这里没有生命的气息。也许两脚兽们都已经回到它们的秃叶季营地中了?他俯身钻过环绕着一座低矮巢穴的篱笆,变质的食物的气息熏得他皱起了鼻子。也许这里还是有一只两脚兽的……

一声嘶吼令他的动作凝固起来。在一丛高大的灌木边,一只黑色的公猫正怒视着他。另一只虎斑母猫从植物后绕了出来,他们直面着他,皮毛奓开,满怀敌意。

极夜无光
JIYEWUGUANG

宠物猫！

"我不是来偷东西的。"赤杨心大声喊道。

黑色的公猫眯起了眼睛："那你是来干什么的？"

赤杨心犹豫起来。这只公猫有些熟悉，而且他似乎曾经认得虎斑母猫的气味。他在记忆中苦苦搜寻，不确定他是否曾经见过这两只猫。

虎斑母猫偏了偏头，她的目光十分锐利。"赶快说！"她发出一声咆哮。

"我是来找一只猫的。"赤杨心的皮毛不安地波动着。

"你是泼皮猫吗？"公猫走近了一些，"是暗尾派你来的吗？"他眼底闪烁的光芒是恐惧吗？

突然间，赤杨心回忆起了他俩的身份。暗尾曾经扣押过他们，不是吗？他在驱逐泼皮猫的战斗中见过他俩。他还能记起这只母猫的名字。"赛尔达！"他喊道。

母猫后退了一步，仿佛受到了惊吓一般："你怎么知道我的名字？"

"我是赤杨心，"他对她解释道，"我是雷族的巫医。我在那场驱逐泼皮猫的战斗中见过你。"

那只公猫伸长脖子嗅了嗅空气。"你也在驱逐泼皮猫时出力战斗了吗？"他问道。

"我其实没有进入战场。"赤杨心对他说。这是他几个月以来头一次感觉到自己愧对了巫医的身份。这些猫是否能够理解，最能

猫武士

证明一只猫的勇气的并不总是战斗？

黑色公猫走上前来闻了闻他的气味。"我是罗基，"他退回原地，显然已经很满意地确认了赤杨心并不会带来威胁，"你要找的是谁？没有任何族群猫住在这附近。"

"我知道，"赤杨心的皮毛平顺下来，"我要找的并不一定是一只族群猫。他或她只要长着六根脚趾就行。"

赛尔达瞪大了双眼："六根脚趾？"

"猫没有第六根脚趾。"罗基嘟囔道。

"不过有些猫只长了四根，"他瞥了赤杨心身后的栅栏一眼，"比如贾斯珀。"

赤杨心转过头去，当看到一只矮壮的宠物猫蹲伏在栅栏顶上时，他的心猛地悸动了一下。那只黄褐色的公猫正对他怒目而视。

"在一次感染中，贾斯珀失去了一根脚趾。"赛尔达解释道。

"那一定很疼吧。"赤杨心柔声对那只黄褐色公猫说道。

"关你什么事？"贾斯珀卷起了嘴唇。

"我是巫医，"赤杨心向他解释起来，"关心伤病是我的职责。"

贾斯珀嘶吼道："我用不着被一只长疥癣的老流浪猫同情！"

"贾斯珀，他是族群猫。"赛尔达走到赤杨心的身旁。

"我已经听够了有关族群猫的故事，早就知道他们全都是长疥癣的老流浪猫，"贾斯珀嘶嘶怒吼道，"你不是之前还说他们把你当作囚犯扣押起来了吗？"

极夜无光

"那是泼皮猫，"罗基告诉他，"泼皮猫和他们不一样。"

"野猫全都一个样。"贾斯珀冷冷地盯着赤杨心。

"好吧好吧，"赤杨心装出一副没有被贾斯珀张扬的敌意吓住的样子，"族群里同样也有些脾气这么坏的猫。"

贾斯珀从栅栏上轻盈跃下，尾巴高高竖着大步走开了。

赤杨心松了口气，满怀希望地朝赛尔达眨了眨眼："你认识长了六根脚趾的猫吗？"

赛尔达摇了摇头："这附近没有六趾猫。"

"我也没听说过。"罗基表示同意。

"很抱歉这次我们帮不上忙，"赛尔达挥了挥尾巴，"你为什么要找六趾猫啊？"

宠物猫能够理解星族预言的重要性吗？答案恐怕是否定的。赤杨心低下了头："这不重要，"他说道，"我该回家去了，感谢你们的帮助。"

"真希望我们能帮上更多的忙。"罗基说道。

"你肚子饿吗？"赛尔达问道，"我的两脚兽巢穴外面放着一些食物，真的特别好吃。"

赤杨心竭力不让自己哆嗦起来。他听说过宠物猫的食物是什么样子。灰条说那尝起来就像发霉的晒干的树叶。"不用了，谢谢你。"他礼貌地回答，"我该回家去了。"

"好吧，"赛尔达向草坪对面走去，"注意安全。"

罗基也跟上了她："再见，赤杨心，希望你能够找到你要找的

那只猫。"

"谢谢你。"赤杨心走回到栅栏旁,低头钻了过去。失望令他四爪沉重。他早就知道能在这里找到星族预言的答案的可能性微乎其微,但那一丝希望一直鼓舞着他。他还能去哪里找六趾的宠物猫呢?也许他必须前往远在族群领地之外的地方。但肯定不是今天。要是他还不回去,族猫一定会担心他的。他沿着积满尘土的雷鬼路走向两脚兽营地之外。

为了抵御寒风,赤杨心摊平了双耳。他横穿过草坪,将两脚兽领地抛在身后。风在他的耳畔呼啸着,吹得他眯起了眼睛。这下他几乎什么也看不见、什么也听不清了。

突然,一双脚掌重重地推向他的侧腹。当他踉跄着向一侧避开时,一团黄褐色的皮毛映入眼帘。宠物猫的气味向他涌来。他本能地挥爪钩住了一团厚厚的毛发,但袭击者的体格比他大得多,轻而易举地就挣脱了控制,还在脱身前狠狠地在赤杨心脸上扇了一巴掌。疼痛在赤杨心的脸上燃烧,他能感觉到利爪撕裂了他的皮肉。他怒吼一声闭着眼睛挥动脚掌,但很快又一记势大力沉的重击就打得他失去了平衡。赤杨心疼得叫了一声,跌倒在地,另一只猫的体重压了上来,使他无法起身。他用力地蹬动后腿想要挣脱,但宠物猫立刻就制住了他。贾斯珀!赤杨心这才认出来者的皮毛与气味。他的胸腔里燃起一股怒火,拼命地想要甩掉这只公猫。

"所以你的族群里也有脾气挺差的猫,嗯?"贾斯珀冷笑着俯视着被他踩在脚下的赤杨心,"他们的脾气有我这么坏吗?"他抬

起一只宽大的脚掌抡向赤杨心的口鼻。

赤杨心做好了准备，迎接即将降临的痛苦，落入如此无助的境地令他愤怒不已。

但预料中的一击迟迟没有出现。突然间，压在胸口的重量消失了。赤杨心蹒跚着站起身，感到有些疑惑。贾斯珀只是来吓唬他的？接着他听见了一声怒吼，并看清了一闪而过的属于烁皮的橙色皮毛。她贴着地面猛击贾斯珀的前爪，令他失去了平衡。在他脸着地跌倒时，烁皮飞身而起狠狠地击打他的侧腹。贾斯珀翻了个身，后腿疯狂地乱踢。烁皮跳开一步避开宠物猫挥舞的尖爪，从后方勒住了贾斯珀的喉咙。她将他的脑袋用力向后一扳，冲着他的耳朵嘶吼道："如果我的哥哥告诉你说族群里有脾气很差的猫，那你最好相信他的话。"她用利爪划过他的喉咙，虽然不至于割破血管，但也扯下了不少毛发，这才放开了他。

贾斯珀跳起身来面朝着烁皮和赤杨心，他的眼中充满了震惊。在贾斯珀退缩时，赤杨心松了一大口气，随即感到浑身的毛都尴尬地立了起来。无论他是不是巫医，都至少应该能保护自己免受宠物猫的威胁才对。

烁皮朝贾斯珀发出一声嘶号，黄褐色的公猫扭头就跑。"你可真是勇敢极了啊！"她冲他的背影吼道。然后她一边快意地咕噜着一边转头看着赤杨心："你没事吧？"

他伸出爪垫抹了抹脸。血把那里弄得潮乎乎的，而且还很疼，但伤口摸起来并不太深。"我没事，"他看着妹妹的眼睛，感到一

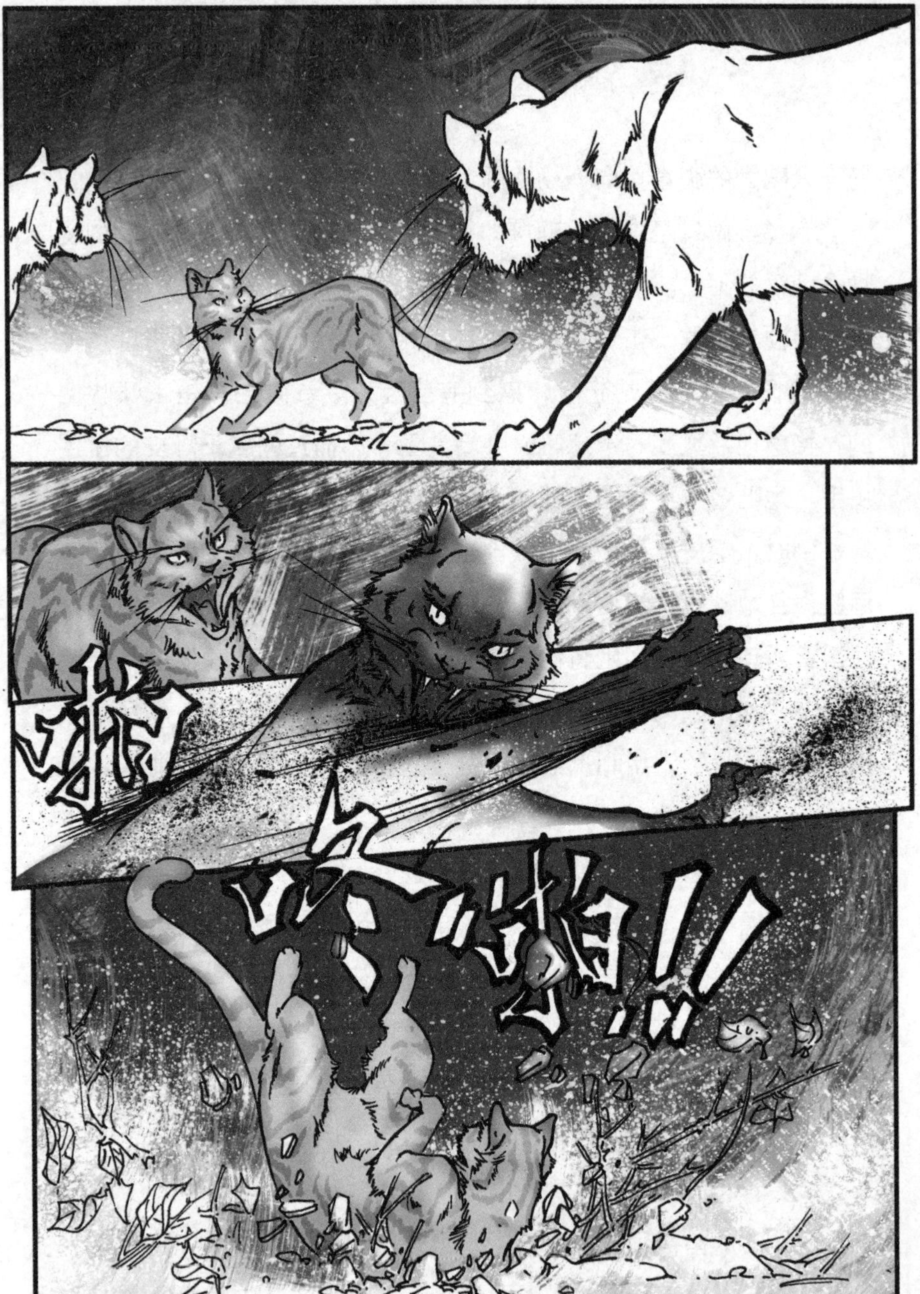
啪
咚啪!!

贾斯珀!

所以你的族群里也有脾气挺差的猫,嗯?

他们的脾气有我这么坏吗?

阵火辣辣的羞愧之情，"谢谢你。"

烁皮耸了耸肩："举手之劳而已。"

举手之劳？她可刚刚打退了一只体形有她两倍大的公猫啊。赤杨心甚至无法抵挡他的攻击。她这是在刻意让他难堪吗？

赤杨心向山坡上走去。

烁皮快步追上了他："你现在又要去哪儿？"

"回家。"他简略地回答道，"你一直在跟踪我？"

"我当然得跟着你，"烁皮追到他身边，然后减慢了速度与他并肩而行，"你溜出营地的样子一看就像是要去做点儿什么大事。我想要知道你的目的。而且幸好我跟踪了你，那只猫绝对有能力把你活撕了的。"

"不，他不能。"赤杨心厉声说道，"我刚才就正在准备打出我的下一击呢。"

烁皮没有回应，她换了个话题："你到这里来做什么？"

"巫医的事务，"他回答道，"你不懂。"

"先解释下试试再说。"

赤杨心脚不停步。他也觉得自己的反应相当粗鲁。烁皮刚刚救了他的命，而他却没有表达出分毫的感激。但他无法将尴尬之情从皮毛上抖落。她会不会向整个族群宣布她刚才不得不像营救幼崽一样救他的命？

烁皮挡住了他。"你到底怎么了？"她焦灼地凝视着他的双眼，"你生我的气了吗？"

极夜无光

　　思绪像流星一样在赤杨心的脑海中飞旋。他要从哪里说起才好呢？在他花了几个月苦苦搜寻天族的踪迹之后，她却只想让他们回到从前的河谷里生活；她整天忙着与云雀鸣卿卿我我，把自己弄得像位羽毛脑子的学徒一样，甚至没有发觉赤杨心这一个月几乎没有跟她说过话；而现在她害他丢尽了脸面，自己却一丁点儿都没意识到。赤杨心瞪着她。"你到底怎么了？"他厉声喊道，"我们的关系一直很紧密，可现在我觉得我压根就不认识你！"

　　"我们现在依然还是亲密的手足，对吗？"烁皮瞪大的绿眼中闪过受伤的神情，"我知道我最近有点儿被云雀鸣惹得分心了。"

　　"有点儿？"

　　"困扰你的就是这个吗？"烁皮眨了眨眼。

　　"不完全是。"赤杨心不想表现出他现在哑口无言的事实，"关键是你一点儿都没有注意我！你不在乎我对天族的感情，不知道我在为预言的事心烦意乱，也不觉得需要被从宠物猫爪下解救出来会让我多尴尬！你总是这么自信——就像是不管你做什么都不会错一样。但有些时候你并不是没有错！"

　　烁皮脊背上的毛开始竖起。"我知道你想让天族留下来，但那并不代表我必须认同你的观点。我也有我自己的主意。我当然也在乎你担心的东西。"她在原地走来走去，"但你说得对，我大概确实太在乎云雀鸣了，所以才没空陪你聊你那些重要的事。对于从那只肥宠物猫爪下救你这件事我也很抱歉……"她顿住了，"不，我其实一点儿都不抱歉。我不会坐视你被他扯掉皮毛。我接受的是武

211

士训练，而你只接受了巫医训练。如果我马上就要流血至死，你一定会救我，不是吗？因为那就是你的工作。你是负责救猫的。狩猎和战斗都交给我。"她闭上了嘴巴，注视着赤杨心。

内疚戳痛了赤杨心的肚子。"对不起，"他紧盯着地面，"我知道我反应过激了。你当然可以持有自己的观点。"他飞快地瞥了她一眼，"哪怕是错误的观点。"

烁皮咕噜起来。"我很高兴你如此敏感。正因这样你才是一位好哥哥。"她用鼻子拱了拱他的肩膀，"我们赶紧回营地去拿走猎物堆上最大份的猎物吧，要是谁有异议，我就告诉他们你刚刚长途跋涉了这么远，然后打跑了森林里最凶残的猫。"

赤杨心向山坡上爬去："好吧，但我们还是不要拿走最大份的猎物了。拿第二大份的就行。"

"好啊，"烁皮与他齐头并进，"那你是为什么才跑到这里来？别再用巫医的事务来搪塞我了。"

"我觉得有可能某只宠物猫就是预言中的六趾猫。"赤杨心告诉她。

"那只将拯救族群于风暴之中的六趾猫？"

赤杨心点点头。

"但你没有找到？"她追问道。

"没找到。"赤杨心的尾巴垂了下来。

"别担心，"烁皮柔声说道，"你一定能解开预言的。毕竟你找回了天族啊。"

极夜无光

"找回天族的是枝爪。"赤杨心纠正她。

"那只是因为你告诉了她该去哪儿找。"烁皮扬起了尾巴,"而且没准这次的预言没有你预想得那么糟呢?也许星族只是太过谨慎了,毕竟已经发生了这么多糟糕的事情。"

他们爬到了山坡的顶端,开始走进森林。没准这次的预言没有你预想得那么糟呢?赤杨心试着去相信烁皮是正确的,但焦虑依然牢牢拖拽着他的肚皮。"不是的,"他嘟囔道,"我能感觉到它很重要。我也不知道一只六趾猫要怎样才能力挽狂澜,但只要他能够指引我们发现下一步的线索,我们就应当做出尝试。"

在他们走进树林时,烁皮靠得离他更近了一些,直到皮毛相擦。"如果需要帮助,你就告诉我。"她说道,"如果你还需要再踏上一次这样的旅途,我可以陪你一起去。"

赤杨心感激地朝她眨了眨眼,一直以来像石头一样盘踞在他腹中的怒气就这样消散了,这令他十分高兴。他的胸腔中满溢着这种情感。森林挡住了冷风,但树枝上方的天空还是越来越暗。"给我讲讲云雀鸣的事吧。你是真的喜欢他吗?"

烁皮耸了耸肩。"是的,我很喜欢他,但是……我不知道怎么说。我现在还想享受当武士的生活。我不想谈太过严肃的感情,但我还是很喜欢和云雀鸣相处,我觉得他也喜欢跟我待在一起。"她紧张地瞟了赤杨心一眼,"你觉得他喜欢跟我在一起吗?"

"为什么不会?"赤杨心说道,"你又风趣、又聪明,而且还是位优秀的武士。"

烁皮亲昵地拱了拱他:"谢谢啦,赤杨心。"

在赤杨心发出一阵呼噜声的同时,他们身旁的蕨丛中突然传来了一声凶残的咆哮。赤杨心全身涌起一阵恐慌,他看着那只棕白相间的狗蹿出了灌木丛。赤杨心一下子就认出了它,它身上的藤蔓现在正拖在身侧的地上。它的咆哮声突然变成了凶恶的吠叫。

烁皮将赤杨心向后推去,然后一爪打向了狗的鼻子。那只狗的动作快得像狐狸,它一低头躲过了攻击,然后狠狠地咬向了烁皮的后腿。它用力一扯,烁皮便四脚朝天地摔倒在地。然后,那只狗将她拖向了蕨丛。

赤杨心感觉自己的胸腔就要恐惧得炸开了。他根本就没多想,纵身扑向了恶狗。他挥舞着四爪牢牢地抓紧了它的脑袋,开始拼命撕挠。

狗痛苦地大叫起来,不住地前后晃动脑袋,但赤杨心抓得更紧了。狗的巨口在他身下猛地合上,灼热的呼吸在他周身翻滚。他恐惧地闭上了眼睛,将后爪深深插入狗脖子上的一团皮毛中,用力地搅动起来。

狗呜咽着将身上的赤杨心朝一棵树撞去,赤杨心这才放开了它。赤杨心喘着粗气,浑身颤抖,但还是挣扎着站起身做出了为生命而战的准备。那只狗只是转过身痛呼一声,就撞入蕨丛消失在树林间。

热血在赤杨心的耳朵里轰鸣着。"烁皮?"他在蕨叶下看到了她橙色的皮毛,"烁皮!"他的喉咙因惊吓而发紧,一个箭步冲到

极夜无光

她的身边。

烁皮翻了个身凝视着他,绿眼睛瞪得大大的:"这是我见过的最勇敢的表现了。"

赤杨心松了一大口气,感到浑身无力。他检查起烁皮的身体。她的后腿血流如注。

烁皮撑起身体,小心翼翼地将伤腿落到地上。"骨头没有断。"她倒吸了一口凉气。

"你的咬伤需要治疗。"赤杨心焦急地说道。

烁皮一甩尾巴催促他继续前进:"不得不靠你赶走那只狗已经够糟的了,我才是要负责当武士的那个。别往伤口上撒荨麻了好吗?"

赤杨心用捉弄的眼神瞥了她一眼:"我会给你撒橡树叶的,那更有利于消除感染。"

"耳朵还真灵。"烁皮一边咕噜一边拖着一条腿朝雷族边界走去。

赤杨心赶忙追了上去,骄傲在他的皮毛间涌动。他高兴地抬起了头,就在此时,天空仿佛被撕裂了一个口子,大雨倾盆而下。

第十五章

"紫罗兰爪,你不用跟我们一起爬上去。"鹰翅伸长脖子望向橡树的树枝,枝条间漏过的雨水令他眯起了眼睛。

紫罗兰爪挺起了胸膛,希望自己看起来比她自己感觉的勇敢一些。"但我想去。"这是她提出的计划。她的计划要求斑愿冒着生命危险出逃。她必须上去帮她。

雨从黎明前一直下到了现在。风雨那样猛烈地冲刷着河谷,以至于当太阳升到树梢时,溪水已经上涨了许多。在水流漫过溪岸时,他们放弃了小山谷中的营地向地势更高的地方转移,随后不久,之前的窝就在他们眼前被洪水冲走了。

"这里已经什么都没有了。"躁爪是第一只将这句话说出口的猫,"救出斑愿之后,我们就离开吧。"

荨麻斑与他争吵了起来。斑愿要怎么在这样的天气里出逃?但薄荷毛还是指出,在洪水冲毁了营地之后,他们已经没有家了。没有猫知道大雨何时才能停止。最终,荨麻斑也妥协了,现在,的确到了该前往天族新家园的时刻。

而此时此刻,紫罗兰爪在橡树下甩动起她湿透的皮毛,盼望鹰

极夜无光

翅会以为她的皮毛是因为雨水才支棱成这副模样。她不希望父亲发现她在害怕。要是斑愿没能跳上旁边那个台子可怎么办？要是她失足坠落了呢？

她凝视着这座高耸的两脚兽巢穴。雨水顺着它光滑的墙壁淌下，在巢穴周围的石滩里聚成小溪。

荨麻斑绕着橡树粗壮的树干转了一圈。"爬到树顶上很容易。"他说道。

兔跃和梅花心仰起头，显然没有他那么肯定。"我真庆幸我的爪子还能踩在地面上。"兔跃低吼道。

砾爪抬起前爪搭上了橡树疙疙瘩瘩的树皮："我能跟着上去吗？"

"你得在下面等着。"薄荷毛对年轻的公猫说道。她的目光从浅爪、边爪和花蜜爪身上依次扫过："你们四个都一样。"

"但紫罗兰爪就可以上去。"浅爪抗议道。

"因为这是她提出的计划。"鹰翅检查着树干。

紫罗兰爪本能地低下了头。砾爪等学徒很快就将成为她的同巢猫，她不希望自己惹他们不悦。"我想我也可以在下面陪你们。"她嘟囔道。

"不用！"花蜜爪啪嗒啪嗒地踩着水花跑到她面前，"你得上去。我们不会介意留在下面的。"

"这话也就你自己信吧。"砾爪怒气冲冲地说。

"你一定要注意安全。"花蜜爪说道，"你不用理砾爪，他总

觉得自己早就能当武士了。"

紫罗兰爪看向褐色公猫。"我保证下来之后就给你讲清楚每一个细节。"她主动提议道。

"你先能下得来再说吧。"砾爪抽了抽鼻子。

浅爪推了她兄弟一下:"她才不会像你上个半月干的好事那样把自己困在上面呢!"

"我才没有被困住!"砾爪恼火地一甩尾巴,"我那是在伏击猫头鹰!"

"那为什么薄荷毛要爬上去接你下来?"

荨麻斑又绕着树兜了一圈,他皱起了眉头:"别吵了,还有正事要干。"他将前爪搭上树干,然后轻盈优雅地蹿上了第一根树枝。

"祝好运。"兔跃伸出尾巴拂过紫罗兰爪的脊背,"一定要把爪子插深点儿。"

"我会照顾她的。"鹰翅保证道,然后跟着荨麻斑爬了上去。

紫罗兰爪的心跳加快了。她看着薄荷毛和躁爪纷纷跟上了鹰翅,呼吸逐渐急促起来。将爪子插入浸水的树皮后,她也拖动身体向上爬去。

在她向上移动时,树皮的碎片纷纷落下,洒落在地面等待的众猫头顶,而她则跟着武士们爬到了更高的树枝上。荨麻斑看起来很清楚路线,他迅捷地在树枝间跃动,带领他们经过了一个又一个两脚兽台子。这棵树的叶子已经掉了一多半,剩下的也都已经变成棕

极夜无光

色。在她追着鹰翅还有其他猫沿树干盘旋着向更高处攀登时，树叶在她的脸庞周围沙沙作响。

雨水浸湿了她的皮毛，从她的胡须上淅淅沥沥地流下。她不敢低头，生怕那样会使自己失去平衡。于是她用余光瞥向了斑愿居住的两脚兽巢穴外的大石板。在雨水的冲刷下，那块石头闪闪发亮。它周围的围墙顶部一看就很滑。紫罗兰爪又瞥了一眼旁边的台子，台子边缘处的细栅栏都嘀嗒嘀嗒地淌着雨水。斑愿要怎么才能抓牢它们啊？

忧虑在紫罗兰爪的皮毛下蠕动。万一她不想冒这个险呢？

前方的鹰翅停了下来，紫罗兰爪意识到救援队已经爬到了与石板等高的位置。荨麻斑带着他们走上了一根粗壮的侧枝。这根侧枝上还横生着许多小杈。薄荷毛和躁爪已经在荨麻斑身后呈扇形散开，以便清晰地观察斑愿所在的巢穴。鹰翅走到了躁爪身旁的树枝末缘，给紫罗兰爪留出了空间，招呼她也到前面去。紫罗兰爪战战兢兢地踩着湿透的树皮走到他身旁蜷伏下来。

暖色的光线穿过斑愿的两脚兽巢穴的透明墙壁投射出来，倒映在台子上的水洼中。

"你能看见她吗？"躁爪压低向荨麻斑问道。

荨麻斑正透过透明墙壁仔细观察着。"还没看到，"他说道，"我们现在只能等待。"

冷雨渗入紫罗兰爪的皮毛直达皮肤，她竭尽全力克制住抖动皮毛的渴望，将爪子深深地插入了树皮中。在刺骨的严寒中，她在鹰

翅身旁等待着。时间仿佛过得很慢，因为太阳被遮住了，所以她根本不知道他们等了多久。

终于，荨麻斑站了起来："我看见她了！"

透过冲刷着透明墙壁的雨幕，紫罗兰爪能够看到有一只斑驳的虎斑猫正在温暖的灯光下移动。

荨麻斑大声呼喊了起来。斑愿的脸猛地朝他扭了过来，她的眼睛一下子瞪大了，匆忙靠了过来。紫罗兰爪看到她在说着什么。一只两脚兽急忙跑到了她的身边，斑愿急切地驱赶着两脚兽挪向透明墙壁的方向。

现在紫罗兰爪能够听见巫医含混不清的叫声了。当两脚兽推开墙壁斑愿冲上石板时，她的心跳几乎都停止了。

当两脚兽向外窥视时，荨麻斑低低地伏在树枝上。接着，两脚兽便关上了玻璃墙，消失在巢穴中，只留下斑愿在外面。

斑愿跃上石板的围墙，激动地大声喊道："你们来这里做什么？出什么事了吗？"

"我们都很好。"薄荷毛喊道。

"你还好吗？"躁爪焦急地问道。

"我也很好。"斑愿隔空喊道，"两脚兽对我不错，但我还是很想离开这里。"

"我们正是为此而来。"荨麻斑对她说。

"你们已经想出能让我逃走的办法了吗？"斑愿向下望了望。紫罗兰爪顺着她的目光看去，这里与下方的石头地面间的巨大落差

极夜无光
JIYEWUGUANG

令她的头有些晕眩。"几天前我从这个窝的入口溜了出去,但在跑出整座巢穴之前就迷了路。另一只两脚兽捡到了我,然后把我送了回来。"

紫罗兰爪想象着被两脚兽捡起来会是种什么体验,不禁打了一个寒战。她同情地向斑愿眨了眨眼。

斑愿似乎注意到了她的动作。她的目光移到了紫罗兰爪和鹰翅的身上,然后一下子瞪大了眼睛:"鹰翅!你回来了!"

"我们是来接你一起去湖区的。"鹰翅大声喊道,"我们在那里建立了新家园,与其他四族比邻。"

斑愿的眼睛亮了起来,她的目光里涨满了快乐。但当她再次向下遥望时,那双眼睛又暗了下去:"但我要怎么才能从这里出去啊?"

"我们拟订了一个计划。"鹰翅朝紫罗兰爪微微点了一下头。

斑愿满怀希望地冲她眨了眨眼睛。

恐惧攥紧了紫罗兰爪的腹部。可我的计划蠢透了!她盯着石板与石台的间距,从这个角度看那真是太远了。当她认识到这点时,她的身子不住地颤抖起来。她当初怎么会假定斑愿能够跳过这段距离呢?一个念头闪过她的脑海。石台后面也有一堵透明的墙,斑愿能不能从巢穴里面爬到台子上呢?

她犹豫地朝着那个台子点了点头:"如果你能够转移到那个台子上,就能下去了。"

斑愿顺着她的目光看了过去,她的湿毛竖立了起来。

"你能从巢穴内部走到那上面吗?"紫罗兰爪期待地眨了眨眼。

斑愿摇了摇头:"不能。"

"那你能跳过去吗?"

斑愿眯起了眼睛:"我拿不准。我之前也考虑过这样做,但那似乎是条死路。"

"它不是,"紫罗兰爪急切地对她说道,"那下面就能通向下一个台子。一直能通到最底下。"

斑愿的眼中闪过一丝激动:"最底下?"

"你一直可以下到能跳上树枝的位置。"紫罗兰爪在雨中大喊道。她并不确定自己这么做对不对。要是斑愿摔下去了怎么办?

荨麻斑向他所在的树枝的末端又挪了几步。"你得跳很远才行。"他边喊边向斑愿的石板与台子的间距扬了扬下巴,"如果你不想冒险,我们都能够理解。"

"但我要去湖区!"斑愿紧盯着鹰翅,"不,我绝不会让你们丢下我离开。"

透过倾盆大雨,紫罗兰爪凝望着她。她真的要这么做吗?我为什么要提出这个计划啊?

斑愿已经转向了那个台子,她的目光锁定在了环绕它的细桩上。它们的顶端被雨水冲刷得闪闪发亮。斑愿收紧了后腿,前爪钩住了石板的边缘。她的尾巴轻轻地前后摆动着,借此保持身体的平衡。然后她微微抬起了臀部,紫罗兰爪看得出她已经绷紧肌肉准备

好了起跳。

突然间,她身后的透明墙壁被拉开了。一只两脚兽走进了雨中,当看清斑愿时,它一下子瞪大了眼睛。

斑愿一跃而起。

两脚兽大吼一声扑了上去。在它的前掌拍上石墙时,斑愿的后爪慌乱地一滑。

她要摔下去了!紫罗兰爪的心一下子跳到了嗓子眼。斑愿还在空中飞跃着,她伸长了前爪。

紫罗兰爪想要冲上前去,但鹰翅一掌按住了她。"别动!"恐惧令她的视线变得模糊,她向下看去,地面仿佛浮动着离他们越来越远。千万别让她死啊!

"当啷"一声脆响将她从恍惚中惊得回过神来。斑愿重重地撞上了台子上的细栅栏,她用前爪钩紧了顶上的细桩,后爪不住地抓挠着那些光滑的枝条。她正竭尽全力将自己固定在台子上,惊惧令她竖起了浑身的毛发。最终,她翻过栅栏的边缘滑进了安全的区域,低声长舒了一口气。

宽慰感涌过紫罗兰爪的每一块肌肉,她几乎瘫倒在了鹰翅的身上。"她成功了。"她的声音低得像一声叹息。

"快!"荨麻斑突然冲向了树干的方向,并开始向树下爬去。躁爪追上了他。

斑愿已经开始沿着那些台子向下跳跃,台子不住发出响声。两脚兽盯着她看了一会儿,突然扭头冲进了巢穴里。

猫武士

"它在追她！"薄荷毛也看到了消失在巢穴内部的两脚兽。她跟着荨麻斑冲了下去。

紫罗兰爪也跟上了她，而鹰翅在她身后。她半跳半滑地追上了前面的天族武士。她能够听到斑愿也在和他们同步下降。在接近树根的时候，荨麻斑轻盈地跳上了一根长长的低枝，并沿着它疾速奔行。在树枝末端，他向前探身，与此同时斑愿也抵达了最低的台子上，他俩只相距一条尾巴那么长。斑愿一跃而起，跳过环绕台子的栅栏，冲着树枝的方向扑了过来。

荨麻斑伸出爪子钩住斑愿的皮毛，拉着她跳过最后一根胡须的距离，安全地落在橡树枝上。

在她的身后，那只两脚兽也从一块透明墙里钻到了台子上，它大声地呼唤着。

紫罗兰爪惊恐地在树干边僵住了身子。

薄荷毛拱了拱她："我们从这里下去吧。"她将紫罗兰爪推向了下方的枝条。

紫罗兰爪看到砾爪、浅爪、边爪和花蜜爪都正瞪大了眼睛向上望着。兔跃和梅花心也盯着他们，他俩的毛都竖立着。她在最低的枝条上转了个身，用爪子抓住了树干。树皮摩擦着她的腹部，她像一块石头一样跌到了地上。"我们把她救下来了！"她对浑身颤抖的学徒们喊道。他们从她身边冲过，跑向了正在爬下树干的躁爪和斑愿。

在天族猫绕着彼此团团转时，紫罗兰爪退后了几步。他们的咕

噜声简直盖过了雨声。鹰翅上前与斑愿互蹭脸颊："见到你真是太好了。"

两脚兽巢穴的方向传来了噼里啪啦的声音,那是巨大的脚掌踏击地面造成的动静。"快跑!"看见两脚兽向橡树跑来,紫罗兰爪大声吼道。

她冲了出去,砾爪在她的前方狂奔,薄荷毛和浅爪跑在她的两侧。她扭过头,瞥见鹰翅、荨麻斑和斑愿都正跟着她,当然还有兔跃和梅花心。

在他们后方,两脚兽慢慢停下了脚步,它小小的眼睛里闪着惊讶的光芒。

我们成功了!欣喜之情在紫罗兰爪的皮毛下涌动着。他们救出了斑愿,找到了剩下的天族猫。再过几天,他们就能回家了。

第十六章

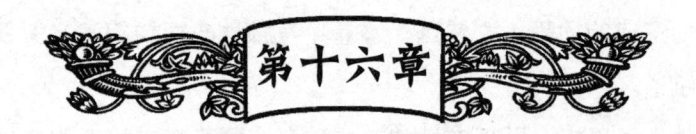

枝爪挤进了武士巢穴，将皮毛上的雨水甩落。她早已不记得这雨下了多久了。黑色的乌云已经在森林上空翻卷了好几天，现在每个巢穴都在漏水，每一个铺垫都是湿的。叶池一直在为草药的存储发愁，她很担心那些小心收集回来的叶片会在这样的天气里烂掉。狩猎队带回的都是被雨水泡透了的猎物。枝爪不知道鹰翅和紫罗兰爪该如何保持干燥。他们也该回来了吧？毕竟距离搜索队出发已经快过去半个月了。

麦吉弗的声音将她从沉思中唤回。"你有没有给我带敷脚掌的药糊啊？"巢穴中躺着的黑白相间的公猫向她眨了眨眼。

"叶池一会儿就会带些过来的。"枝爪告诉他，"砂鼻派我来清理你的皮毛。"

就在昨天，麦吉弗没有抓紧树干，顺着潮湿的树皮一路滑了下来，割伤了他的脚垫。他落地时摔得很重，扭伤了肩膀，导致他现在躺在巢穴里一点儿都不能动。

他身上的气味熏得枝爪皱起了眉。他潮湿的皮毛沤出了酸味，她一点儿也不想体验用舌头梳理他的毛发、寻找跳蚤或虱子的感

极夜无光

觉。他是她的族猫,所以她倒也不是不愿为他服务,但她还是为砂鼻给她安排的任务感到生气。

他是在因为某些事情而惩罚她吗?她已经非常认真地在训练中听从他的指示了,无论那些指示听起来有多傻。她一直希望只要自己足够努力,她在天族的学徒生涯就能很快结束。

麦吉弗一边嘟囔一边换了个姿势。"我已经想办法清理过我的腹毛和爪子了,但实在是够不到背后。"他转了个身背冲着她说道,"我为我身上的气味感到十分抱歉。"

枝爪走到他的窝边。"整个营地现在都不怎么好闻。"她同情地说道,"巢穴和铺垫都太湿了,几乎都快腐烂了。被困在这里,哪儿都不能去一定很难受吧?"

"我宁愿出去淋新鲜的雨水,"麦吉弗表示赞同,"至少那能让我闻起来不这么像一只獾。"

枝爪咕噜起来,她将口鼻埋进他厚厚的皮毛,搜寻跳蚤的踪迹。很快她就找到了一只,并用牙齿咬碎了它,然后开始舔梳那一部分的皮毛。

麦吉弗的肌肉在她的舌抚下放松了下来。"感觉好多了。"他感激地说道,"这只跳蚤一整夜都在叮我。"

枝爪顺着他的脊背梳理了下去,咬死藏匿的跳蚤并仔细清理他的皮毛。在他的尾巴根上,枝爪发现了一只圆滚滚的吸满了血的虱子。她清理干净了虱子周围的皮,然后坐起了身。"我得去取点儿老鼠胆汁来对付这只虱子。"她对他说道,"如果直接去揪,我不

能保证它被完整地揪出来,你肯定也不想冒伤口感染的风险。"

麦吉弗抬起了一只受伤的爪子:"要是我没摔得惨到走不了路,我肯定就自己去叶池的巢穴那里找她要了。"

"我会去拿一些回来的。"枝爪站了起来,她很想知道鳍爪是否已经从训练课上回来了。贝拉叶在梅花心外出的这段时间里暂时担任了他的老师,今天一早她就带他出去了。枝爪为他重新回到训练课中感到高兴,但她也异常想念他在营地里陪着她的日子。她将脑袋探出了巢穴。砂鼻、露爪和鼠尾草鼻刚刚狩猎归来。芦苇爪正在帮助叶池将泥土和苔藓堆到巫医巢穴的墙壁上,这样可以挡住部分雨水。当砂鼻跨过涨水的小溪去找叶星谈话时,露爪帮着鼠尾草鼻一起将捕回来的猎物堆在了营地的香薇围墙脚下。枝爪猜想他们是想防止猎物被雨水浸透。但香薇丛在风雨中颤抖着,雨水依旧倾泻而下。她不认为现在营地里有什么地方能让新鲜猎物保持干燥。

"枝爪!"

就在她走向叶池的巢穴时,砂鼻叫住了她。

枝爪转过身立起了耳朵。虎斑公猫向她走来,他的眼神十分严肃。枝爪将一声叹息咽回了肚子里。这次他又要挑什么刺呢?

她停下脚步等着他走近。"猎物的情况怎么样?"枝爪在他过来时问道。

"和我们在这个天气里能指望的一样好。"雨水顺着他的胡须成股流下,但他似乎并不在意。他严厉地眨了眨眼:"我想和你谈谈关于鳍爪的事,趁他现在恰好不在营地。"

枝爪僵住了。他究竟有什么话是不想当着鳍爪的面和她说的?

"我不认为你有必要总和他形影不离。"

她注视着砂鼻。"但我们住在同一个巢穴里!"她怎么会被要求回避一只同巢猫?

"我知道,"砂鼻不为所动,"但这并不意味着你必须抓住每一个机会缠着他探险或是狩猎。"

"你不要说得像是我故意黏着他似的!"枝爪的毛开始竖起,"他喜欢和我一起狩猎。"

砂鼻哼了一声:"那你就让他别再这样做。"

"为什么?"枝爪简直无法相信自己的耳朵。鳍爪是她的族猫。和他在一起有什么错!

砂鼻目不转睛地盯着她:"在事故发生后,他还处在重建信心的阶段。只剩半条尾巴之后,训练对他来说将比以往更加艰苦。他还要学习很多东西才能追上进度。总是看到你轻而易举地完成各种任务会给他带来打击。"

枝爪感到浑身燥热。这是真的吗?"但我一直都在帮他!"他们已经一起开发出了半截尾巴的猫也能掌握的潜伏和扑跳动作,"昨天我们还刚发明出了一种新的狩猎蹲伏姿势!"

"他还小,而且显然他很喜欢你。"砂鼻一点儿也没有理会她说的话,"我不希望他为了取悦你而尝试那些危险动作。"

"我从没有让他涉险过!"枝爪感到愤怒。砂鼻怎能如此不公?

"因为你,他无法专心训练。"砂鼻的尾巴不耐烦地抖动着,"离他远一点儿,这是为了天族的利益。"

不等枝爪做出回答,他就转身离开了。

枝爪紧盯着老师的背影,她的心愤怒地狂跳着。他怎能命令她远离自己的族猫?为了天族的利益?他这是什么意思?我也是天族的猫!可他的语气就像她根本不算他们中的一员一般。

脚步声从营地入口处传来。枝爪扭过头去,希望在她的腹中点燃。会是鹰翅的巡逻队吗?

她的耳朵惊奇地抖了抖,因为藤池率领着狮焰、香薇歌和刺掌走进了空地。

雷族的武士们在溪边停下了脚步,叶星向他们走去。砂鼻走近了一些,而露爪和鼠尾草鼻在猎物堆旁不安地张望着。

藤池深深地低下头行了个礼。"我们本来打算在边界等待你们的巡逻队经过,"她抱歉地说道,"但一直没有猫来。"

叶星抬头瞥了一眼雨幕:"没有猫喜欢在这样的天气里外出。而且,在鹰翅的队伍带着失散的族猫回家之前,我们的巡逻频率确实不会太高。"

在她说话的同时,小鹌鹑和小原鸽摇摇晃晃地钻出了育婴室。

"入侵者!"小鹌鹑警惕地大叫起来。

小晴也跌跌撞撞地爬了出来,并在雨中抖动着她那姜黄色的绒毛。

小鹌鹑弹了弹他那鸦黑色的耳朵,将雨水抖落:"他们是泼皮

猫吗？"

"不是，亲爱的。"微云跟着幼崽们走出育婴室，"他们是雷族的武士。"

"我还以为雷族武士都是狐狸味的。"小晴说道。

"那是影族。"小原鸽了然地大声说道。

微云用尾巴拢过幼崽，为他们挡住雨水："安静点儿，亲爱的，你们在这里听着就行了。"

巫医巢穴旁的芦苇爪一屁股坐了下来，并戳了戳叶池："你的族猫来了。"

沉浸在工作中的叶池这才抬起头。"刺掌！"当看见金棕色的公猫时，她的眼神温暖起来。她甩掉爪子上沾着的泥土和苔藓，跑过营地向他问好，"梅花落最近怎么样？"

"她很好。"刺掌亲切地点了点头。

"幼崽们呢？"叶池的眼里闪烁着光芒。

"小雕和小贝壳下定决心一定要爬上落石堆去黑莓星的巢穴里探险，"刺掌告诉她，"不过小茎和小李树更喜欢去巫医巢穴附近玩。"

叶池咕噜起来："我猜松鸦羽一定不怎么开心。"

"他当然不开心，"刺掌的胡须颤了颤，"但赤杨心告诉我，松鸦羽会很欢迎有个能让他发牢骚的对象。"

一丝细小的思乡之情戳痛了枝爪的心。她就是松鸦羽从前发牢骚的对象。

藤池看了刺掌一眼，她的眼神沉了沉："我们是来谈一件重要的事情的。"

刺掌低下了头，等着她继续说下去。

"我们在寻找鸽翅。"藤池的声音十分焦急。

叶星偏了偏头："她失踪了吗？"

"她在两天前离开了营地，从那之后就没有猫见过她了。"

枝爪愣住了。她离开了雷族？

"她当时说过她要去什么地方吗？"叶星问道。

狮焰背脊上的毛起伏着："她走的时候没有跟任何猫说过。"

叶池向前走了几步："你们在森林里找过了吗？"

"我们已经找遍了雷族的森林，"藤池对她说道，"我们还去影族营地问过他们是否见过鸽翅。"

"那他们怎么说？"叶星问道。

"花楸星说他们没见过。"藤池的耳朵不安地颤抖着。

叶星转向了砂鼻："天族领地里发现过鸽翅的踪迹吗？"

"没有猫向我汇报过领地里出现陌生气味的事情。"砂鼻回答道。

"没有猫？"藤池看向了枝爪。

枝爪愧疚地挪了挪爪子。她应该上报自己看见虎心与鸽翅的事情吗？藤池一言不发地盯着她，直到叶星也顺着她的视线望了过来。砂鼻眯起了眼睛。

"枝爪？你知道什么消息吗？"叶星问道。

极夜无光

枝爪不安地竖立起了身上的毛:"四分之一个月前,我看到鸽翅和虎心在雷族边界附近说话。"她迷惑地看着藤池。为什么她从前的老师非要把她逼到这个尴尬的位置上来?"但他们看起来并没有对天族不利。"

"他们进入我们的领地了吗?"叶星问道。

"嗯,但他们谈的是有关影族的事情。"枝爪飞快地补充道。

叶星的耳朵立了起来:"他们都说了什么?"

枝爪的脑子乱得像个毛团。她该怎么说?她要透露出虎心对影族前景的担忧吗?还有他对鸽翅的感情?已经吐到舌尖上的词语颤抖起来,她感觉自己像是背叛了所有猫。"虎心在为他的族群感到担忧,就这些。"最终她这样说道。

叶星眯起了眼睛。

砂鼻走到枝爪的面前:"为什么不第一时间向我汇报?"

"因为它看起来没什么大不了的。"

"他们进入了我们的领地!"砂鼻低吼道。

"但半个月前那里还是影族的领地。而且我感觉现在边界的位置没有以前那么明确。"

砂鼻的眼中冒出熊熊怒火:"族群的边界什么时候含糊过?"

枝爪紧盯着地面。"这段时间发生的变动太多了。"她咕哝着说。

"是啊,"砂鼻冷冷地说道,"也许对于某些猫来说,变动可不是什么好事。"

他这话是什么意思？枝爪警惕地看着砂鼻。他生硬的目光刺痛了她的眼睛。他是不是认为她应当留在雷族？

叶星甩了甩尾巴。"你有向虎心问过鸽翅的事？"她问藤池。

"我问过他了，"藤池抬起头，"但他说他没见过她。"

"你信他说的话吗？"叶星问道。

"你信吗？"藤池反问道。

叶星耸了耸肩。"我对虎心的全部了解仅限于他是提出为我们提供领地的猫。你们在我的领地上随便搜寻吧，"她向藤池点了点头，"但必须在太阳落下前回去。"

"谢谢。"藤池注视了天族族长一会儿，然后转过了身。狮焰、刺掌和香薇歌跟着她走向了营地入口。

枝爪目送着他们离开，她的肚子绷得紧紧的。她很想追上去问藤池刚才为什么要逼她亲口承认看见鸽翅的事实。她是有意要让她在天族的生活更加不好过吗？她还在为她离开雷族的决定感到生气吗？*我真的是只不忠的猫吗？*

砂鼻在她耳边低吼道："现在我发现，让你远离鳍爪的决定果然是正确的。"

他扭头大步离开了。枝爪颤抖了起来。现在，他有了怀疑她的理由了。她真希望鹰翅和紫罗兰爪还在她的身边，至少那样她还能获得至亲的支持。她知道微云是卵石光的母亲，可微云现在正忙着照顾她的新生幼崽。枝爪的皮毛不安地刺痛起来。鹰翅和紫罗兰爪在这趟旅程中共处了那么久——现在他们一定拥有大量枝爪不能共

极夜无光
JIYEWUGUANG

享的谈资和笑料了。如果他们在这里,她感到更加孤独,那可怎么办?

别再自怨自艾了。她用力抖动皮毛。她刚才的表现就像只幼崽一样。你已经做出了选择,你必须坚持下去。你生来就是天族猫,天族是你注定要加入的族群。

但在她的脑海深处,依然有一个无法被抹去的微弱声音。她在雷族过得很快乐。她听过雷族里流传的各种故事。她曾与他们并肩狩猎。和他们在一起时她感到轻松,而在天族,她很难找到归属感。

枝爪望向与叶星低声交谈的砂鼻。微云正在把幼崽们赶回育婴室,露爪和鼠尾草鼻则忙着用蕨叶盖住猎物堆。

麦吉弗肯定还在等着他的老鼠胆汁。枝爪走向了叶池的巢穴。鸽翅失踪了,这简直太奇怪了。某种预感告诉她,那位雷族武士一直在计划着出走。枝爪能够从她和虎心的对话中听出这一点。鸽翅与影族武士相处时显得自由自在,待在他身边就好像回到了家一样。有那么一瞬间,枝爪非常嫉妒她。

第十七章

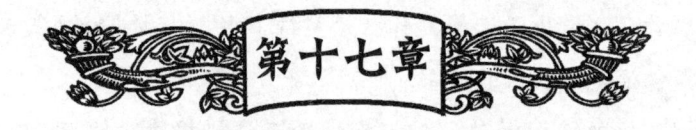

赤杨心拆开了一捆猫薄荷。

松鸦羽抽了抽鼻子:"这一捆快要烂了。"

赤杨心开始检查这些叶片。它们的边缘有些发黑,这些部分已经开始蔫了。"也许今天雨就会停呢。"

"你昨天也这么说过。"松鸦羽从草药仓储中翻出了一卷紫草。辛辣的气味立刻充斥了整个巫医巢穴。

赤杨心皱起了眉头:"干燥的草药的味道可没有这么冲。"

"它们本来就不干燥。"松鸦羽哼了一声,"这座森林里已经没什么干燥的东西了。"

荆棘光在巢穴里翻了个身:"这雨应该马上就会停了吧?"

"但愿如此。"赤杨心焦虑地走向了巢穴门口。巫医巢穴外,雨点乒乒乓乓地敲打着营地。空地已经被一个大水洼吞没,雷族猫纷纷在巢穴入口外堆起了泥土与树枝,试图防止积水涌入——如果水洼的规模继续扩大的话。

族猫们这会儿都躲在巢穴里。外面只有灰条一只猫,他正蹚着水嗅闻湿淋淋的猎物堆,厚厚的皮毛紧贴在他身体的两侧。灰条瞥

极夜无光
JIYEWUGUANG

了赤杨心一眼，兴致索然地扬了扬尾巴："真是好天气啊——假如你是只鸭子的话。"

"我想也是。"赤杨心心烦意乱地眨了眨眼，看着老公猫捡起一只滴水的老鼠涉水返回长老巢穴。

黑莓星和松鼠飞都出去了，他们在和亮心、烁皮还有莓鼻一起狩猎。在这样的天气里很难闻出猎物的气味，赤杨心不知道他们能带回多少猎物。

荆棘屏障摇动了一阵，藤池率领着刺掌、狮焰和香薇歌走进了营地。赤杨心低头钻出巫医巢穴，一路踩着水花跑到了他们面前。"你们找到有关鸽翅的任何线索了吗？"

藤池眨了眨眼睛，雨水从她的脸上汩汩流下。"什么也没有。"她沉痛地说道，"花楸星和叶星都说没有猫见过她，也没有猫闻到过她的气味。"

"在这样的天气里很难追踪到她的气味。"赤杨心抬头望向天空。黑色天幕所预示的绝非风暴。星族警告他们必须关注的风暴这就开始了吗？鸽翅的失踪和预言究竟有没有关系？

狮焰打断了他的思绪："枝爪说她曾发现鸽翅在天族的领地上和虎心说话。"

"什么时候？"担忧刺痛了赤杨心的肚子。鸽翅是因为虎心的缘故才出走的吗？

"四分之一个月以前。"藤池回答道。

刺掌和狮焰相互看了一眼。

237

藤池皱了皱眉:"我们必须在她做出任何蠢事之前把她找回来。"

没有猫回答她。刺掌转头看向了育婴室:"我去看看梅花落和幼崽有没有受寒。"这位武士匆匆地走过去,消失在了厚厚的黑莓丛中。狮焰则走向了武士巢穴。

藤池焦急地看着香薇歌:"他们是在怀疑她当了叛徒吗?"

香薇歌用口鼻蹭了蹭藤池的脸颊:"鸽翅肯定不会背叛雷族的。狮焰比任何一只猫都更清楚这一点。她当初在群星之战中还帮助过他,你忘了吗?"

藤池的眼神蒙眬起来:"我只希望她平安无事。"

在她开口的同时,鹅卵石哗啦啦地从山谷顶端滚落,洒在了高石台上。

赤杨心紧张地向上看去。雨水正沿着岩壁表面潺潺而下。山崖顶端的香薇和黑莓丛耷拉了下来,泥水顺着它们的根茎渗出。这片土地在呻吟。

藤池的毛竖了起来。"也许我们应该撤离营地。"她瞥向营地里那棵倒落的榉木,长老巢穴就建在那些枯死的树枝之间,"之前也是在这样的一个大雨天里,水把那棵树从山崖顶端冲了下来。它杀死了长尾,也害得荆棘光再也无法行走。"

赤杨心看向巫医巢穴。它看起来很安全,毕竟它位于石壁上的山洞里。但巢穴的顶部是直通天空的。落石会掉进去吗?"我去问问松鸦羽要不要在天气好转之前先把荆棘光转移到武士巢穴去。"

极夜无光
JIYEWUGUANG

话音未落，山崖顶端又传来一声呻吟。赤杨心的心猛地一缩，因为崖顶的一大块石头晃了晃。伴随着一声脆响，它从山壁上脱离，像俯冲的隼鹰一般掉了下来，身后还拖着泥土和植被。当它撞上高石台时，赤杨心一跃而起冲向了营地边缘。泥土与碎石从高石台上倾泻而下。

他向藤池和香薇歌看去，脑子还晕乎乎的。他们都躲了过去，这会儿正紧贴着长老巢穴的围墙趴着。

藤池慌张地瞪大了眼睛。群猫钻出巢穴走进空地，她抬起头大声喊道："都从营地里出去！"

狮焰一下子就从武士巢穴里弹射了出来，蕨毛紧随其后。他抬头望了望崖顶，那里的土块摇摇欲坠，灌木丛也纷纷从山崖边缘耷拉了下来。裂缝像蛇一样顺着边缘的石块蜿蜒而下。噼里啪啦的落石声响彻营地。狮焰琥珀色的眼睛里一片严肃。"蕨毛，"他转向同巢猫，"去确保武士巢穴和长老巢穴完全清空。带所有猫去湖边。"

蕨毛点点头。"炭心！黄蜂条！"他呼唤着瞪大眼睛脚步慌忙的族猫，然后重复了一遍狮焰的命令。

他俩都果断地点了点头。炭心转身消失在了巢穴里，而黄蜂条留在外面指挥武士们冲向荆棘通道。

蕨毛又叫住了罂粟霜。"去带灰条和米莉出营地。"他命令道。当罂粟霜冲向那棵横倒着的榉木时，他也跑向了营地入口。"都去湖边！"白翅、百合心和暴云从他身旁鱼贯而过，他冲他们

大声说道。

藤池和香薇歌在育婴室门口等待着。刺掌已经钻了出来，嘴里叼着小雕。黛西紧随其后冲向了营地入口，而梅花落也把小贝壳和小茎从黑莓丛的缺口里递了出去。香薇歌和藤池叼住幼崽们的颈毛扭头就跑。当梅花落叼着小李树跟上去时，悬崖顶部传来了一声不祥的碎裂声。

赤杨心瞪大了眼睛，恐惧将他冻结在了原地。一大块岩石从山壁上脱离了下来，冲着空地砸了下来。狮焰冲到了他身旁，用肩膀将他向后推去，直到他们紧紧地贴在荆棘屏障上。在他身后，巨大的石块撞上了高石台，然后滚到了空地里，一大片碎石与泥土四处溅射开，激起一道横扫营地的泥浪，浸透了奔逃的众猫。

冰水刺穿了赤杨心的皮毛，将他从慌乱与恍惚中唤醒。"松鸦羽！"他冲向巫医巢穴，"荆棘光！"

狮焰从他身边蹿过，艰难地翻越过营地中央的一堆碎石。金色皮毛公猫冲着族猫们大吼道："云尾！桦落！雪丛！都过来，帮我们一把！"

赤杨心一头撞开掩映着巫医巢穴入口的苔藓，松鸦羽正趴在荆棘光身上护着她，泥水与碎石从头顶的悬崖边倾泻而下。

巢穴上方的土地仿佛在怒吼，越来越多的土石掉进了营地。

狮焰将松鸦羽推开，叼着荆棘光的颈毛将她从窝里拖了出来。桦落抬起了她的后半身，将她扛在肩膀上，两位武士一起抬着她离开了巫医巢穴。

极夜无光

"我的草药还在里面！"松鸦羽尖声咆哮。

"别管了！"云尾朝他怒吼道。

"反正它们也快烂了。"赤杨心努力将松鸦羽向巢穴入口推去，但盲眼巫医用爪子牢牢地抠着地面。"我们花了一个月才把它们收集回来，这个秃叶季族群就全靠它们了！"他狂怒地盯着赤杨心和云尾。

雪丛一头冲进了储藏草药的岩缝，开始一捆一捆地抢救草药。云尾竭尽全力叼了满满一嘴，松鸦羽也是一样。赤杨心用爪子把猫薄荷拢成一团，用牙齿叼住了它们。他转过身，跟着云尾和松鸦羽冲出了巢穴。

雪丛还在向外掏着草药。

"别管了！"赤杨心努力在叼着叶片的同时喊道。

雪丛顿了顿，朝他眨了眨眼睛。

赤杨心焦急地一挥尾巴示意白毛武士跟他离开。泥土与碎石更加迅猛地落进了巢穴，用不了多久，泥水就会把他们吞没。雪丛抓起一大卷百里香和锦葵跑向出口。

赤杨心从他身边挤过，冲过营地。

罂粟霜和樱桃落正领着米莉和灰条走向荆棘通道，狮焰在那里等着他们。赤杨心嘴里叼着药草，目光不住地扫视着空地。赤杨心和雪丛是最后一批出来的猫。狮焰示意他们到他那里去，他的眼中闪着焦急的光。赤杨心看到他瞥向崖顶，满眼都是惊惧。赤杨心放慢速度转过身，抬头向上望去。

猫武士

一块巨大的石头正在从悬崖表面脱落。它像融冰一样滑动着砸向空地。泥土、灌木和碎石像瀑布一样从它周围洒落。在赤杨心的眼中，时间仿佛凝滞了。然后他感觉到身后的雪丛正在推着他前行。狮焰伸长爪子钩住了赤杨心的颈毛，将他从撞向空地的岩石下拖了出来。随着空中一声巨响，石头砸在地上，摔成了无数碎片。

气浪推着赤杨心一头撞在了狮焰的身上。落地时他吐出了嘴里的草药，等待着碎石的狂潮侵袭他的皮毛。脚下的土地颤抖起来，泥水组成的巨浪吞没了他。随后，营地陷入一片寂静，唯有急促的雨声响个不停。

赤杨心抬起了头。

身旁的狮焰呻吟着站直了身体："你受伤了吗？"

赤杨心动了动腿脚，惊讶地发现身上并无伤痛。他用颤抖的四肢撑起了身。"雪丛。"他的声音被泥土闷在了喉咙里。他吐出嘴里的泥水，转头向后看去。

一团白毛瘫在泥土和碎石堆成的小丘旁。

狮焰冲上前去："雪丛！"

赤杨心蹒跚着走到狮焰的身旁。"他还有呼吸吗？"他挤开金色的公猫，将耳朵凑到了雪丛的嘴边。没有喘气的声音。"快！"赤杨心用鼻子指着埋住雪丛后半身的碎石，"把他拉出来！"

狮焰将口鼻伸到雪丛无力的头颈后叼住了他的颈毛。随着一声闷哼，他将雪丛从废墟中拉了出来，然后将他带到了空地的边缘。

赤杨心将白毛武士翻了个身，让他仰面躺着，然后脚掌用力按

压他的胸口。他按住雪丛的肋骨用力下压，然后收力，随即再次重复这一动作。我必须让他重新开始呼吸。"去叫帮手！"他对狮焰说道。

狮焰呆呆地看着他。

"快！"赤杨心吼叫起来。

狮焰扭头冲出了营地。

赤杨心更加用力地按压雪丛的胸口。他摸索着把爪子按到了雪丛的肋骨偏下的位置，然后轻喝一声用力一推。

雪丛的身子猛地一抽，呕出了一大股泥水。

赤杨心的心中闪过一些希望。他用爪子拂过雪丛粘满泥浆的皮毛，寻找是否有断掉的骨头。当他的脚垫摸到白色公猫的后腿时，赤杨心心里一惊。这里的肿块意味着里面的骨头一定断裂了。

雪丛迷迷糊糊睁开了双眼，脸上的雨水使他不住地眨着眼睛。

"你现在安全了。"赤杨心对他说道，"但你的后腿骨折了。狮焰已经去找猫帮忙了。"

在他说话时，狮焰已经从营地入口冲了进来。鼹鼠须、桦落和云雀鸣紧跟着他，然后是百合心。当看到雪丛时，百合心的眼中放射出痛苦的光。她挤开前方的族猫在伴侣身旁伏下。在白毛被雨水与泥水浸透之后，雪丛看起来异常瘦小。他的眼中流露出痛苦的表情。

"他没事。"赤杨心对她说道。他真希望松鸦羽也在这里。"他的腿骨折了，但也只有这一处伤。"他知道自己没有说出全部

的事实：雪丛的呼吸曾中断过，他皮毛下隐藏的暗伤很可能比断裂的腿骨要严重得多。

"我们先把他从这里挪出去吧。"百合心紧张地望着崖顶。

"动作要轻。"在桦落和狮焰来到受伤的族猫两侧并俯下身时，赤杨心提醒道。

"我还能走。"雪丛翻过身用爪子撑起了身体，这令他发出一声低低的呻吟。狮焰和桦落从两侧撑住了他，并扶着虚弱的他一瘸一拐地走向了营地入口，他的伤腿一直在空中悬着。鼹鼠须和百合心紧紧地跟着他们。

云雀鸣在营地里看了一圈，他难以置信地瞪大了眼睛。赤杨心麻木地顺着他的眼神看了过去。高石台已经被一大堆土石淹没，空地上铺满碎石，一直堆到营地的最边缘。每座巢穴上都糊着一层碎枝烂泥。被滑坡拖下来的树与灌木像残肢一般支棱在这一片废墟上。巫医巢穴的入口已经被落石堵死了。

赤杨心抬头望向孕育暴雨的黑云，任由雨水冲刷着脸上的稀泥。"它还能停下来吗？"他喃喃地咕哝道。

云雀鸣满怀希望地看着他："也许这就是星族所谓的风暴呢，没准现在已经过去了。"

"也许吧。"赤杨心深吸了一口气。或许，这仅仅是个开始。

第十八章

阳光穿透了傍晚的天空，紫罗兰爪眯起了眼睛。这些微弱的余光温暖着她潮湿的皮毛。她抬起头，闭上眼睛享受起这一抹明亮。雨云终于开始散去。

自救出斑愿的那一天起，他们就开始在无尽的雨中艰难地长途跋涉。但即使天气阴沉，紫罗兰爪的心情还是一直很轻快。躁爪和斑愿讲了许多故事，薄荷毛和荨麻斑也不例外。边爪和花蜜爪早已没有了先前的羞赧，他们和她就像同巢伙伴一样要好。每前进一步，他们的心情就更激动一分。他们看见河谷之外的土地时的兴奋之情极富感染力，连砾爪和浅爪都没那么爱抱怨了。紫罗兰爪简直要等不及带领他们参观天族的新领地了。

鼹鼠须现在比雀毛和哈利溪更像她的族猫。他跟天族猫分享猎物，像天族武士一样保护学徒。当花蜜爪离两脚兽的巡逻队太近时，他冲过去将她轰了回来。

兔跃一直不离紫罗兰爪左右。在旅途中，他一直抽空给她上课。他会与她并肩狩猎，然后友善地对她的潜行技巧和追踪气味的方式提出建议。梅花心和鹰翅一直围在樱尾和云雾的身旁，他们很

高兴看到自己的至亲最终下定决心离开巴利的农场前往天族的新领地。

紫罗兰爪还记得在四分之一个月前他们走近巴利的农场时，鹰翅有多紧张。虽然他什么也没有说，但紫罗兰爪还是能从他僵直的尾巴和他抖动双耳的方式中感觉到他的焦虑。要是他的母亲和妹妹选择了留在巴利身边呢？他将不得不在没有她们的情况下在湖区开始新的生活。

在连夜的冒雨赶路后，他们在救出斑愿的第二天就抵达了巴利的农场。谷仓提供的温暖的庇护简直像是星族的馈赠。在鹰翅去与云雾和樱尾沟通时，巴利将饥肠辘辘的几只猫分成了数支狩猎小队。

鹰翅已经无须开口了，因为云雾和樱尾已经对上了他那期冀的眼神。她们睁大了眼睛，眼底流露出焦急。紫罗兰爪从他颤抖的脊背上看得出，有那么一瞬间，他觉得她们肯定会说她们选择留在农场。但樱尾走上前来，触了触儿子的口鼻。

"我们跟你一起走。"

她的话语仿佛卸去了鹰翅肩上的重担。他绕着她俩转了几圈，向母亲和妹妹保证，她们做出了正确的决定，而且永远不会为此感到后悔。

现在，又是几天过去了。在他们翻越了又一座山坡后，波光粼粼的大湖出现在了地平线上。

"看！"紫罗兰爪第一个看到了湖水。在落日的照射下，湖水

极夜无光
JIYEWUGUANG

闪烁着波光。

她身旁的花蜜爪激动地蹦了起来:"那就是了吗?"

"是什么?"砾爪从她俩中间挤到了前方,然后伸长了脖子。

"大湖!就在那儿!"紫罗兰爪用口鼻指了指。从这里看去,那片湖水仿佛更加辽阔,从此岸的丘陵一直延伸到对面的森林边。她感到家园在呼唤着她,不禁好奇枝爪这会儿正在干什么。独自留在天族肯定会让她感觉不太适应。紫罗兰爪很想知道她究竟为什么要留在后方。也许她是想向叶星证明自己会是一只忠心耿耿的天族猫吧。紫罗兰爪知道枝爪有多喜欢听到年长的武士们的称赞。我猜这就是她融入天族的方式吧。紫罗兰爪能够理解,自己的姐姐迫切地需要得到族猫的认可。我当初不也正是这样竭力想让影族把我看成同类的吗?还有泼皮猫。到最后,只剩松针尾一只影族猫还把我当成至亲来看待。紫罗兰爪又感觉到了那股熟悉的疼痛。自从抵达河谷起,松针尾就再也没有来找过她。她一定是生我的气了。

浅爪打断了她的思绪:"我们的新营地在哪里?"

紫罗兰爪用鼻子指了指大湖一侧的暗色森林:"看到那些松树了吗?"

边爪爬上了正走着的兔子踩出的小路旁的土丘:"我看到它们了!"

"在哪儿?"浅爪将她的姐妹向一旁挤去。

"那儿!"边爪兴奋地说道。

砾爪皱了皱眉:"营地在森林里?"

猫武士

"它肯定一天到晚都特别黑。"浅爪担心地瞥了紫罗兰爪一眼。

"营地离湖岸不远。"紫罗兰爪对她说道,"而且住在森林里也没什么不好。森林保护了我们,而且无论何时都能找到猎物。"

"在河谷,我们也能在任何时候捕到猎物。"砾爪回答道,"而且河谷里还有一条小溪可以随时喝水。"

"新营地里同样有一条小溪。"紫罗兰爪说道。

走在荨麻斑和兔跃前方几步远的薄荷毛回头看了他们一眼:"我希望那条小溪没有泛滥。"

紫罗兰爪的毛一下子焦急地竖立了起来。要是它也泛滥了怎么办?要是在他们前往河谷期间营地被大水冲毁了怎么办?

她身后的鹰翅漫不经心地抽了抽鼻子。"那条小溪是不可能泛滥的,"他走在云雾和樱尾的中间,再外侧是鼹鼠须和梅花心,"森林里的土地植被丰富,雨水很快就会渗下去,况且地下还有许多暗流将降水导向湖中。"

砾爪紧盯着地平线:"我们还要多久才能抵达那里?"

"大约两次日出之后?"鹰翅不确定地瞥了鼹鼠须一眼。

鼹鼠须点点头:"我们赶不上明天满月之夜的森林大会了。"但他的声音中并没有流露任何遗憾。紫罗兰爪猜想这只雷族公猫一定也很喜欢这段和天族猫同行的旅程。

再说,纵使他们错过了森林大会,又有什么关系呢?让族猫先在新家安顿下来再带他们去见其他的族群不是更好吗?她还记得自

己第一次见到那么多的猫时有多不知所措。而且这样一来,其他族群也将有更多时间来接受天族找回了新的族猫这一事实。一想到影族不知会对天族的快速扩张做何感想,紫罗兰爪就感到一丝不安。她猜想,这一定不是当初他们为天族提供部分领地时想要看到的场面。但她很快就把这个念头推出了脑海。她干吗还要管影族怎么想呢?反正她再也不是影族猫了。她的新家在天族。

太阳落到了地平线下,紫罗兰爪感到一阵寒意渗入皮毛。她的肚子也饥饿地咕噜起来。

"我累了。"边爪说道。

"我饿了。"花蜜爪也不住地咕哝着。

薄荷毛停下脚步转向其余的远征队成员,然后向鹰翅看去:"我们要开始为今晚的扎营做准备吗?"

紫罗兰爪轮流抬起酸痛的脚掌甩了甩,希望鹰翅能答应下来。

鹰翅扫视着山坡,然后朝着灌木丛生的一块洼地点了点头。洼地四周长着几棵树,圈出了一块安全地带。"我们到那边去看看吧,"他说道,"那个小山谷看起来会是个不错的扎营地点。"

荨麻斑甩了甩尾巴:"你们去山谷里探查一下吧,我会带着砾爪和花蜜爪跟薄荷毛一起狩猎。"

"我也想去狩猎!"浅爪说道。

鹰翅低下了头:"好的,等我们探查后就去找你们。"

"我可以搭窝。"紫罗兰爪自告奋勇地说道。她已经注意到了坡下长着一片蕨丛,她可以到那里取一些叶片回来。

"我来帮你。"躁爪主动说道。

斑愿眯起眼睛透过暗弱的光线看向前方:"我想我看到了一些牛蒡。我去挖一些牛蒡根回来,可以缓解我们脚掌的酸痛。"

云雾感激地朝巫医眨了眨眼:"重新成为真正的族群一员真是太好了。"

突如其来的快乐令紫罗兰爪心中一酸。月亮升起时,她已经吃了满满一肚子的猎物,并在新做的小窝里安顿了下来。她的族猫都簇拥在她的身旁。她暗自咕噜了起来。族群生活比她以前能想象到的还要美好。

紫罗兰爪做了个梦。阳光洒遍辽阔的原野。在她的面前,一只肥硕的老鼠正在草叶间疾走。她舔了舔嘴唇,准备扑过去。但这时,却有什么东西刺痛了她的皮毛。走开。她沉入了梦境的更深处。老鼠还在阳光下懒洋洋地爬着,这是一只唾爪可得的猎物。然而她的皮毛上传来了更剧烈的刺痛。够了!紫罗兰爪恼怒地绷紧了肚子。有什么东西正在拼命地叫醒她。她在睡梦中发了句牢骚,试图忽略打搅她清梦的刺痛感。

但它却变得更加挥之不去了,终于,紫罗兰爪被唤回了现实世界。

她睁开了双眼。

黑暗笼罩着这座小山谷。她能够听见同伴们熟睡中的呼吸声。

是谁叫醒了她?紫罗兰爪疑惑地抬起头嗅了嗅空气。

极夜无光

凉爽的晚风带来了松针尾的气息。

她回来了！紫罗兰爪立刻爬出了她的小窝，小心翼翼地从族猫之间跨过，走向了山谷外。山坡上洒满了月光，她扫视那波澜起伏的长草，试图找到松针尾的踪迹。求你现身吧。一个黑影在山脚下茂盛的石楠中闪过。当紫罗兰爪向它冲去时，黑影一下子闪入了石楠丛中。"松针尾！"她一边跑一边不顾一切地呼唤着，"停一下！"她一头扎进灌木丛中，瞥见松针尾的皮毛飞快地从树枝间闪过。

"等等我！"恼怒伴随着心跳在紫罗兰爪的胸膛中搏动着，"你把我叫醒了，为什么现在又逃个不停？"这就是松针尾的报复吗？"我真的很对不起你！是你让我那么做的，你忘了吗？我真的很想救你！我只是真的什么也做不了。如果我没有跑，暗尾一定会杀了我，然后他就会继续屠杀我们的族猫！你真的想看到这一切发生吗？"

松针尾的皮毛在灌木丛后一闪而过。寂静降临了。她离去了吗？

紫罗兰爪在石楠丛中艰难地穿行着，直到走进了一片稍稍开阔些的小空地里。松针尾就在这里等待着她，她的绿眼睛在月光下闪闪发亮。

"你在生我的气吗？"紫罗兰爪凝视着她，"于是你就不停地出现在我的面前？"

松针尾冲着一只正在一丛石楠下的苔藓窝里沉睡的公猫点了点

紫罗兰爪做了个梦。

阳光洒遍辽阔的原野。

一只肥硕的老鼠正在草叶间疾走。她舔了舔嘴唇，准备扑过去。

但这时，却有什么东西刺痛了她的皮毛。

但它却变得更加挥之不去了，终于，紫罗兰爪被唤回了现实世界。

头。

紫罗兰爪僵住了，她冲到松针尾身边压低了嗓门："他是谁？"

松针尾眨了眨眼："他是一只我在很多很多个月前结识的猫。"

再次听见松针尾的声音太令紫罗兰爪震惊了，以至于她几乎没听见松针尾说了什么。为什么她现在说这个？她强迫自己专心聆听松针尾接下来的话。

"当我认识他的时候，我还活着。而现在，每次我回归时，他都会出现在我的旁边。"

"回归？"紫罗兰爪的脑海里天旋地转，"从哪里回归？你不是和星族在一起吗？"

松针尾低头看了看自己散发着微光的皮毛，那里面并没有一颗星星。"我看着像是加入了星族的样子吗？"

紫罗兰爪愣住了。"黑森林？"她焦急地追问。

"也不是。"松针尾挪了挪爪子，"我不知道我到底去了哪里。我只知道每次我睁开眼时，我都会出现在他的附近。"

"他看得见你？"

"对。"松针尾抖了抖耳朵，"他是唯一能看见我的猫。好吧，只有他和你。"

"他也死了吗？"紫罗兰爪脊背上的毛紧张地泛起涟漪。

"他没有死。"松针尾看向她的眼神像是在看一个鼠脑子，

极夜无光
JIYEWUGUANG

"这就是为什么我想要让你来见他。我感到他将对族群非常重要。我想这也是为什么我被困在了这里，旁边还总是少不了他。"

"那我该怎么帮你？"紫罗兰爪感到有些茫然。

"带着他一起走。"松针尾下令了，"带他去见族群。"

"为什么？"

松针尾耸了耸肩："我也不知道。我只知道我能看见他，也能看见你。我想这说明我必须安排你俩见面，而你也必须把他带回族群。如果我帮了族群的忙，也许我就能找到通向星族的路了。"

紫罗兰爪注视着松针尾的眼睛，同情令她的心一阵绞痛。被困在这里一定非常孤独吧。"我会带他走的。"她承诺道。

松针尾转身走向了石楠丛。

"你又要走了吗？"紫罗兰爪眨了眨眼。

"从现在起，剩下的工作就需要你来完成了。"

"不要走！"一个念头突然在紫罗兰爪的脑海中闪现。你还在生我的气吗？但她太紧张了，不敢大声地问出这个问题。她用乞求的目光望着松针尾。焦虑在她挚友的眼中闪动。

"拜托了。"松针尾恳求道。

她需要我！紫罗兰爪的心里一轻，她很高兴自己能够帮上些忙。但她这算是原谅我了吗？"等等……"然而，话音未落，石楠丛中的松针尾就消失了。一阵微风带走了她残留的气味，紫罗兰爪很清楚，松针尾现在已经不在这里了。

她听到身旁的苔藓窝晃了晃。那只公猫正在醒来。她退后了几

步,在公猫抬起脑袋打哈欠时竖起了毛。

公猫看到了她,于是停了下来。"你是谁?"很快他就站直了身子,颈毛也竖了起来。

"是松针尾带我来的。"紫罗兰爪飞快地说道。

"松针尾?"公猫看上去十分惊讶,"你也能看见她?"

"对。"紫罗兰爪无法完全信任眼前的公猫。她瞥了眼石楠丛中的一条通道,如果这只公猫突然发起攻击,她有把握从这里冲出去。"她活着的时候,和我是好朋友。"

"我遇到她时,她还是位学徒。"公猫眯了眯眼睛,"在那之后,直到她去世我都没再与她见过面。"

"你为什么要跟着她?"紫罗兰爪质问道。

公猫看上去愤愤不平。"是她一直跟着我。"他环视着这块小空地,"她在这里吗?"

"她刚走。"紫罗兰爪挪了挪爪子,"她领我到这里来见你。"

公猫调皮地眨了眨眼睛:"很有她的作风。没准她觉得咱俩会是一对儿灵魂伴侣。"

"灵魂伴侣?"紫罗兰爪感到迷茫。

"这挺浪漫的,你不觉得吗?看这月光,还有这石楠丛。"

浪漫?紫罗兰爪的毛开始竖起:"你是每遇到一只陌生猫都要先调戏一番吗?"

"只针对某些大半夜突然出现,还声称有幽灵在给她引路的

猫。"

紫罗兰爪搜刮着词汇,这只公猫简直太荒唐了。"够了!"她厉声喝道,"松针尾让我来找你只有一个原因,"她看到公猫的眼中又亮起了调皮的光,赶忙加快了语速,"她认为你能给族群提供帮助。"

公猫转了转眼珠。"原来你是族群猫啊。"他听上去很失望。

"那又怎样?"紫罗兰爪生气地瞪着他。

"对于族群猫我只知道两件事,"他翻出了巢穴,"他们不喜欢陌生猫踏上自己的领地,而且还把什么小事都看得过于正经。"

"我没有!"紫罗兰爪愤怒地喊道。

公猫抖了抖耳朵:"你好像刚刚就相当正经啊。"

"因为这就是正事!"紫罗兰爪转过身去,怒气冲冲地在石楠丛中挤出一条路来。

"嘿,等会儿!"他连忙追上她,"我还以为你和松针尾想让我去给族群帮忙呢!"

"我真怀疑你除了自己还会帮谁。"紫罗兰爪丝毫没有停步。

"这不公平,你甚至还都不认识我。"在紫罗兰爪走上被月光照亮的山坡时,公猫绕了个圈从正面截住了她的路。

她怒视着他,一言不发。

"我的名字叫阿树。"他赔罪般地睁大了眼睛,"我不是故意要戏弄你的,我没意识到这会让你不爽。"

紫罗兰爪低头凝视着爪子。他这样随便地就惹毛了自己,这令

她感到非常烦躁。"我叫紫罗兰爪。"她嘟囔道。

"这名字可真可爱。"

她猛地一抬头:"别再嬉皮笑脸了!"

阿树后退了一步。"我没有,这真的是个很可爱的名字。我认识的大多数猫都叫石头啊蛇啊之类的傻名字,而我自己叫阿树。"

紫罗兰爪怀疑地眯起了眼:"你是泼皮猫?"

阿树耸了耸肩:"我也不知道我算什么。我独自旅行,然后在我看中的地方狩猎、过夜。"

紫罗兰爪移开目光,绷紧了身子:"独行猫。"

"你们族群都是这样称呼我的吗?"

紫罗兰爪第一次在他的声音中听出了犹豫。"我想这总比被叫成泼皮猫要好些。"她坦白道。她上下打量起他来。他的肌肉很强健,黄色的皮毛又厚又光滑,琥珀色的眼睛清澈明亮。带着他一起走。松针尾的声音在她的脑海中回响。带他去见族群。也许她的朋友是对的,也许族群真的需要他。也许这能帮助松针尾找到通往星族的路。

"我们在那里扎了营。"她朝着山谷的方向点了点头。

"'我们'?"

"我,还有我的族猫。"紫罗兰爪解释道,"我们正在往家赶。你应该跟我们一起走。"

"为什么?"

"松针尾觉得族群需要你。"

极夜无光
JIYEWUGUANG

"松针尾已经死了。"

"所以她可能知道得比我们俩都多。"这只公猫为什么要把什么事都搞得这么复杂？"黎明的时候再来山谷找我们吧。如果你现在去，有可能会惊吓到其他猫。"她转过身，然而阿树什么都没有说。她停了下来："你会来找我们吗？"

"我想应该会吧。"

紫罗兰爪耸了耸肩，竭尽全力才没有把怒气表现在脸上。"也许这是唯一能阻止松针尾在你身边徘徊不去的办法。"她大步走开了，心里祈祷着明早他能够出现。我已经尽力了。她默默地对松针尾说道。

一声愤怒的咆哮吵醒了紫罗兰爪。她猛地抬起头，在晨光中眨了眨眼睛。她的同伴们的窝都已经空了。嘶嘶声从山谷边缘传来。阿树！她一下子想起了昨晚发生的事，从窝里一跃而起。

"你来这里做什么？"鹰翅的吼声从灌木丛另一侧传来。

"是紫罗兰爪叫我来的。"

紫罗兰爪听见了阿树的声音，连忙挤过树丛。"他说的是真的！"她在鹰翅的身旁停了下来，"确实是我叫他来的。"

荨麻斑和兔跃站在阿树的身后，他俩的颈毛都高竖着。薄荷毛和梅花心守在他的两侧，斑愿眯着眼睛紧紧盯着他，学徒们也在后方观望。他已经被包围了。

当看到紫罗兰爪时，他的眼中闪现出松了一大口气的神色。

"你来得很及时。"他伏下了毛,"我差点儿就以为你在骗我了。"

鹰翅疑惑地看向紫罗兰爪:"他是谁?你是在哪儿遇见他的?"

"昨天晚上我发现了他。"紫罗兰爪回答道,"是松针尾带我去的。"

鹰翅的眼睛瞪大了:"我记得松针尾已经死了。"

"是的,她的确已经死了。"紫罗兰爪突然感到十分无助。她该怎么解释才好?

斑愿推开前方的族猫走了过来:"松针尾是从星族来的吗?"

紫罗兰爪看向这名巫医,希望令她爪子发痒:"她还没有找到星族,但她说那是因为她无法从这只猫身边离开。她认为他很重要。她说如果我们把他带回族群,他应该能为我们提供帮助。这样松针尾也就能够找到通往星族的路了。我认为我们应该让他跟我们一起走。"

荨麻斑绕着阿树转了一圈,嗅闻着他身上的气味:"那他愿意跟我们走吗?"

"我反正也没有什么别的事情要做。"阿树抽了抽鼻子,"如果你们认为我能够帮上忙,我觉得跟你们走也没什么不好。"

躁爪从灌木丛后走了出来,他的嘴里叼着一只晃荡的田鼠。他丢下猎物紧盯着阿树:"这是谁?"

"他叫阿树。"荨麻斑不耐烦地抖了抖尾巴,"紫罗兰爪的那个死了的朋友找到了他,她觉得他有可能对族群很重要。她想让他

跟我们一起走。"

砾爪从薄荷毛身边挤了出来:"他也是暗尾那种泼皮猫吗?"

阿树抽了抽鼻子:"紫罗兰爪说我是独行猫。"

"独行猫不会惹出乱子的。"薄荷毛说道。

"他看起来挺友好的。"兔跃也评论道。

"他会狩猎吗?"梅花心问了一句。

阿树坐了下来,用渴望的目光望着躁爪带回的田鼠。"在你们决定我的去留时,我可不可以先把它吃了?"他伸出舌头在嘴边舔了一圈,"我快要饿死了。"

躁爪把田鼠拱向了他:"吃吧,这附近的猎物看起来很丰富。"

"谢谢你。"阿树抓起田鼠啃了一大口。

"我不知道要是我们带了一只独行猫回去,叶星会不会不高兴。"梅花心说道。

薄荷毛的尾巴抖了抖:"但要是紫罗兰爪的话是正确的呢?要是他真的对族群非常重要呢?如果我们在这里与他分开,也许我们就再也找不到他了。"

"那要是他撒谎怎么办?"砾爪怀疑地弹了弹耳朵,"也许他就是只泼皮猫。也许他和暗尾一样坏。没准还有一整群泼皮猫在等着我们指出通往新家的路。"

阿树把田鼠推向了紫罗兰爪。"你也吃一口吧,"他说道,"你肯定也饿了。昨天你大半个晚上都没睡。"

猫武士

她看着他,不知道他怎么能这么放松自在。

"你到底是不是泼皮猫?"鹰翅冲阿树点了点头。

阿树看着他:"我不是很确定什么是泼皮猫。我昨天晚上已经和紫罗兰爪解释过了——我一直独自旅行。我是在野外出生的。我一长到能独自狩猎的年纪,我的母亲就离开了我。我在绝大多数的时间里都努力避免与两脚兽接触。它们总喜欢用吃的引诱我去它们的巢穴里,但我不想住进两脚兽的窝。两脚兽非常吵,而且它们闻起来也怪怪的。"

斑愿咕噜起来。"我能理解你的意思。"她的目光在与阿树对视时温暖起来,"我刚刚从一座两脚兽高巢里逃出来。"

"真的?"阿树看起来非常震惊,"你被困在那里面多久了?"

"好几个月。"斑愿向紫罗兰爪点头致意,"幸运的是,紫罗兰爪想出了让我逃出来的办法。"

阿树朝紫罗兰爪挤了挤眼睛。"显然,她在解救被困者方面天赋异禀。"他又咽下一大口田鼠,然后打了个嗝,"所以——"他环视着周围的天族猫,"你们要不要我和你们一起走?"

鹰翅与斑愿对视了一眼,然后斑愿点了点头。

"是的。"鹰翅对黄色公猫点点头,"只要你愿意。"

紫罗兰爪抬头望了一眼天空,想知道星族是否还在注视着他们。这能让松针尾找到加入你们的路吗?她又看向阿树,他正在清洗蹭上了田鼠血的爪子。只要松针尾能够找到通往星族的路,哪怕她必须忍受与这个自大的鼠脑子为伍也是值得的。

第十九章

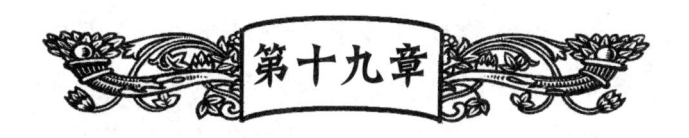

这是这段时间以来枝爪头一次体会到皮毛干燥的感觉。她跟着雀毛和砂鼻沿着通向雷族边界的山脊前进,微风吹拂着皮毛,让她十分享受。叶星派他们来重新标记被连日的大雨冲走的气味界线。

砂鼻朝着那片由松树过渡为橡木的树林点了点头。枝爪深吸了一口从边界对面飘过来的雷族气味,试图忽略思乡的隐痛,专心地听着砂鼻的话。

"只有清晰的气味标记才能让我们与邻居和睦相处。"他说道,"只有当每只猫都很清楚边界在哪里时,才不会有各种闹出误会的借口出现。误会往往会带来战争。"

枝爪努力地做出认真听讲的表情,压抑住心中恼怒的火苗。砂鼻是在暗指她没有汇报虎心和鸽翅在天族领地里见面的事吗?他只是在努力当一位好老师。枝爪坚定地告诉自己。她下定决心一定要赢得武士名号。这里不仅仅是她的族群,还是鹰翅和紫罗兰爪的族群。当他们回到天族时,她希望他俩能以她为荣。

"我刚才说什么了?"砂鼻紧盯着她。

"清晰的气味标记能让相邻的族群和睦相处。"枝爪复述道,

希望在她走神时他没再说过其他重要的话。

"很好。"砂鼻看起来很满意。

枝爪挺起胸膛,长舒了一口气。

雀毛在领地边缘的松树上留下了气味标记。"我简直等不及看到我的孩子长到足以来这里探险的年龄了,"他环顾着森林,"在这里长大是件好事。"透过树木,他们能够看到湖水在落叶季的阳光下反射的粼粼波光。松针在他的爪下发出嘎嘎的响声,空气中也弥漫着猎物的味道。

"小鹡鸰的鼻子现在好了吗?"枝爪问道。

"好了,"雀毛咕噜起来,"叶池给他吃了款冬,今天早上他就感觉好多了。他甚至想往小溪里跳,就因为小晴和小原鸽怂恿他去。"

砂鼻弹了弹尾巴:"听起来微云现在被那三个小家伙累得团团转。"

"陪他们玩也是种乐趣。"雀毛一边标记下一棵树一边说道,"现在我格外希望我们的族群繁荣兴盛,这既是为了族猫,更是为了孩子们。"

"孩子也许会让你心力交瘁。"砂鼻的眼神一沉,他若有所思地说道,"我们在他们的身上灌注了太多希望,然而我们不可能保护他们免受一切危险与失望伤心的侵袭。"枝爪竖起了耳朵。他是在指鳍爪吗?她沿着边界向前走去,嗅闻着陈旧的气味标记。砂鼻继续说了下去:"而且他们长得那么快,一个个都觉得自己无所不

极夜无光

知,又对已经做出的选择坚定不移,哪怕他们其实是错误的。我们只能祈祷星族会指引他们的脚爪。"

枝爪加快了脚步,她追踪着一条微弱的气味标记,一边前进一边更新着它。如果砂鼻真的在抱怨鳍爪与她的友谊,那她一点儿也不想听。

"干得不错!"砂鼻的喊声穿过树林传来,"你追踪气味标记追踪得很好。"

他是真的在表扬她吗?她茫然地看着砂鼻。也许他根本就没想暗指她和鳍爪的关系。别胡思乱想了!

"看来你天生就擅长找出边界的位置。"砂鼻继续说道。枝爪没有告诉他的是,这条边界就是影族与雷族的旧边界,而在她还是雷族猫时,她早已和藤池一起标记过它好多遍了。"你去把从这里到湖边的边界标记完吧,"砂鼻对她说,"我和雀毛往沟渠的方向走走。"

他信任她,相信她能够独自完成任务。枝爪高高地竖起了尾巴。她终于赢得他的信任了吗?希望令她皮毛发痒。她跑过山坡,顺着一条溪谷奔向湖边,并认真地在路上的每棵树上留下了气味标记。

"枝爪!"

听到鳍爪的声音,她一下子愣住了。鳍爪的皮毛从一丛黑莓后闪了出来,他激动地蹿了出来,跑到她的面前。

枝爪紧张地瞥向林间,她还能望见砂鼻和雀毛的背影走向另一

个方向。"你这会儿不是应该正和贝拉叶一起接受训练吗?"她问道。

鳍爪激动地一边踱步一边回答:"她说我今天已经训练很久了,现在可以自由探索领地一会儿。所以我想来和你一起探索领地。"

"但我还在训练。"枝爪不安地换了个姿势。

"我以为你在标记边界。"鳍爪说道,"我可以帮你。"

枝爪的皮毛歉疚地刺痛起来。"我不能总拖着你消磨时光。"她柔声说道。

鳍爪皱了皱眉:"为什么?"

枝爪瞥向砂鼻的方向,但他已经消失在几片蕨叶背后。"你的父亲认为,要是没有我让你分心,你的进步会比现在快得多。"

"砂鼻真这么说?"鳍爪瞪大了眼睛,"那他脑子里一定进蜜蜂了。你帮了我那么多忙!"

"也许你现在更应该全天跟在贝拉叶身边。你还有许多训练要补上。"枝爪试图缓解一下尴尬的局面,她不想让鳍爪和他父亲的关系闹僵,"等我们都当上武士再一起出来玩吧。"

"是啊,是啊。"鳍爪用力地一甩尾巴,"说得好像将来等你当上伟大武士之后还会愿意跟我这个只能像大蠢獾一样挪着走的猫一起玩似的,毕竟我只剩下了半条尾巴。"

枝爪注视着他:"我永远都愿意和你一起玩。"

"所以你也觉得我肯定会变成一只大蠢獾了?"

"不！"枝爪的耳朵不安地抖动着，"当然不。你也会成为伟大的武士的，只要你努力训练。"

鳍爪生气地哼了一声："我永远也成不了砂鼻想让我成为的那种武士了。他和我都清楚这一点。也许这就是为什么他不想让我缠着你玩吧。他或许觉得我会拖慢你的进度。"

枝爪紧盯着他："不是这样子的。"

"那他为什么要强迫你和我分开？"

枝爪耸了耸肩。她该跟他说，她怀疑砂鼻或许一直把她看作一只不忠心的雷族猫吗？

"这不公平。"鳍爪一屁股坐了下来，"我本来已经成不了伟大的武士了，现在居然连跟你做朋友都会被禁止。"

"谁也不能阻止我与你交朋友。"枝爪走到他身边紧盯着他，直到他再次和她四目相对，"你对我而言无可替代。"

"我？"

"当然。"枝爪用鼻子蹭了蹭他的脸颊，"一旦我们成为武士，就再也没有谁有权利把我们分开了。我才不在乎这会不会把砂鼻气到尾巴打结。你得向他证明你就是伟大的武士，当然我也一样。我们将会成为天族最优秀的武士，而他将再也不能阻止我们去做我们想做的事。"

鳍爪扬起了口鼻，他的眼睛闪闪发亮："你说得对。也许现在他还自以为是为了我们好，但总有一天，我们能跑得比他快，狩猎、战斗得比他好，到那时候，他就没资格指挥我们该干什么

了。"

"没错。"枝爪的心忽然一紧,她在树木间瞥见了一个暗棕色的身影——砂鼻一直在看着他们,"但你现在最好还是快去找贝拉叶吧。我得在你父亲回到这里之前标记完边界。"

"好吧,"鳍爪站起身,高兴地弹了弹他的半条尾巴,"一会儿营地见。"他一边跑,还一边不住地回头看。

他消失在黑莓丛后。枝爪转过身面朝砂鼻的方向。她的老师正在向她走来。她仔细辨认着他的目光。他又在为她和鳍爪说话的行为生气吗?

"是他自己来找的我。"她辩护似的说道。

"而你把他劝走了。"砂鼻看上去很满意,"干得不错。你们训练得越专心,就越能早日获得武士名号。"

而鳍爪也越能早日对我这位雷族叛徒失去兴趣。枝爪扭开了头。"我这就去标记剩下的边界。"她向湖的方向走去。

"等你标记完,我们会在湖边等你。"砂鼻在她身后喊道。

枝爪竭尽全力不让自己的毛耸起。她该感到高兴的,毕竟她终于让砂鼻满意了一次。但她无法抑制地感觉自己就是个老鼠心。如果留在雷族,这会儿她早该当上武士了,那样她就绝不会被一位天族的武士呼来喝去。她真的想成为天族猫,哪怕代价是无论砂鼻下达什么命令,她都必须像猎物一样胆战心惊地乖乖执行吗?这就是留在鹰翅、紫罗兰爪和鳍爪身边必须付出的代价吗?

极夜无光

枝爪跟着砂鼻和雀毛返回了营地。当走近杉树林时,她突然定住了脚步。雷族的气味。属于藤池、炭心和黄蜂条的熟悉的气息萦绕在道路旁的蕨叶上。她俯下身嗅了嗅铺满松针的地面,他们的气味立刻溢满了她的鼻腔。他们刚刚从这条路上走过。

她加快脚步冲进了营地入口。

三位雷族武士正冲着叶星小声地说着什么。贝拉叶和鼠尾草鼻在一旁听着,而鳍爪在他们身后不停地走来走去。叶池也焦急地围着她的族猫乱转。枝爪看得出一定发生了一些不好的事情。藤池的皮毛很凌乱,黄蜂条的身上也满是泥土。她看到炭心的耳朵肿了一块。

"这一切发生得毫无预兆。"藤池说道。

"营地被毁了。"黄蜂条瞪大的眼睛黯淡无光。

"发生了什么?"她赶忙上前想要加入谈话。

藤池面色严肃地眨着眼睛看向了她。"营地发生了滑坡。"她阴沉地说道。

枝爪试着想象灾难后的画面,心中不由一紧:"是石头悬崖吗?"

黄蜂条点了点头:"雨水把那上面的泥土冲走了,泥水把岩壁上的一大块石头一起冲了下来。"

"有谁被砸伤吗?"枝爪几乎不敢相信自己的耳朵。

"大家都多多少少被落石砸中了或者擦破了一点儿皮,"藤池对她说道,"但没有猫丧命。"

"雪丛伤得很重,"担忧之情在炭心的眼中闪烁,"赤杨心现在寸步不离他左右。"

枝爪的喉咙绷紧了。"百合心没事吧?"对她而言,百合心几乎是她的第二位母亲。

"她没有事,"炭心对她说道,"但她很担心雪丛的伤情。我们都很担心。"

雀毛走了过来:"梅花落的孩子们都逃出去了吧?"

"我们在最严重的滑坡发生之前就转移了他们。"藤池回答道。

叶池看向了叶星:"我想我最好回到雷族帮他们救治伤员。"

"不要紧的,"藤池安慰道,"赤杨心和松鸦羽目前还应付得来。"

"但你也说了,现在巫医巢穴里填满了泥土和石头。"叶池脊背上的毛剧烈地起伏着。

"这就是我们来访的原因,"藤池对她说道,"我们抢救出了一部分草药,但绝大多数草药都在灾难中被毁掉了。我们希望你能够从天族储备的草药里分一些给我们。"

"没问题。"叶池转头瞟向她的巢穴,似乎在估量自己该挑出哪一部分草药给族猫。

"天族可以帮你们收集更多的草药。"叶星说道。

"我知道它们都长什么样。我能帮得上忙。"枝爪自告奋勇。她小时候一连几个月都像赤杨心的影子一样缀在他背后,那时候的

赤杨心还是一位巫医学徒。

砂鼻狠狠甩了一下尾巴。"你应当去参加训练。"他对她说道。

枝爪盯着他:"但这是突发事故。"

"这是雷族的突发事故,不是我们的。"

枝爪简直不敢相信自己的耳朵。不管怎么说,雷族都为天族提供过许多帮助。他怎能在如此紧要的关头吝于伸出援手?

叶星在营地里看了一圈。闲蕨、哈利溪和梅柳正在小溪旁观望着。"我这里留下的猫并不多,但我很乐意分出一部分力量来帮助你们。"她对藤池说道,"枝爪当然可以出一份力,"她严肃地盯着砂鼻说道,"我相信她的训练可以被推迟一段时间。"

藤池抖了抖耳朵。"枝爪居然还需要继续学习,这真是太令我吃惊了。"她说道,"但我们非常感谢你的帮助。在清除干净巢穴里的土石之前,雷族会暂时住在湖岸边。雨一停武士们就开始了日夜不休的清理工作,我们的进展还不错,但我们非常需要草药来救治伤员。"

叶星冲枝爪点点头:"如果叶池告诉你需要收集的草药,你能带队采回它们吗?"

枝爪连忙点点头。

"他们需要百里香、紫草和金盏花。"叶池告诉她,"如果能找到一枝黄,也采一些回来,如果找不到就用荨麻代替。"

叶星用尾巴召集起了她的武士。"闲蕨、哈利溪和梅柳跟你一

起去吧。"她对枝爪说道,然后又转向藤池,"贝拉叶和鳍爪会护送你们返回营地,他俩也可以帮忙。"

砂鼻的皮毛气恼地竖了起来:"派出去这么多猫之后,还有谁来保卫我们营地的安全?"他看向育婴室,微云正在探头向外张望。

"我相信在日落之前我们十分安全,"叶星对他说道。她用鼻子推了推枝爪:"你出发得越早,采集到的草药就越多。"

枝爪走向营地入口,她很高兴自己能帮上忙。

砂鼻跟着她一起走了过去。在闲蕨和哈利溪赶往她的身边时,砂鼻堵住了她的去路,并紧贴着她的耳朵低声嘶吼道:"你绝不能脚踩两个营地!"

枝爪后退了几步,眨着眼睛看向他:"你在质疑我的忠诚吗?"

"不。"砂鼻的目光很冷酷,"你迟早会成为一位伟大的武士,但首先你必须决定自己要为哪个族群而战。"

他的话语像利刺一样割伤了她。她望着他远去,却生不出一丝对老师的愤恨。她愧疚地意识到,老师说的是事实,羞耻灼烧着她的皮毛。砂鼻已经看透了一些她自己都不想承认的东西。在她心里,雷族占的分量和天族一样大。如果留在天族意味着背弃旧日的族群,那么这个决定她能接受吗?

第二十章

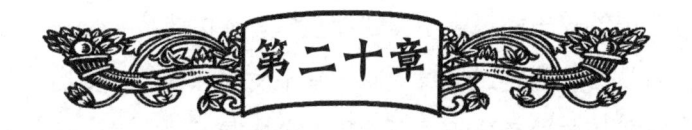

赤杨心用爪垫蘸了些他刚刚嚼好的干橡叶药糊，轻轻地将它敷在了栗条腿部的伤口上。栗条疼得缩了一下。

"伤口痛吗？"他仔细检查了栗条受伤的皮肤边缘，没发现发热的迹象。他十分欣慰，栗条并没有感染。

"只有一点点。"栗条回答道。

"过几天它就该愈合了。"赤杨心安慰她。他坐回原地，环顾他们的临时营地。湖岸边缘的桦树枝下现在全是一个个的窝，湖水上涨了很多，波浪拍打着近旁的鹅卵石。临时营地建得很匆忙，窝搭得很简陋，小树枝已经从里面支棱了出来，边缘散落着零星的苔藓碎块。

虽然黑莓星已经宣布过他们很快就能搬回山谷里的营地了，但想把掉进来的所有土石都清理出去显然还需要更长的时间。有些落石实在是太巨大了，他们不可能将其移走，只好任由它们留在空地里作为灾难的见证。

没有猫在事故中丧命。赤杨心望了望雪丛的窝，至少目前还没。白色的公猫进入窝里之后就再也没有了动静。赤杨心和松鸦羽

已经固定好了他的断腿,也向他嘴里灌了蜂蜜和荨麻来帮助他抵御持续不断的高烧。百合心几乎寸步不离他的身畔。现在她就在陪着他,她把一只前掌搭在了雪丛的窝边,眼中满是忧愁。赤杨心真希望自己能够安慰她说雪丛很快就会恢复,但他的高烧一直没有退去,而且从松鸦羽路过他身边时一言不发的态度也能猜出,盲眼巫医对治好受伤的白色公猫同样没有多少把握。

栗条瘸着腿离开了,疲惫感又一次从赤杨心骨髓深处浮现。在滑坡之后,他几乎没睡过觉。需要照顾的伤员太多了。掉下来的石头令整个族群的猫都或多或少地受到了擦伤。不过也许现在他终于可以打个盹了。森林大会将于今夜召开,他希望自己能在会上保持清醒。要是有哪位族长带来了六趾猫的线索呢?或者也有可能是更多关于即将到来的风暴的预兆。

赤杨心看着倒映在安静湖面上的天空,心里说道:大雨终于停了。他很想相信最坏的时候已经过去,可星族的预言还未应验,六趾猫也无影无踪。等待他们的除了黑色天幕还能是什么呢?

他蜷起身,把下巴搭在了前爪上,然后闭上了眼睛。族猫在他周围走动,令地上的鹅卵石嘎嘎作响。猎物的气息弥漫在空气中。小雕和小茎在树林中精力充沛地又叫又闹。一切都还安好。赤杨心安慰着自己。睡意袭来,模糊了他的思绪。

"赤杨心!"百合心慌张的叫声惊醒了他。

他一下跳起了身,百合心正在用力摇晃雪丛。白色公猫的脑袋已经瘫软地垂了下去,眼白也露了出来。赤杨心冲过鹅卵石滩慌乱

地停在他的窝边。"松鸦羽!"他的呼喊在湖边回荡。他现在在哪儿?

赤杨心用脚掌碰了碰雪丛的胸膛。白色的公猫突然在他的脚掌下抽搐着,灼热感刺痛了赤杨心的爪垫。"我们必须给他降温!"他从巢穴里扯下一团苔藓塞给百合心,"把它在湖里浸湿,然后赶快拿回来。"百合心一口叼起苔藓冲向了水边。

雪丛再次抽搐起来。他在窝里剧烈地翻腾着,眼神直勾勾的,嘴角也泛起了白沫。"帮我按住他!"赤杨心绝望地大喊道。

罂粟霜跳过来帮忙,用全身的重量压紧了雪丛的后腿。黄蜂条也赶到巢穴旁用脚掌按住了他的胸膛。赤杨心竭力想要固定住雪丛的头,但白色公猫的挣扎太剧烈了。赤杨心的思绪飞转起来。有什么草药能够让他静下来?他努力思索着,与此同时雪丛依旧在他的掌下扭动挣扎。松鸦羽有没有提到过呢?

"他怎么了!"罂粟霜带着哭腔问道,恐惧在她的眼中闪烁。

"他在发烧。"赤杨心瞥向了雪丛的断腿,在罂粟霜试图控制它时,那条腿拼命地挥舞着。雪丛还能感觉到疼痛吗?他还有知觉吗?白色公猫癫狂的目光中流露出绝望,口水顺着他的嘴角流淌了出来。

突然,他安静了下来。赤杨心重重地坐到了地上。这一阵发作终于结束了。但下一刻他就看见了雪丛的眼睛,他的眼睛里没有了光。痛苦刺穿了赤杨心的胸膛,在这双眼中,他读到的是死亡。

百合心冲到了他的身旁,地上的鹅卵石被她踢得四处乱滚。她

将湿透的苔藓递到他的窝边。"他现在没事了吧？"她凝视着雪丛。

赤杨心将目光挪到了娇小的深灰色虎斑母猫身上。"他死了。"他的嗓音低沉沙哑。

"死了？"百合心猛地后退了几步，"但他都从滑坡中活下来了！他只是被砸断了腿，仅此而已！"她难以置信地眨着眼睛。

"我们治不好他的感染。"赤杨心注视着她，感到十分无助，"感染发生在他的体内，我们无法直接治疗它。"

在他做出解释的时候，松鸦羽也匆匆地赶了过来。他绕开了惊恐地看着雪丛的罂粟霜和黄蜂条。盲眼巫医走到窝边，用鼻子碰了碰雪丛的喉部，然后发出一声叹息。他抬起前掌轻柔地合上了白色公猫的眼睛："从现在起，他将受到星族的庇护。"

百合心的眼中燃烧着怒火："星族为什么不能早点儿庇护他？"

松鸦羽沉默地低下了头。

赤杨心竭力搜刮能够安慰这只母猫的话语，但她的质问一直像猫头鹰的哀号一样在他的脑海里回响。它们为什么不能早点儿庇护他？

去往小岛的旅途显得格外漫长，赤杨心的爪子和他的心情一样沉重。米莉和灰条正在临时营地中为雪丛守夜，参加森林大会的成员将在会后加入他们的行列。身边的族猫都一言不发，仿佛这几天以来发生的可怕事件已经耗尽了他们的语言能力。松鸦羽选择留在

极夜无光
JIYEWUGUANG

营地里守夜。

烁皮与赤杨心并肩前行,她与他皮毛相擦。赤杨心能够感觉到她的目光时不时落在自己的身上。但她什么也没有说。他也什么都没有说。

黑莓星带领队伍穿过树桥进入了空地。风族已经等候在大橡树下了,他们一脸的期待,皮毛起伏着。河族依然在缺席。赤杨心自问,他是否曾在内心深处期待过他们能够出现?也许吧。但他知道这一次他的希望又要落空了。

天族猫在会场中央走来走去,他们现在看起来与几个月前跟着雷族走上小岛的那个流离失所的族群截然不同。这一次,他们与风族和影族对视的眼神不再谨小慎微,他们昂首挺胸、步伐坚定。

影族猫们聚集在空地边缘,而花楸星则坐在一片远离族猫的阴影中。发生了什么事?赤杨心回想起了当他和柳光拜访影族营地时感受到的那股紧张气氛。他试图抓住洼光的目光,然后又看向褐皮,但想要读懂他们的目光无异于在大风中追逐蝴蝶。赤杨心的肚子绷紧了。

他在隼飞和叶池身旁坐好。洼光加入了巫医的群体,但依然躲避着赤杨心的眼神。

"雪丛怎么样了?"叶池问道。

赤杨心眨了眨眼睛,希望自己能够想出委婉地传达悲剧的方法。"他在下午去世了。"直到现在他还难以接受这一事实。

叶池的眼中蒙上了一层阴云:"是因为发生了感染吗?"

"我们无法阻止感染扩散。"负罪感刺痛了赤杨心的皮毛。

他身旁的洼光突然挪了挪身子。"抱歉,"他说道,"我真没想到会这样。"

赤杨心注意到洼光一直在往花楸星的方向瞟。"你没事吧?"他问道。

"我还好。"洼光不安地移动着爪子。

赤杨心疑惑地看向隼飞。

隼飞耸了耸肩,但没有对洼光的紧张表现做任何评论。他重新把话题拐回了雷族。"雪丛是怎么感染的?"他问道。

"在大暴雨中,一场泥石流摧毁了我们的营地。"赤杨心告诉他,"雪丛被一块落石砸中了。"

隼飞瞪大了眼睛:"你认为这会和预言有关吗?"

赤杨心也瞪大眼睛看着他。"我也不知道。"他说道,"但我希望我们能尽快找到那只六趾猫。如果这场灾难就是黑色天幕带来的,那它接下来还会带来什么?"

洼光飞快地移开了他的目光,像是在掩饰自己的想法。

黑莓星跳上了大橡树最低的侧枝,并向旁边挪了挪好让兔星和叶星站到他身边。花楸星无精打采地横穿过空地,也跳到了他们身旁。

"蛾翅和柳光缺席之后,一切都变得怪怪的。"隼飞瞟了一眼他们身旁的空位,悄声说道。

赤杨心这才意识到他们已经失去了多少猫。不仅仅是河族猫,

还包括鸽翅和雪丛。他看向了副族长们常坐的位置。那里只有松鼠飞和鸦羽。他猜想鹰翅大概还没有从寻找失散的天族猫的远征中返回，可是虎心去哪儿了呢？

黑莓星的声音打断了他的思考。

"在星族的庇佑下，我们于今夜相聚。"他说道，"在这场席卷所有族群的连日暴雨中，雷族遭遇了一场悲剧。泥石流令一直以来保护着我们营地的崖壁发生了滑坡，就在今天，雪丛因为伤势恶化去世了。"震惊的声音像涟漪一样传遍猫群。黑莓星继续说了下去："我们还要花很长时间才能完成对营地的清理工作，但所幸族群里的其他成员都只受到了些许轻微的擦伤。"他向叶星点了点头，"善良的天族为我们提供了急需的草药，这帮了我们很大的忙。"

"这只是一点儿微不足道的贡献而已，"叶星也低头回礼，"天族为你们的遭遇感到痛心。我们一直都很感谢你们能在天族缺少巫医时允许叶池留在我们的营地。在她的帮助下，微云为天族生下了三只健康的幼崽。我们的营地已经基本建成了，新领地的状况也让我们十分满意。我们准备好了迎来更多的族猫。鹰翅的远征队随时都可能归来，我确信他们将会带回那些留守在河谷的老朋友。"她仰起了头，"那时天族就将重新成为一个完整的族群了。"

"虽然近日天气恶劣，但风族过得还不错。"兔星宣布道。他向黑莓星躬了躬身："我也为你们遭受的损失感到难过。如果雷族还需要任何荒原上生长的草药，赤杨心和松鸦羽可以随时来我们这

里采集。星族保佑了风族,我们在这场大雨中毫发无损。不仅如此,暴雨还驱走了两脚兽和它们的狗,这令我们得以在和平安宁的环境下放心狩猎。"

赤杨心重新拾起了一丝微弱的希望。也许他只是太过沉浸于雷族遭受的灾难了。风族和天族都正在蓬勃发展,天群还迎来了新生的幼崽。雷族虽然经历了滑坡,但营地还能修好。雪丛的去世的确令族群心碎,但在过去的几个月里死亡无处不在。这个月里只失去了一只猫,或许这也可以被看作威胁他们的风暴正在消散的征兆。族群是否有可能在意识到灾难降临之前就先避开了它?

他挺起胸膛,不再去想在他腹中噬咬的忧虑。大橡树上的花楸星动了动。当影族族长抬起头时,他的眼窝深陷,皮毛紧贴在骨架上,甚至能看出肋骨轮廓。

"也许你们已经注意到了,"他开口说道,"今天虎心没有来。"

所有猫都看向了松鼠飞身边的空位。松鼠飞不自在地晃了晃身子。

"他在几天前失踪了。"

赤杨心脊背上的毛一下子竖了起来。他瞥了藤池一眼,她的耳朵也紧张地颤动着。蕨毛对着炭心耳语了几句,黄蜂条和蜜毛也交换了一个眼神。琥珀月紧盯着自己的爪子。他们都曾在虎心暂住在雷族时见过他和鸽翅一起分享猎物。当他俩过于积极地报名参加同一支狩猎队时,雷族里到处都传递着了然于心的眼神。当鸽翅在族

会召开期间坐到虎心身旁时,长老巢穴和育婴室里流言四起。

当鸽翅失踪时,雷族猫都为她担心,但在担心之外,他们也有着某种怀疑,只是在藤池的凌厉眼神下,没有一只猫把这种怀疑说出来罢了。

现在藤池整只猫都颤抖了起来。虎心的失踪不可能只是巧合。鸽翅难道真的抛弃她的族群,与影族副族长私奔了吗?

花楸星还在发言:"我们派出了几支搜索队,但他显然有意掩藏了自己的行迹。我们没有发现他留下的任何线索,他也从未告知我们他的去向,或者他不辞而别的原因。"

香薇歌抬起了头:"也许他只是去寻找预言中的六趾猫了。"

鸦羽的神色有些不悦:"虎心想必很愿意作为拯救族群的猫而被世代铭记吧。"

赤杨心很想相信这一假设。独自踏上实践星族预言的征程,这的确像是虎心能干得出的事情。也许鸽翅只是跑去帮他了。也许他们只是想保护族群而已。

花楸星阴沉地看着集会的猫群:"如果虎心真想拯救他的族群,那他本应当待在最需要他的地方。"

他的声音中透着不祥。赤杨心突然感觉皮毛像是被落叶季的寒意浸透了。

"我一直在努力让影族团结在一起,"花楸星的眼神空洞漠然,"我一直以为,有虎心这样优秀的副族长,我们总有一天能从曾撕裂影族的背叛与不忠中恢复过来。但现在连虎心都抛弃了我

们。"他的目光从影族猫身上扫过,迸射出愤怒的光,"我没有能力在泼皮猫分裂影族之前赢得族猫的信任,也没有能力修复从那时起就深深刻下的鸿沟。"

赤杨心的肚子缩紧了,他看到影族猫也纷纷瞪视着自己的族长,眼里反射着圆月的冷光。他们的眼中哪里还有半分忠诚存在?

"我无法继续领导影族了。"花楸星说道。

赤杨心的呼吸憋在了喉咙里。风族、雷族和天族的猫默默地看着坐立不安的影族猫用眼神暗中交流。他们事先知道花楸星会说这些话吗?

焦毛紧盯着花楸星,他的眼神难以捉摸。杜松掌紧靠着击石,并对他耳语了些什么。只有涡爪、花爪和蛇爪露出了惊慌失措的神色。

花楸星继续说了下去。"叶星,"他低下了头,"我将影族的领地交给你,以此换得我们的容身之所。请允许我和也许还会留下的族猫一同加入你的天族。"

焦毛狠狠地抽动着尾巴:"你不能送走我们的领地!"

草心转向了深灰色的公猫:"要不是你的尖牙利嘴拆碎了影族,他才不需要这样做!"

"别把这一切怪到我头上!"焦毛看上去无比愤怒。

"焦毛可不是唯一渴望赶紧换一个比花楸星更强势的族长的猫!"杜松掌吼道。

褐皮气得毛发倒竖:"换个多强势的族长也没法领导你们这么

极夜无光
JIYEWUGUANG

一群叛徒！"

涡爪、花爪和蛇爪从他们的族猫身边退开了几步，惊恐地瞪大了眼睛。当石翅和草心赶去保护他们的孩子时，洼光挤开猫群走到了前方。

影族巫医抬起头，向叶星眨了眨眼："花楸星已经做出了最明智的决定。失去虎心之后，我们跟争吵不休的八哥没什么两样。我们需要族群的庇护，也需要将武士守则铭记于心的族猫。"

焦毛眯起了眼睛："我一直忠于武士守则。"

"那就按照守则说的去做，去支持你族长的决定！"洼光对他怒目而视。

"但他想要放弃我们的领地！"杜松掌怒斥道。

"他是为了保证族猫的安全！"洼光扬起了下巴。

石翅缓缓地眨了眨眼："影族剩下的猫已经不足以组织起边界巡逻队了。如果我们加入天族，至少还能把学徒们训练成比我们更有出息的武士。"

赤杨心在震惊后的寂静中看着他们，连大气也不敢出。影族就要消失了。一个族群怎能就这样消失？他看向了叶星。

"我们欢迎每一位愿意加入我们的影族武士，"天族族长平静地说道，"我很荣幸接纳你们，但其余拒绝加入天族的成员必须离开这片领地。我不会允许那些自我放逐的猫继续留在花楸星赠予我们的领地上。"

焦虑的声音传遍了其他族群。

夜云的耳朵焦急地抽动着："我们不能让天族取代影族！"

"星族带他们回到湖区，可不是为了看到这样的结果！"叶池也大喊道。

强烈的情感从赤杨心胸中涌出："湖区必须有五大族群！"

他看到烁皮向前倾身，准备发言。这一次她会支持他的立场吗？"这才刚过了几天，天族就开始索取更多的领地了！"她责难地盯着天族猫群，"我早就知道他们不该出现在这里。"

"我们没有索取任何领地！"砂鼻吼了回来，"除了他们自愿提供的以外，我们一点儿也没有索求过！"

"我们刚来湖区的时候，你们的族群就处在分崩离析的状态下。"鼠尾草鼻附和道，"这又不是我们的错。"

他的话语像一记重击打垮了赤杨心。鼠尾草鼻说得没错，撕裂影族的是那些泼皮猫。他们还令河族像独行猫一样龟缩在自己的领地之内。湖区注定要有五大族群共存，可现在却只剩下了三个。赤杨心感到脚下的土地都像是颤抖了起来。这就是预言中的风暴。找回天族本来是为了让族群的力量更加强大，可他们却带来了影族的终结。

他绝望地看向叶池。"这是不对的！"他喘息着说道。

叶池凝视着他，她的眼睛像是幽深的潭水："除了聆听星族的指示以外，我们什么也改变不了。"

星族！赤杨心愤怒得快要说不出话来。星族的多管闲事促成了这场风暴，现在他凭什么还要相信星族能将这一切扳回正轨？

第二十一章

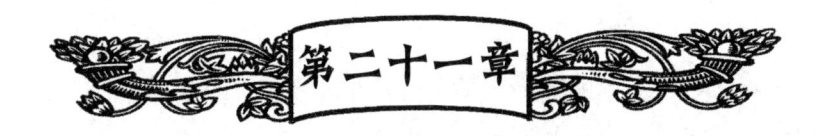

风从湖面上刮过，将起伏的涟漪搅成白色的泡沫。太阳已经升上了晴空。紫罗兰爪大口呼吸着落叶季森林发出的陈腐气息。荒原的泥炭味传来，她不由得看向那片长满石楠的丘陵，不知道是否有风族的巡逻队正在注视着沿湖而行的他们。

她的脚掌又酸又痛。她回头看了一眼樱尾和云雾，她们的脚垫在一路的跋涉中肯定也磨破了。她们并不习惯经历如此漫长的旅途，现在她俩看起来都又疲倦又心焦。

云雾紧张地看看湖水，又看看森林："天族现在住在哪儿？"

鹰翅来到她身旁，向着半桥的方向以及半桥后的松树林点了点头："我们的领地在那边。"

阿树眯起了眼睛："上次我来到这里时，武士们把我赶走了。"

"这一次他们绝不会再驱逐你。"鹰翅向他保证道。

在他们走到树林边时，樱尾嗅了嗅空气，突然激动地抖了抖皮毛："我闻到天族的气味了！"

躁爪和斑愿也扬起了鼻子，他们的眼睛亮了起来，显然也捕捉到了同样的气味。

砾爪看了看他的同窝猫:"这闻起来可跟我们不一样。"他咕哝道。

"不,这是天族的味道。"躁爪坚持道,"只是混杂了一点儿麝香味,仅此而已。"

紫罗兰爪喜悦地弹了弹尾巴:"吃上一个月的森林猎物之后,你们的气味就会跟这个一模一样了。"

砾爪怒气冲冲地回答道:"我才不想改变我的气味。"

薄荷毛走到她的孩子身边,蹭了蹭他的皮毛。"要做出改变可能很难,"她同情地说道,"但从现在起,你将能够在族猫身边长大了。"

"在河谷的时候,我的身边也全都是族猫。"砾爪还是发着牢骚。

紫罗兰爪也走到了他身旁:"等你见过枝爪再说这些话吧。她是只了不起的猫。鳍爪也是,还有芦苇爪和露爪。他们都非常友好。"

一直走在他们身边的鼹鼠须停下了脚步。"现在我得跟你们告别了。"他瞥向岸边的橡树林。他们已经来到了雷族领地里。

鹰翅对这只棕色与奶油色相间的公猫说道:"感谢你为我们提供的帮助,"他低头郑重地行了一礼,然后用口鼻碰了碰鼹鼠须的肩膀,"如果需要帮助,请随时来找我们,天族欠你一份恩情。"

鼹鼠须温暖地向他眨了眨眼。"这是一趟有趣的旅程,"他看了斑愿一眼,"能够帮助一只族群猫逃脱两脚兽的控制,我感到非

常荣幸。"

斑愿咕噜了起来。她是最享受这次旅途的猫，总是冲在队伍的最前头去欣赏下一个山丘后有怎样的风景，或是登上山顶好让新鲜的微风吹进她的皮毛。显然，逃出两脚兽的囚笼令她无比高兴。

紫罗兰爪感激地朝着鼹鼠须走向橡树林的背影眨了眨眼。"再见！"她喊道，"谢谢你！"

雷族公猫挥了挥尾巴作为回应，然后消失在了灌木丛中。

他们离半桥越来越近。鹰翅加快了脚步，他们从这里拐了个弯向松树林进发。紫罗兰爪的心跳加快了。枝爪现在怎么样了？她是否想念他们？她已经等不及要与姐姐分享她一路上的见闻了。

当鹰翅带头沿短而陡的湖岸向上爬时，兔跃不安地竖起了毛。

紫罗兰爪看了他一眼："你还好吗？"

梅花心皱了皱鼻子："你闻到了吗？"

队伍走进松树林后，他们跟着鹰翅一起放慢了脚步。

紫罗兰爪嗅了嗅空气。她的族猫究竟在担心什么？一丝酸腐的气味缠上了她的舌头："影族的味道？"

"正是。"鹰翅停下脚步扫视着前方的树林，他的颈毛开始竖起。

兔跃绷紧肌肉嗅了嗅一丛黑莓。

梅花心也走上前去闻了闻地面："到处都是他们的气味。而且相当新鲜。"

云雾的眼睛瞪大了："你们确定这里真是天族的领地？"

"当然。"鹰翅爹开了他的皮毛,继续向前走去。

紫罗兰爪弹出了爪子。影族是趁着远征队不在的时候夺回了他们送出去的领地吗?

"我们先回营地看看吧。"兔跃建议道。

鹰翅点了点头,快步绕过了黑莓丛,踏上了通向杉树林的道路。

紫罗兰爪跟了上去,她的族猫聚集在她周围。随着他们越来越靠近营地,影族的气味也越来越浓烈了。紫罗兰爪感到嘴巴里干干的。天族难道是被影族驱逐了吗?她又闻了闻空气,认出了新鲜的天族气味,不由得心里更加疑惑。现在他们已经能透过树木看见环绕营地的香薇围墙了,那里依然散发着熟悉的气息。

鹰翅皱紧了眉头,显然他也被搞糊涂了。紫罗兰爪竖起耳朵想要捕捉到争吵的声音,但当他们靠近营地时,传来的却是鳍爪兴高采烈的叫声。

"我们需要更多的苔藓!"

"以及香薇叶!"枝爪回应着他。

"我这就带涡爪和花爪去森林里收集一些回来!"鳍爪听起来异常兴奋,"你就留在营地跟露爪和蛇爪一起继续搭我们刚开工的新窝吧。"

涡爪、花爪和蛇爪?他们不是影族的学徒吗?为什么他们会来帮枝爪修建巢穴?

她和兔跃对视了一眼,她的老师现在也一头雾水。营地入口处

极夜无光
JIYEWUGUANG

弥漫的影族气味是那样浓烈，紫罗兰爪不由得闭紧了嘴巴。"这是什么情况？"

话音未落，鳍爪就从营地入口中冲了出来，身后紧跟着涡爪和花爪。他看到巡逻队，连忙打着滑停了下来，瞪大了眼睛，然后激动起来。"你们回来了！"他的目光移向鹰翅和梅花心身后的猫，"而且还找回了我们的旧族猫！"

鹰翅紧盯着涡爪和花爪："这里究竟发生了什么？"

鳍爪扭头看了一眼曾属于影族的学徒们。"叶星会跟你解释的。"他飞快地回答道，"我们现在要去收集苔藓和香薇叶。"他的目光从砾爪、边爪、浅爪和花蜜爪的身上依次掠过，"看来学徒巢穴会变得非常拥挤！"

他没有给出任何解释就像兔子一样蹿进了森林里，涡爪和花爪也赶紧追了上去。

紫罗兰爪很高兴看到鳍爪尾巴上的伤口已经完全愈合了，而且他的精神也很不错。但她无法理解为什么他对和影族学徒一起收集修建巢穴的材料这种任务如此热情。

鹰翅抖松了皮毛。"走吧，"他低吼道，"让我们看看究竟发生了什么。"他大踏步地走进了营地。

紫罗兰爪跟着父亲穿过了香薇通道，眼前的景象令她惊讶地眨了眨眼。他们启程时尚未完工的营地现在已经焕然一新。各个巢穴的围墙都已经被编织好了，巫医巢穴的地面也垫上了苔藓和柔软的黑莓藤叶。小溪边生长的香薇也被清理过，腾出了一片宽敞的空

地。

营地里挤满了猫。她看到砂鼻和梅柳正在一片草地上休息,在他们身旁,微云仰面朝天地躺着,小鹌鹑、小原鸽和小晴在她的肚子上爬来爬去。在营地的另一侧,影族的武士正把大堆大堆的苔藓推进武士巢穴,而巢穴里的雀毛指挥着他们:"这里还能再放下五个铺垫,但要想让所有猫在秃叶季里不受冻,我们恐怕还得再建出第二个巢穴才行。"

石翅在巢穴外审视着黑莓围墙。"这里还可以往外扩展一些。"他看了看头顶低垂的杉树枝条,"这棵树就是天然的棚顶。"

"我们可以去我们的旧营地取一些回来。"草心说道。

鹰翅目瞪口呆地看着他们:"看在星族的分上,这里究竟发生了什么?"

话音未落,叶星就顶开垂挂在老杉树洞洞口的苔藓帘走出了巢穴。她看见鹰翅的队伍,眼睛立刻亮了起来。"你们回来了!"她高高地竖起尾巴,翻过缠结的树根冲过来与她的族猫问好。她绕着樱尾和云雾转了好几圈,与她们还有荨麻斑和薄荷毛互触鼻头,最后停在了斑愿的面前。"你们都安全归来了。"她蹭了蹭巫医的脸颊,眼神闪闪发亮。

叶池和洼光从巫医巢穴里走了出来,好奇地看着回归的远征队。

当砂鼻和梅柳跃起身跑到旧日族猫身边嘘寒问暖时,阿树悄悄

地退开了几步。

"你们这一路还好吗?"

"你们现在怎么样?"

一连串的问题抛向了远征队的成员,闲蕨、贝拉叶和鼠尾草鼻也急忙赶了过来。

紫罗兰爪的目光越过他们,看向了枝爪。

枝爪也在望着她,眼睛闪着亮光。很快,她从学徒巢穴里冲了过来。她大声地咕噜着蹭了蹭紫罗兰爪的口鼻,然后又用脸颊蹭了蹭鹰翅的鼻子。"你们都安全地回来了。"她开心地长舒了一口气,然后眨眨眼看向了其余的远征队成员,"而且还找回了这么多的族猫。"

"我们很高兴回家。"鹰翅对她说道,"你在家里过得怎么样?"

"好得很!"

紫罗兰爪感觉自己从枝爪的眼神里看出了一瞬间的犹豫。她真的过得好吗?

枝爪没有给她留下胡思乱想的时间。"你们的旅程怎么样?寻找族猫是不是很困难?你们遇到狗了没有?或者狐狸?"她激动得简直喘不过气来。

"我们马上就给你讲述一路上的经历,"鹰翅听起来有些心不在焉,他的目光不住地瞥向僵硬地伏在褐皮身旁的花楸星。其余的影族武士都在围观着重新团圆的天族猫们。"首先,我们必须搞明

白现在到底发生了什么。"他走向叶星，打断了她与斑愿和躁爪的谈话。"为什么我们的营地里会有影族的猫？"他直截了当地问道。

天族猫纷纷安静了下来。影族猫相互聚拢了一些，花楸星眯起了眼睛。

只有蛇爪还在喋喋不休："我希望鳍爪能多带点儿香薇叶回来，毕竟我们需要搭的窝比预计的还要多好几个。我还没见过这么多的……"她看看四周，仿佛刚刚意识到自己是唯一一只还在说话的猫，连忙闭上了嘴。

叶星与鹰翅四目相对："在昨晚的森林大会上，花楸星解散了影族。他希望天族为他和他的族群提供庇护。"

"庇护？"鹰翅看了一圈营地里的猫，"他们需要什么庇护？难道泼皮猫又卷土重来了吗？"

"不，"叶星瞥了影族族长一眼，压低了声音，"我想他需要的是我们庇护他免受自己族猫的讨伐。"她对鹰翅耳语道。

鹰翅的眼睛眯了起来："但他的族猫都在这里，在他身边。"

"现在他们属于天族。"叶星说道，"和花楸星不同的是，我不会容忍族猫互相争吵或是对彼此不忠。"

紫罗兰爪不安地挪了挪爪子。她看向蹲在营地角落里的影族族长。她能够理解为什么影族的猫不再对他报以尊敬。他似乎已经被彻底击垮了，而相比之下，叶星却绝不会落入这样的境地。

梅花心皱起了眉："所以影族现在成了天族的一部分？"

"正是。"叶星说道,"花楸星把他的领地全部转让给了我们。没有了领地,影族也将不再存在。"

"但我们当初就坚持了下来。"鹰翅提醒她。

"那也只是挣扎在消亡的边缘而已。"叶星看向回归的族猫,"但现在我们终于再次团圆了,并且获得了属于自己的领地。"她咕噜了起来,"你们一定都很饿了吧,我这就安排狩猎队出发。"

紫罗兰爪这才意识到自己的腹中空空如也。早上吃下的那只不太新鲜的老鼠在如此之长的旅途后根本无法驱除她的饥饿感。

"贝拉叶,"叶星冲着浅橙色的母猫点了点头,"你带上砂鼻和两位影族武士,去影族的旧营地附近狩猎。梅柳,你带上鼠尾草鼻……"

砂鼻突然插话了,他紧盯着阿树问道:"他是谁?"

独行猫紧张地退到了离远征队一条尾巴之外的地方。"我叫阿树。"他小声说道。

叶星冲荨麻斑眨了眨眼:"他是你们在河谷招收的新族员吗?"

荨麻斑摇摇头。

紫罗兰爪走上前来。"是我发现了他。"她说道,"他独自生活,但我认为应该让他跟我们一起回来。"

"松针尾指引着紫罗兰爪找到了他。"鹰翅解释道。

叶星看起来有些茫然:"我记得松针尾已经死了。"

"她的确是死了,"鹰翅对她说道,"但她拜访了紫罗兰爪,

并告诉她阿树对族群非常重要。"

褐皮走上前来，眯着眼睛打量着阿树。"他看起来有些眼熟。"她说道，"我记得在很多个月前他曾和松针尾一起出现过。"她绕着独行猫转了一圈，"但和松针尾是朋友可不是什么有说服力的身份。"她狠狠地剜了紫罗兰爪一眼。

"你这样说不公平！"紫罗兰爪毛发倒竖，"松针尾为了保护族猫付出了她的生命！"

"是啊，在她率先背叛他们之后。"褐皮低吼道。

鹰翅走到了紫罗兰爪的身边："紫罗兰爪相信松针尾，而我相信紫罗兰爪。"

"但紫罗兰爪还年轻。年轻的猫总会犯些错误。"叶星严肃的目光从紫罗兰爪移向了花楸星，"我们已经亲眼见过贸然邀请陌生猫加入族群的下场了。"

紫罗兰爪的心沉了下去。她要命令阿树离开这里了！"但他可能真的很重要！"她必须阻止叶星做出错误的决定。

叶星不为所动："如果他真的很重要，那么星族就会亲自指引你去见他，而不是由松针尾来做这件事。我们不能信任……"

"等一下！"洼光打断了她的话。巫医正紧盯着阿树的爪子。他挤开围成一团的天族猫，并把挡路的褐皮推到一边："你们看他的后爪！"他激动得奓开了全身的毛。

叶池跟着他赶了过来，并顺着他的目光看去。"六趾！"她倒吸一口冷气，转过头看着叶星，"六趾猫真的存在。他就是星族要

我们找的猫!"

鹰翅疑惑地皱了皱眉:"星族要你们寻找阿树?"

"星族给柳光送去了一个幻象。"洼光向他解释道,"它们向她展示了一只后掌有六根脚趾的猫的形象,然后告诉她:'为了抵御风暴,你们需要多一只爪。'"巫医的眼中闪着欣慰的光,"现在我们终于找到他了。"

叶池若有所思地看着阿树:"我们必须搞清楚他到底有什么特别之处。"

"以及他能通过什么样的方式帮助我们。"洼光激动地绕着独行猫不住地转着。

叶星的尾巴抖了抖。"我想,既然星族早就预言了这一切,那么我们也不得不接纳你了。"她逼近阿树,眼中流露出警告之意,"暂时接纳。"

紫罗兰爪大松了一口气。她不知道松针尾现在有没有看到这一切。她现在踏上前往星族的路了吗?

"贝拉叶!梅柳!"叶星召来两位武士,"带狩猎队出发吧,我们现在多了许多张嘴要吃饭。"

族群从刚才的静默中恢复了生机。紫罗兰爪眨着眼看向周围四处走动的武士们。突然回到家,还被如此之多的猫包围着,令她感觉有点儿不适应。她把目光移向了学徒巢穴。

枝爪来到她的身侧,与她皮毛相擦。"自从你们出发之后,我和鳍爪就一直在忙着搭新窝,但我们真没想到现在会需要这么多

窝。"她瞥向边爪和她的同窝猫,"我都不确定学徒巢穴还够不够大了。"

叶星高扬着头走向了她俩。"你们俩很快就不需要在学徒巢穴里占位置了。"她看着紫罗兰爪的双眼说道,"是时候让你和你的姐姐搬进武士巢穴了。"

激动之情涌满了紫罗兰爪的胸膛。"真的吗?"她几乎无法相信自己的耳朵。

叶星点了点头:"枝爪已经学会了天族的生活方式,而你跋山涉水带回了失散的族猫。你们都有资格获得武士名号。"

紫罗兰爪转向枝爪,她的心激动得都要爆炸了。在经历了这么多之后,她们终于一起成为了武士,并为同一个族群狩猎、战斗。她咕噜起来,并蹭了蹭枝爪的脸颊。一切终于回归了正轨。

第二十二章

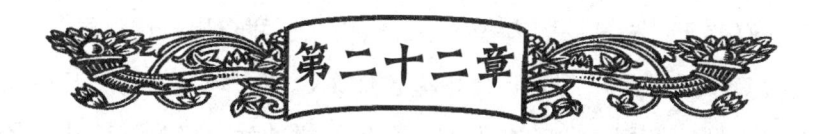

紫罗兰爪的鼻息几乎冲到了枝爪的脸上。她们马上就要晋升武士了。枝爪等待着兴奋之情从胸中涌出,但她此刻却心如止水。

鹰翅响亮的咕噜声回荡在她的耳畔。"我为你们而骄傲。"他用低沉的嗓音说道,"你们一定会成为伟大的天族武士。"

边爪、芦苇爪和露爪簇拥在她们身旁。枝爪木然地眨了眨眼,很想知道自己为何感到如此格格不入。

"你们就要获得武士名号了!"露爪用力与她蹭了蹭口鼻,"祝贺你们!"他瞪大了眼睛,"我得去把鳍爪叫来,他早就想观摩你的武士命名仪式了。"

当这只公猫冲出营地时,枝爪一动不动。

"枝爪!"紫罗兰爪的声音将她从茫然中唤醒,吓得她一哆嗦。

"怎么了?"枝爪向妹妹眨了眨眼。

"你不觉得高兴吗?"紫罗兰爪不安地凝视着她。

枝爪抖松了皮毛。"我当然高兴。"她强迫自己咕噜了一

声,"为这一刻我已经等了太久太久了。"我马上就要成为武士了。她这才意识到周围走动的群猫。一位天族的武士。营地似乎一下子变得拥挤了。影族猫挤在武士巢穴旁,而天族的猫都在激动地聊着天。枝爪感到有些喘不过气来:"我得出去透透气。"

紫罗兰爪似乎没有听清她说了什么,因为她正专注地与鹰翅对话:"我真想知道我会得到一个什么样的武士名号。希望那是个好名字。你觉得枝爪的名号会是什么呢?我猜她大概会获得一个很厉害的名字,毕竟她那么全能。"

枝爪退后了几步。

鹰翅向她看了过来:"你要去哪里?"

"只是出去透透气罢了。"她说道。

"别走太远。"鹰翅的眼睛里闪着亮光,"叶星肯定很快就要举行仪式了。"

"我会及时回来的。"枝爪转过身,从天族和影族猫群之间挤了过去。离营地入口越近,她走得就越快,到最后她直接跑出了营地。

她很快离开了大路,一头撞开蕨丛,以最快的速度狂奔向随便哪个能让她独处的地方。她冲上一座斜坡,坡上的树横七竖八地倒着,露出了上方的天空。她向上爬去,然后停下脚步开始大口喘气。我到底怎么了?为什么她的皮毛下总有焦虑感在灼烧?这不正是我一直以来渴望着的一刻吗?

"枝爪?"鳍爪的声音吓了她一大跳。她转过身,发现他正

极夜无光
JIYEWUGUANG

在坡顶向下张望。"我就觉得我看到了你。你来这里做什么？露爪刚告诉我你的命名仪式马上就要开始了。现在他已经带着涡爪和花爪回营地了。"他凝视着她，眼中露出疑惑的神情，"你为什么出来了？"

"我需要新鲜空气。"刚才的一路狂奔已经弄乱了她的皮毛。她的身上升腾着热气。

鳍爪向她走来，双眼圆睁："你没事吧？"

"没事，"枝爪努力装出兴奋的模样，"叶星的通知太突然、太令我惊讶了。而且营地现在太挤了，我只是想出来透个气。"

"我猜这对你来说是件大事。"鳍爪说道，"我是说，获得武士名号这件事。"

"是啊。"她凝视着他。鳍爪的黄眼睛闪闪发亮，厚实的毛发也一起一伏。"紫罗兰爪特别兴奋。"鳍爪看起来完全像位武士，而非一位学徒，"你应该也很快就能获得武士名号了。"

"我还有很多东西要学。"他小心翼翼地紧盯着她，仿佛已经猜到枝爪顾左右而言他是在掩盖某些更严峻的问题。

"我该回营地去了。"枝爪说道，"仪式随时都有可能开始。要是我迟到了，紫罗兰爪永远都不会原谅我的。"

"在被迫分离了那么久之后终于能一起经历武士命名仪式，这对你俩来说肯定意义重大。"鳍爪猜测着。

"没错。"枝爪超过了他，"这是我们梦寐以求的时刻。"

她的心狠狠地揪了起来。但我一直以来都梦想着能和她在雷族团圆。她回想起了赤杨心和百合心。他们这次不可能来目睹她是如何获取武士名号的了。还有藤池。她教给我的东西比任何猫都要多。而且她一直在给我鼓励与支持。她突然很想知道他们这会儿都在干什么。他们也在重建营地吗？她一直没有找到机会告诉百合心她也在为雪丛遭遇的不幸而感到痛苦。在森林大会上，她只能远远地望着那些陪着她长大的猫，望着他们经历滑坡之后满身的伤痕，却不敢上前搭一句话，因为砂鼻一直在盯着她，等待她用行动证明自己不够忠于天族。

鳍爪赶了上来。"但你看起来不是特别激动。"他柔声说道。

枝爪扬起了口鼻："不，我很激动。"我会激动起来的。她将一切有关雷族的思绪都抛出了脑海。这就是我做出的选择。"这一定会是我这辈子最美妙的一天。"她加快脚步沿着来时的路返回，穿过蕨丛走进营地。

她的族猫已经在小溪旁围成了一个圈。影族猫也加入了进来。她的妹妹正和鹰翅一起站在一边。叶星走到了圆心处。

"你在这儿呀！"紫罗兰爪焦急地用尾巴示意她过去。当枝爪从圆圈里穿过时，鳍爪从外侧绕了半圈，挤到露爪身旁。"你跑到哪儿去了？"紫罗兰爪压低声音问道。

"已经告诉过你了嘛，"枝爪也悄声回答道，"我去透了透气。"

极夜无光

鹰翅舔了舔她双耳之间的毛发。紫罗兰爪大惊小怪地绕着她转了几圈,用脚掌抚平她乱糟糟的皮毛。"你得把自己收拾得整洁一点儿才行。"她瞪大了眼睛,似乎十分紧张,"我现在太激动了。希望我不会说错话。"

"你只需要照着叶星说的去做,然后回答她问你的问题就行了。"鹰翅说道。

"她还要问问题?"紫罗兰爪紧张地眨了眨眼,"要是我答不上来怎么办?"

"你肯定答得上来。"鹰翅用口鼻蹭了蹭她的脸颊,然后将她推向了叶星。

"紫罗兰爪。"在紫罗兰爪穿过空地走向她的同时,天族族长挺起了胸膛。她轻柔地用鼻子碰了碰紫罗兰爪的脑袋。

枝爪的肚子里一阵翻滚。接下来就该我了。

"我,叶星,天族族长,在此呼唤我的武士祖灵俯瞰这位学徒。她已经进行了刻苦的训练,掌握了武士守则的要义。我将她作为武士介绍给你们。"她与紫罗兰爪四目相对,学徒也急切地望着她,"紫罗兰爪,你能发誓坚守武士守则,保卫你的族群,即使付出生命也在所不惜吗?"

"我发誓。"紫罗兰爪的声音无比坚定。

"那么,我借助星族的力量,赐予你武士名号。"叶星的眼中闪现出骄傲,"紫罗兰爪,从此刻起,你的名字将是紫罗兰光,这是为了纪念你的母亲,更是因为你有一颗光芒四射的

灵魂。星族以你的勇气与忠诚为荣,欢迎你成为天族的正式武士。"紫罗兰光低下了头,叶星用口鼻触了触她的脑袋。

"紫罗兰光!紫罗兰光!"欢呼声响彻了营地,其余的天族猫开始高呼紫罗兰光的武士名号。接着,石翅加入了欢呼的行列,然后是草心、杜松掌和雪鸟,最后击石也高呼起来,连花楸掌都动了动嘴唇。焦毛瞪了他的族猫一眼,但最终也祝贺了紫罗兰光。

"紫罗兰光!"枝爪听着自己的嗓音融入全族的呼声中。我也能做得到,她对自己说道,我只需要说一句"我发誓"而已。

鹰翅的声音有些哽咽。他的眼中蒙上了一层水雾,但他挺起了胸膛。他多么为她骄傲啊。枝爪感到有利爪深深地嵌进了自己的心脏,我真希望他能同样以我为傲。

她向前走去,穿过面前的草坪,走向正在等待着她的叶星和紫罗兰光。她的脚步越来越沉重,越来越慢,最后,她干脆停了下来。她眨着眼看向叶星,感到浑身无力。

她做不到。她觉得自己马上就要窒息了,仿佛怎么也吸不进空气一般。这是个错误。我不属于天族……

在她理清思路之前,她想说的话就一股脑儿地从嘴里冲了出来。"但我是雷族猫!"她的声音无比沙哑,"对不起,我必须回到他们身边。"

叶星震惊地瞪大了眼睛。

族猫的欢呼声瞬间沉寂了下来。枝爪没有勇气迎接紫罗兰光

的目光。她竭力不去想象鹰翅脸上现在挂着的是什么表情。

她只是牢牢地盯着叶星。"我一直希望我能像天族猫一样思考。"她很想逃离这座营地,她渴望穿过森林一头扎进雷族的营地,告诉他们自己终于回家了。她渴望看到他们欣喜的明亮眼瞳,渴望听到他们愉快的咕噜声。但现实生活没有那么简单。哪个族群会想要一只没有决心的猫呢?但我有决心!这一次,我清楚地知道我在做正确的事情。可是谁会相信她呢?"但是我属于雷族。"

叶星的眼中闪现出怒火。"那你就该早点儿说出来!"她身上的毛开始竖起,"现在才改变主意可不是什么明智的选择。"

枝爪颤抖起来,但没有躲避她的目光:"总比完成仪式后再反悔要好。"

砂鼻走上前来。枝爪做好了迎接他的怒斥的准备,但这一次他神色平和。他来到她身边,直到与她皮毛相擦。"枝爪不是随随便便就做出这样的选择的。我一直在看着她一边挣扎一边竭力去做正确的事情。从加入天族的那一刻起,她的心就在两个族群间不住地摇摆。"他看向叶星,"她终于找到了做出抉择的勇气,我为她感到自豪。"

叶星哼了一声:"但她浪费的是我们的时间。"

"她用这段时间找到了自己忠心的真正归属。没有任何猫的时间被浪费。"砂鼻说道,"假如她留在了天族,却把一半的忠诚留在雷族那边,她又能为天族做出什么贡献呢?"

猫武士

枝爪向前迈了一步:"我很抱歉。"愧疚撕扯着她的皮毛。她瞥了鳍爪一眼。他也在盯着她,大大的黄眼里写满了失望。

叶星扭过头,甩了甩尾巴:"仪式到此结束!"她解散了围观的众猫。

鹰翅冲到了枝爪的身旁。"砂鼻说得对,"他说道,"你真的很勇敢。"

刺伤枝爪的心的爪子这下挖得更深了,因为她从鹰翅的眼中看到了一闪而过的哀伤。"我很想留下来,留在你和紫罗兰光的身边,"她难过地说道,"但从我加入天族的那一刻起,离开雷族的愧意就一直纠缠着我。"她的目光垂了下去,"而且我真的很想念他们。"

一声怒吼从她身后传来。枝爪转过了身。

紫罗兰光对她怒目而视:"你又一次抛弃了我!"

"不,我不是这个意思。"枝爪惊恐地僵住了,"我依然是你的姐姐,什么也不能改变这一点。"

紫罗兰光没有理会她的话:"当我们在影族时,你就抛弃过我一次了,而你现在又要离开我。而且这两次全都是为了你那亲爱的雷族!雷族猫有什么好?雷族猫只是一大窝多管闲事的自大狂、自以为是的万事通!你怎么能喜欢他们胜过喜欢和我在一起?"

枝爪在妹妹的盛怒背后听出了她的痛苦。她很希望能抚平妹妹的痛苦,要是自己能装出她的心属于天族、属于紫罗兰光和鹰

翅就好了。"但如果我留下来,我将永远找不到幸福。"

"我不管!"紫罗兰光嘶声吼道,"我管你幸不幸福!你想没想过我?凭什么我从来都没有获得幸福的权利?"她瞪大了眼睛,仿佛刚刚意识到自己都说了些什么。她全身都颤抖起来,目光也垂向了地面。"对不起。"她喃喃地说道,"可我刚刚还以为一切都会像我梦想中的那样发展下去。"

枝爪将口鼻贴到了紫罗兰光的脸上:"我永远都爱你。当然还有鹰翅。我会永远珍藏铭记和你们共度的时光。"

鹰翅拱了拱她们俩,用尾巴轻轻抚平了紫罗兰光的皮毛。"枝爪说得没错,"他柔声说道,"我们永远都是至亲。也许这会让我们牵挂枝爪,但和身在天族却心向他族相比,找到自己真正的归属之地对她来说不是更好吗?"

紫罗兰光抬起了她那闪着泪光的眼眸:"我只是希望她留在我们身边罢了。"她的嗓音无比沙哑。

罪恶感像脉搏一样在枝爪的胸中鼓动着。

他们身后的叶星清了清嗓子。"枝爪,如果你不想做天族猫,"她开口了,声音轻柔而坚决,"那么也许你最好回到雷族。"她将目光移向了营地入口。

枝爪紧盯着天族族长。叶星不会再改变主意了。我太让她失望了。"我这就走,"她说道,"谢谢你为我做过的一切。"

叶星点了点头,但没有再看她一眼就径直走开了。

枝爪又一次用鼻子碰了碰紫罗兰光的脸颊,然后又蹭了蹭鹰

翅的:"你们俩也多保重。"

鹰翅伤感地眨了眨眼。紫罗兰光背过了身。

枝爪向香薇入口走去,她的心都要碎了。她能感觉到族猫们的眼神落在她的背上,也听见了他们的窃窃私语。

"雷族!"

"她在这里永远找不到幸福。"

"那她一开始还干吗跑过来?"

天族还有可能原谅她吗?

当她走到入口边时,身后传来了脚掌踏地的声音。"枝爪!"是鳍爪追了上来。

枝爪看着他,心中涌起了更强烈的痛苦。与鳍爪告别带来的疼痛甚至要远胜利爪的攻击。"对不起。"她开口道。

"为什么这样说?"

"因为我就要离开你了。"她回答,"我会想念你的。"

"你不必想念我。"鳍爪定定地望着她。

他是在挽留她吗?

"因为我会和你一起走。"他坚决地扬起了口鼻,"谁也不能阻止我。"

"但这是你的族群!"枝爪简直无法相信自己的耳朵。

"从现在起,我就是雷族的猫了。"

他是认真的吗?"那砂鼻和梅柳怎么办?还有芦苇爪和露爪?"

极夜无光

"没有我他们也能过得很好。"鳍爪抖松了皮毛,"我不在意我到底属于雷族还是天族,就算是影族也无所谓。只要能和你在一起就够了。"

枝爪凝视着他,什么话也说不出来。她向他点了点头,走出了营地。她的心从沉重的痛苦下挣脱了出来。有鳍爪一边咕噜一边陪着她前行,她的心简直要随着树梢间啼鸣的鸟一起唱起歌来。

第二十三章

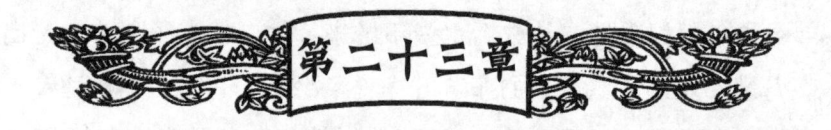

"她为什么要提出在这里碰面?"赤杨心呼出的气在冰冷的夜中凝结成白雾。他沿着湖岸向前走去,脚下的鹅卵石嘎嘎作响。现在这里是天族的领地了,但还是有影族的气味从领地里飘出。河族边界现在只离他们几步之遥。

"我也不知道。她只让我们去离河族边界尽可能近的地方等着。"隼飞向边界另一端望去,"我猜等她到了她就会给出解释的。"

就在早晨,叶池来到雷族的营地,汇报说她很快就会回家,但在那之前所有的巫医必须先在月高时分到湖边碰个面。接着她就匆匆忙忙地赶去风族传递这个消息了。

日渐瘦削的月亮高悬在乌黑色的天空中,星光在湖面上闪烁。赤杨心抖松了皮毛抵御寒风,并瞥了松鸦羽一眼。

令他惊奇的是,盲眼巫医竟然没有抱怨什么。他沉默地坐在原地,向黑暗处眨了眨眼。

"您还暖和吗?"赤杨心问道。

松鸦羽抽了抽鼻子:"这重要吗?我现在已经过来了,而且

就打算这么等下去，不管我觉不觉得冷。"

赤杨心松了一口气。松鸦羽永远都是松鸦羽。之前叶池遮遮掩掩的谈吐让他有些心神不宁，她的表现很不寻常。当她通知他们碰面的事宜时，他一直在试着读懂她目光里的东西，但她的目光什么也没有透露出来。她是要给他们带来更多的坏消息吗？还有什么消息能比影族的消亡更坏吗？

自两日前的森林大会起便萦绕他身畔久久不散的暗影中也曾燃起过希望的火花，那就是来到雷族营地的枝爪和鳍爪。她请求黑莓星收留他俩，并声称直到她跟随至亲加入天族的那一刻，她才意识到自己对雷族的忠诚早已深埋于心中。

黑莓星还没有正式答应她。枝爪的善变令他心生芥蒂，而且他也不确定鳍爪是否值得信任。据黑莓星所说，这只天族公猫脱离本族的决定未免也太轻率了一些。但他还是承诺只要他俩能够证明自己的忠诚，他就会考虑枝爪的要求。赤杨心私底下认为他的父亲不可能驱逐他们俩，毕竟他们现在已经无处可去。

"看！"隼飞激动地扬起了尾巴。

一只猫头鹰掠过了湖面。湖水是那样的平静，清晰地倒映出了月光下舒展的巨翼。那只猫头鹰贴着水面飞过整个大湖，然后扶摇而起，在小岛上空盘旋起来。它啼哭般的啸声在山谷间久久回荡，直到飞入树林消失不见。

"这会是星族降下的预兆吗？"隼飞喘息着问道，"猫头鹰很少掠水飞行。"

松鸦羽将脚掌又向肚子底下缩了缩。"那你觉得星族想表达什么?"他哼了一声,"猫头鹰能拯救族群?"

隼飞生气地扭过头盯着他:"它怎么就不可能是征兆了?"

"我们已经收到了一大堆的征兆,"松鸦羽用空洞的盲眼对准了隼飞,"不需要再收到更多了。"

赤杨心走到了他俩之间。"我也希望能在接到下一个预言之前先把眼前的解读出来。"他不情愿地说道。他感到十分挫败,因为寻找六趾猫的行动没有获得任何进展——如果真有一只六趾猫等着他们去找到的话。滑坡事故占去了他所有的时间,他腾不出工夫到边界之外展开搜索。

湖岸高处的灌木丛晃动起来,四个身影在月光中出现了。

"叶池!"赤杨心在看清他们之前就分辨出了她的气味。洼光也和她一起来了,但剩下的两只猫他都没有见过。

他们走下湖岸,停在他的身前。

叶池低下了头:"感谢你们的到来。"

松鸦羽抽了抽鼻子:"他们是谁?"他失明的蓝眼直勾勾地盯着叶池身后的两只猫。

洼光兴奋地甩了甩尾巴:"他们是天族的巫医。"

一只斑驳的浅棕色母猫走上前来,她的眼睛闪闪发亮。"我是斑愿,"她又冲着身后的黑白花色公猫点了点头,"他是我的学徒躁爪。"

"你们好。"躁爪的声音听起来有些紧张。

极夜无光
JIYEWUGUANG

"天族现在有三位巫医了!"隼飞听上去十分惊讶,"这下就剩风族只有一位巫医了。也许我也是时候给自己找位学徒了。"

赤杨心与洼光对视了一眼。隼飞把影族公猫也算成了天族的巫医。他怎么能这么轻易地接受影族灭亡的事实?他飞快地移开了目光:"枝爪告诉我们搜索队已经回来,但她没有说他们还带回了天族的巫医。"

松鸦羽朝叶池弹了弹尾巴:"这下你可以回家了,因为天族再也不需要你了。"

"我会的,"她承诺道,"一旦斑愿和躁爪安顿下来,我就会带他们去看最适合采集草药的几个地点。"

"让我们把草药的事先放一放吧!"斑愿不耐烦地挪了挪身子,"我们还有更重要的事情要说。鹰翅的搜索队找回的可不仅仅是失散的族猫。"

她的声音中流露出兴奋之意。赤杨心眨了眨眼睛。

隼飞也竖起了耳朵:"那他们还带回了什么?"

叶池扭头看向了森林。第五只猫从灌木丛中走了出来。

松鸦羽皱起了鼻子:"独行猫?"

赤杨心从气味闻出这是一只公猫,他紧张地绷紧了身子。这只独行猫皮毛光洁、肌肉强健,当他走来时,一身黄毛在月光下闪闪发亮。

他走到叶池身旁,向巫医们低头行礼:"我是阿树。"

松鸦羽眯起了眼:"你就是那只六趾猫。"

"你是怎么猜到的?"赤杨心惊讶地扭头看向了盲眼巫医。

松鸦羽走上前去嗅闻着公猫身上的气味:"还有什么能让叶池演这么大一场戏把我们叫到这里来吗?"

叶池抽了抽鼻子:"这并不是我叫你们来这里的唯一原因。你不觉得我让你们在湖边集合有些蹊跷吗?"

"我还以为你是想替我们省去前往月亮池的长途跋涉呢。"松鸦羽没好气地回答道。

赤杨心没有仔细听他们的对话。他正专注地凝视着阿树的脚爪。他的哪只脚爪长了六个趾头?在月光下想要看清这些细节并不容易。但突然间他就看到它了——阿树的第六根脚趾,就长在他的后爪上,正如星族在预言中所说的那样。他真希望柳光能到这里亲眼看一看。

隼飞朝叶池眨了眨眼睛:"这个地点有什么特别之处吗?"

斑愿和叶池相互看了一眼。

"有。"斑愿回答他,"我们已经和阿树聊过了,他有一种特殊能力,也许能帮上我们的忙。"

"我也希望他能帮上忙。"松鸦羽吸了吸鼻子,"不然星族还叫我们去找他干吗呢?"

隼飞弹了弹尾尖:"你的特殊能力是什么?"

"它和这片湖岸有什么关系吗?"赤杨心抖了抖耳朵。这只六趾猫究竟会怎样帮助他们呢?

极夜无光
JIYEWUGUANG

森林边缘又传来了脚步声，更多的猫从树林中涌出，他们沉默地走到了岸边。影族的气味充斥在空气中。焦毛和杜松掌领着他们的族猫穿过石滩。褐皮走在花楸掌身旁，这位影族前族长目光空洞地盯着前方，任由褐皮指引他前行。紫罗兰光跟在他们背后。她看起来十分紧张，仿佛刚刚发觉自己是队伍里唯一的天族猫。

松鸦羽的颈毛一下子竖立了起来："他们为什么会跑到这里来？"

"他们必须到场。"洼光解释道，"他们必须看看阿树即将展示给我们的一切。"

赤杨心的思绪开始飞转。这只六趾猫到底要给他们看什么？这和影族又有什么关系？他的心跳加速了。阿树是否掌握着阻止影族消亡的力量？

"这里够近了吗？"叶池看着紫罗兰光。这位年轻的武士来到了水边。

她看向河族边界，眼中闪现出畏惧的光。"够近了。"她深吸了一口气。

松鸦羽用力一甩尾巴："这到底是怎么回事？"

"我们必须尽可能靠近松针尾丧生的地方。"叶池柔声说道。

"松针尾以及其他的猫。"杜松掌也走上前来，他的目光阴沉。他周围的族猫也都不安地挪动着爪子。

"阿树的特殊能力是将死去的猫从黑暗中召回,让我们能看见他们。"叶池解释道。

看见死去的猫?赤杨心的皮毛不安地刺痛起来。"他是怎么做到的?"

叶池眨了眨眼睛:"我也不知道。他自己也说不清楚。这是他与生俱来的特异天赋。"

阿树走到了边界旁。"死去的猫一直都徘徊在我们的身边,每时每刻皆是如此。"他说道,"我能感应到他们的存在,有时也能令他们现身。"

赤杨心扭过了头,他开始颤抖起来。不安像虫子一样在他的皮毛下蠕动着。除了星族,还有别的猫一直注视着我们的一举一动吗?当他怀念松针尾时,她是否就曾来到他的身边?

"我的能力无法令所有的亡者现身,"阿树继续说道,"松针尾向我提过星族的事。我从未见过任何星族猫。我想,我应该只能感应到那些与活着的猫之间存在羁绊的灵魂。他们一直被困在我们身旁,无法离去,除非他们觉得自己完成了命中注定要做的事情。以松针尾为例,"独行猫看向了紫罗兰光,"在她亲自终结因她而起的一切祸端之后,她才能找到通向星族的路。"

紫罗兰光听着阿树的讲解,眼中涌动着激烈的情感。

洼光激动地瞪大了双眼。"他说他也许能够唤回我们失去的族猫,"他说道,大气也不敢喘一口,"我们失去的族猫太多了。我们甚至不知道他们究竟是死了,还是迷路了,又或者是真

极夜无光

的跟着泼皮猫逃走了。"

松鸦羽的皮毛起伏着："你想问的就只有这些？你就只知道问你的哪些族猫死了？"

隼飞向独行猫走去，顺着他的目光望向了边界对面："看到死去的猫之后，我们该怎样抵御风暴，这才是六趾猫存在的意义。不是吗？"

叶池与洼光和斑愿交换了一个眼神。"我们也不知道。但既然这是他的特异天赋，就先让他施展一次吧。"她转向阿树，仿佛在示意他赶快开始。

赤杨心感到一种静默之力降临了，并像潮水一样越涨越高，连呼吸带出的风声都被吞没了。群猫像冰雕一般注视着凝望水面的阿树。赤杨心竭力想要捕捉到任何细微的动静，他几乎不敢呼吸，但宽广平静的湖面上什么也没有发生。失落之情仿佛揪住了他的肚皮，正在向下拉扯着。

"我们还杵在这里干吗？"花楸掌突然爆发的声音击碎了宁静，"没什么好看的了。这只独行猫脑子一定进了蜜蜂。他就是在糊弄我们大家！"

"嘘。"褐皮连忙安抚他。

紫罗兰光走到了阿树的身旁，她看着他，目光中流露的是毫无保留的信任。赤杨心重新将目光投向湖面。他的心揪了起来，这一次他看到了异动。在连呼吸声都不复存在的一片沉寂中，湖水中出现了一个旋涡。涟漪过后，一个个身影破开了水面。

猫影从深水中跋涉而来，最终却浑身干燥地站到了岸上，他们的眼睛也都瞪得大大的。柔和的微光从他们的皮毛下透出。

"蜂鼻！"焦毛冲上前去与他的女儿互触鼻头。

他的族猫也纷纷涌上前去，与重现的亡者打着招呼。

"雾云！"

"狮眼！"

"曙皮！"

他们呼唤着重现者的名字，哽咽的声音中夹杂着欣喜和哀恸。

洼光焦虑地抽动着耳朵："苜蓿足和石板毛去哪里了？"

"莓心和蕨叶呢？"焦毛向蜂鼻询问道。

"滑须在哪里？"杜松掌在死去的猫中搜寻着他的手足。

"如果他们既没有和我们一起出现，又没有升上星族，那他们一定都还活着。"蜂鼻喃喃地说道。

"活着？"杜松掌眨了眨眼。

"那他们在哪儿？"石翅问道。

"他们为什么不回族群？"草心茫然地瞪大了眼睛。

赤杨心也眨了眨眼，听闻还有这么多族猫可能在某处活着，他和影族猫一样震惊。但紧接着他认出了一抹鬼影般的皮毛，这一下子吸引了他全部的注意力。他的心脏仿佛停止了跳动。"松针尾。"他看着她涉水而来，皮毛干枯如骨，又像是被体内的荧光照亮。悲痛哽住了他的喉咙。

松针尾停在了他的面前，她的眼中依然闪动着与生前无二的

戏谑的光芒:"你想我了吗?"

"当然。"赤杨心的声音像是被堵在了喉中。她一点儿都没变,连她的气味都和从前一模一样。当她转过口鼻时,赤杨心感到她的呼吸就喷吐在他的脸颊上。

"紫罗兰爪。"当看到挚友的身影时,松针尾的眼里亮起了激动的光芒。

"现在我是紫罗兰光了。"紫罗兰光冲上前迎接松针尾,她的胸腔中酝酿着一声咕噜。她微微愣了一下,又眨了眨眼,仿佛刚刚才想到一个问题:"你还没有加入星族。"

"暂时还没有。"松针尾回答道,"但我现在和我的族猫重逢了,这都是你和阿树的功劳。在你们彻底安全之前,我们哪儿也不去。"

"你不生我的气了吗?"紫罗兰光急切地眨着眼睛。

"我从来没有生你的气。"松针尾喃喃地说,"你是我交过的最好的朋友。我们永远情同姐妹。"

花楸掌站在原地,仿佛已经与湖岸化为一体。他无言地注视着眼前的一切。

褐皮匆匆地从他身旁跑开,用口鼻大力地蹭了蹭桦树皮和狮眼:"还能再次见到你们真是太好了。"

"我们不会离开你的。"狮眼说道。

"我们不能离开。"桦树皮补充道,"除非让我们亲眼见证一切错误都得到纠正。"

蜂鼻从他俩中间挤过,对褐皮说道:"你必须拯救影族。"

"怎么拯救?"花楸掌咆哮着挤开族猫,冲复生的亡者吼道,"现在影族什么也没有了!"

蜂鼻直视着他,眼睛在月光下闪闪发亮:"影族还有你,影族还有希望。花楸星,你必须为你的族群而战。"

"你必须找回失散的族猫。"狮眼对他说道。

花楸掌狠狠抽动着尾巴。"别再指望我能领导得了影族!"他低吼道,"我已经让我的族群失望过一次了。我已经让我的至亲失望过一次了。"痛苦在他的脸上一闪而过。他是想起了虎心吗?"我早已经不配做他们的族长了。"

赤杨心肚里的焦虑像是长了翅膀,拼命扑腾起来。他想要放弃!"花楸星,"他对姜黄色的公猫说道,"你还可以再尝试一次。你还可以……"

花楸掌用一声低吼打断了他:"别再叫我花楸星了!我已经无权使用那个名字!"

"但这名字是星族赐予你的!"他怎么能这样拒绝祖灵赐下的赠礼?他是在质疑祖灵们的智慧吗?

"星族一定是搞错了。"花楸掌的琥珀色眼中燃烧着熊熊怒火,"从现在起,我的名字是花楸掌!"

在他说话的时候,复生的猫们的身影变得越来越淡。

"不!"赤杨心冲上前去,试图触碰消逝在微凉的夜风中的松针尾。

洼光绝望地盯着淡去的族猫："不要走！"

"我们还有问题要问你们！"褐皮大喊道。

松针尾的眼睛像是燃烧了起来，她多坚持了一瞬，在消失前给赤杨心留下了一个心照不宣的眼神。

"对不起。"阿树的话语声打破了可怕的沉寂，"想让他们多留一会儿非常困难。"他满怀希望地看向心急如焚的众猫，"他们已经传达了口信，是吗？"

叶池走到阿树身旁。"是的，"她温和地说道，"谢谢你带他们回家。"

阿树紧张地眨了眨眼，"所以现在一切都能回归正轨了吗？你们能拯救族群了吗？"

独行猫等待着他们的回答，但没有猫说话。

赤杨心紧盯着他，无法理解阿树的单纯。他还没意识到那些死去的猫的口信没能带来任何希望吗？他们带来的是一个警告。

自从他成为巫医的那一刻起，他从星族接收到的所有预言无疑都指向了同一件事：令五族重新聚首，并令各族繁荣昌盛。而现在星族又用这样特殊的方式降下了这样的命令——他们必须拯救影族。若是没有力挽狂澜的救星，影族就不可能存续下去。可如果花楸掌已经无法胜任这一职责，还有谁能够做得到呢？

他凝望着幽灵猫们消失的水域，感到寒彻骨髓。

消失的影族还剩下多少残骸？他们距离彻底回天乏术又还有多远？

精彩内容抢先看

下集预告

　　花楸掌带领剩余的影族猫加入天族,但是将两个族群合二为一并不像想象中那么简单。两族猫之间因为生活习惯的不同,彼此之间很难融入;此外,独行猫阿树既不愿成为巫医,也不愿成为武士,令天族族长叶星十分头疼。更令众猫没想到的是,曾经追随过暗尾的两只影族猫滑须和蓍叶突然回归,希望能够留在天族,但叶星极度不信任她们,引发了前影族猫的不满。因为担心预言,重新回归雷族的枝爪擅自前往天族,企图让褐皮成为影族族长,引发了影族和天族的一次大冲突。与此同时,巫医们得到了星族新的预言:"阴影即将回归,且不得被驱散。"

　　连日的雷雨劈中了河族营地,火光漫天,河族营地几乎完全被烧毁。雷族和风族纷纷前往救助,天族因为叶星第一时间让族猫自保,与旧影族发生了冲突,但两族最终还是派出武士前往河边。现存的三个族群纷纷表示愿意帮助河族修复营地,雾星也在这个尴尬的时刻决定回归。

　　滑须趁着天族众猫前往河族的机会,将蓍叶的幼崽和褐皮拐走,企图和暗尾的至亲一起杀死他们,花楸掌为了救褐皮,不幸牺牲,褐皮悲痛欲绝,决定彻底放弃影族。然而,虎心和鸽翅突然回到湖区,虎心成为新的影族族长……